凤凰师轩
FENGHUANG SHIXUAN

行知工程 Education
创新教学探索系列

《红楼梦》里的语文课

李日芳◎著

HONGLOUMENG LI DE YUWENKE

江蘇鳳凰教育出版社
Phoenix Education Publishing, Ltd

图书在版编目（CIP）数据

《红楼梦》里的语文课 / 李日芳著. —南京 ：江苏凤凰教育出版社，2016.9（2017.8 重印）

ISBN 978-7-5499-6061-3

Ⅰ.①红… Ⅱ.①李… Ⅲ.①《红楼梦》研究 Ⅳ.①I207.411

中国版本图书馆 CIP 数据核字（2016）第 230626 号

书　　名	《红楼梦》里的语文课
作　　者	李日芳
责任编辑	雷利军　刘艳春
出版发行	江苏凤凰教育出版社（南京市湖南路 1 号 A 楼　邮编 210009）
苏教网址	http：//www.1088.com.cn
照　　排	北京世纪鸿文制版技术有限公司
印　　刷	三河市九洲财鑫印刷有限公司
厂　　址	河北省三河市灵山大口
开　　本	787 毫米×1092 毫米　1/16
印　　张	16.75
字　　数	213 千字
版　　次	2016 年 11 月第 1 版　2017 年 8 月第 3 次印刷
书　　号	ISBN 978-7-5499-6061-3
定　　价	30.00 元
网店地址	http：//jsfhjycbs.tmall.com
邮购电话	025-85406265,85400774　短信　02585420909
E - mail	jsep@vip.163.com
盗版举报	025-83658579

序　言

读你千回梦犹香

——一个特级教师眼中的《红楼梦》

《红楼梦》是中国小说史上不可逾越的高峰。《大英百科全书》评价说，《红楼梦》的价值等于一整个的欧洲；还有人说，即使几千年的中国文学作品都被毁灭了，只要留下一部《红楼梦》，它的光辉也足以照亮文学史——当然，这种说法有些夸张，但体现了《红楼梦》极高的文学价值。

红楼一梦千古香！它的魅力在于不只是讲述了一段情缘，不只是讲述了一个时代的盛废兴衰，它的魅力还在于不同的时代都能从它的身上照见自己的影子，不同时代的人都能从它的身上汲取文化的营养，引发哲理性思索。

一介书生，一名教师又能从《红楼梦》中参悟出什么呢？

一、读你，诗意飞扬的美丽学校

每一次轻轻打开《红楼梦》的扉页，墨香扑面而来时，我的眼睛总会为之一亮，这就是我苦苦寻觅的教育圣地，一所诗意飞扬的学校！大观园本来是专门为元妃省亲而建的，这里亭台楼阁错落其间，参天的名树摇曳着，四季都有奇花点缀。感谢知书达理的贾元春，在省亲结束后，看它闲置着可惜，便请寡嫂及弟弟妹妹们搬进园中居住。这里"天上人间诸景备"，偌大的大观园本身就是一部诗情画意的教科书。美丽的风景里，生活着一群朝气蓬勃的少男少女，他们宛若彩画上跳跃的诗行，远离尘嚣，在没有功名利禄诱惑的园子里释放着青春之美。

大观园是放飞青春梦想的伊甸园！

少男少女们在生命自由成长的课堂里，放飞个性发展的翅膀，享受着本该属于他们的诗意生活。他们自发成立海棠诗社，用诗表达青春的浪漫。他们的诗有的“风流别致”，有的“含蓄浑厚”。他们读《西厢记》，听《牡丹亭》，为甜美的爱情故事而心醉神迷。他们用诗的情思，创造诗意的生活。春去了，花残了，落红遍地，不同的少年都会以不同的方式，抒写春的诗歌。“花谢花飞飞满天”，林黛玉爱花，惜花，怜花，一把花锄，一抔净土，一曲《葬花辞》，抒写青春的孤傲与伤感，留下红楼里最美丽的诗歌；看，彩蝶翩翩，穿花度柳，温婉的薛宝钗手执宫扇，轻逐彩蝶，笑语吟吟，那是多么曼妙的青春岁月呀；史湘云酣睡沉眠在落英缤纷、蜂蝶飞舞里，用自己的娇憨纯情与离尘脱俗的个性演绎青春的美好与诗意的小儿女情态；而贾宝玉不拘一格，为一个美丽的丫头痛哭一曲《芙蓉女儿诔》，以为逝去的青春奠一曲挽歌的方式，寻找心灵的栖居家园。

二、读你，生命成长的智慧课堂

每一次打开《红楼梦》，沿着曹雪芹“批阅十载，增删五次”，用心血铺就的文字之路，我会不由自主地走进少男少女们的课堂。虽然隔着二百多年的风雨烟尘，却不影响我们领略书中智慧课堂的魅力，不影响我们从中感受一些课程的精彩。读文字，我们仿佛身临其境，如沐春风。课堂里缤纷的诗意，充盈的生命活力，令人陶醉，并为之精神振奋。

我曾不明白，那个身份卑微的香菱为什么那么执着于学诗，为什么能学得如此之好？在林黛玉的课堂上我找到了答案：原来是林黛玉渊博的学问、出口成章的才情让香菱仰慕不已，点燃了香菱对诗意生活追求的热情；是林黛玉热情的鼓励、科学的引领让香菱一步步走进诗的王国，采撷到诗的芬芳；是林黛玉善于创设共同研讨的学习氛围、搭建展示学习成果的平台让香菱不断体验到学习成功带来的身心欢愉感；是林黛玉光彩照人的诗人气质、诲人不倦的教师情怀让薄命的香菱破茧而出，成为海棠诗社一颗耀眼的新星，实现精神生命的蝶变。

无独有偶，在薛宝钗论画的课堂里，我们同样为她出众的教学风采而倾倒。贾惜春面对着贾母布置的“画画大观园”的作业，一脸茫然，是宝姐姐挺身而出，给她热情的鼓励和悉心的指导，缓解了惜春的畏难情绪。这是一堂高效的创作指导课，薛宝钗从作品立意、内容布局、材料选择等方面进行全面规划与悉心指导，为我们打开一扇扇洞见创作艺术殿堂的窗口。宝姐姐的课朴实无华却有针对性，语言干净利落而让人叹服。这不正是一位语文教师指导学生写作时应具有的能力素质吗？

我们感动于贾政为测试贾宝玉学业水平而设置的智慧课堂。为迎接贾元春而建的省亲别墅竣工了，贾爸爸别出心裁，让宝贝儿子贾宝玉题写“各处匾额对联”。这是一次别开生面的学业测试，贾爸爸时而为儿子的精彩回答喜形于色，频频点头；时而为儿子的骄傲表现而大声喝斥。这样合理施压的测试才有利于孩子拥有应对智慧，提升文化素养，这样的评价才有利于孩子精神的觉醒，潜能的开发，生命的健康成长。

三、读你，丰富多彩的诗意生活

在曹雪芹无可比拟的传神之笔下，我漫步在风情万种的大观园里，观赏少男少女们组织的“迎新”活动、庆生活动、诗会活动、文娱活动以及其他节日活动。这一次次活动丰富多彩，妙趣横生，使我终于觅到了栖居于诗意的生活。

你看见了吗？大雪纷飞的大观园中，少男少女们在芦雪庵烧烤鹿肉，大块朵颐，尽情地释放青春的至真至纯；然后对雪联诗，高歌“欲志今朝乐，凭诗祝舜尧”，展露锦心绣口，挥洒青春的豪迈与自由。你看见了吗？中秋月朗夜凸碧堂前，人们伴着悠悠笛声击鼓传花，让笑声融进月色，融进八月桂花香，让诗意乘着笛声飞扬。那是多么诗意的夜晚！黛玉和湘云却还不尽兴，结伴来到凹晶馆前，沐着清凉的晚风，联诗吟月，感时伤怀。美妙的诗句如泉喷涌，单单一对“寒塘渡鹤影”“冷月葬花魂”的联句，就令多少人魂牵梦萦、回味无穷。你看见了吗？元宵佳节，大观园里火树银花，灯影摇曳，全家人围坐在一起猜灯谜。全府男女老少人人参与，一个不少，就连一向不苟言笑的贾政也热情地参与其中。从他们竞相猜谜的其乐融融的气氛中，我们有幸看到真正属于节日的文化生活。你看见了吗？沁芳亭边，红香圃中，春风拂面，那是有人在过生日呢！音乐缭绕，杯盘交错间，这群优雅的少年正在玩独特的“射覆”酒令游戏。他们念古文，吟旧诗，说曲牌，报菜名……好一场散发着浓郁书香气的文化盛宴！

……

文史学家刘大杰评价《红楼梦》的文化生活时说过“大观园是典范的东方沙龙”，这里有着高度发达的物质文明与精神文明，到处弥漫着浓郁的文化气息。一次次情趣相生的活动，让这群花季少年时时沐浴在中华传统文化的风韵里，沉醉在诗意的生活中，从而洗礼灵魂，涵养精神，提升对生活、生命意义的认识。我相信大观园里的这段生活是贾宝玉们人生最美好的一段幸福时光，是最愉快的生命旅程。

我虽不能至，但心向往之。

四、读你，学识渊深的魅力老师

读你千回梦犹香。在《红楼梦》这部经天纬地的皇皇巨著中，曹雪芹用如椽巨笔全方位描绘了一幅精彩绝伦的18世纪中国社会的生活画卷。然而，弱水三千，我只取一瓢饮，由于职业的习惯，我独流连于那焕发生命活力的诗意课堂，独钟情于那一个个学识渊博、治学严谨的魅力老师。

第一个让我仰慕的是贾雨村老师。

也许有人说，那不是一个徇私枉法、胡乱判案的“葫芦”官吗？是的，官场的他的的确确曾随波逐流，直至身败名裂，然而，当老师时的他是多么优秀！他本一介寒士，却志存高远，是《红楼梦》里真正拥有“高学历”的才子。他官场失意后，成了林黛玉的授业教师，他教学有方，被黛玉之父林如海聘任了四年。贾老师一千多个日子的“传道、授业、解惑”，如春风化雨，把林黛玉由“聪明清秀”却未曾识字的孩童培养成一个情志高洁、学富五车的美丽少女。四年里，小黛玉就像一株渴望成长的小树苗，而贾老师脱俗孤傲、不拘礼法的气质、个性、言行，宛如春风轻抚着她；贾老师渊博的知识、飞扬的诗情，宛如明媚的阳光照耀着她；贾老师清雅的才气、灵动的思辨才能，如缤纷的细雨滋润着她……正是贾雨村老师对弟子成功的启蒙教育与成长引导，赢得了林如海的信任与敬重，使林如海与他结下了深深的情谊，甚至把他当作自家人，在他重新走向仕途中，助力不少。

令我敬重的还有贾代儒老师。

这是一位默默无闻的老教师。他终身从教，把一生都献给了教育事业，为贾府培养了一代又一代人，可谓桃李满“宁荣”。

老先生的课堂，朴实得宛如他的满头白发，没有眼花缭乱的多媒体课件，没有声情并茂的慷慨陈词，拥有新课程课堂的鲜活魅力。

他的课堂始终处于最本真的敞开状态，他能与学生进行心与心的对话，“圣人志于学，十五已然矣”，引导学生树立远大的理想；他循循善诱，认为“诗词一道，不是学不得的”，但也能正确处理好发展个人兴趣与“应试学习”的关系；他热忱唤醒学生的学习内驱力，肯定学生“正是后生可畏的时候”，鼓励他们正视自己的缺点，并满心欢喜地鼓舞他们靠着自己的努力一定能实现“有闻、不足畏”的目标。在贾老先生古朴却不古板的课堂里，不绝于耳的琅琅读书声，盈绕室内的幽幽墨香，让学生浸染着文化的芬芳；在这里，学生读《论语》，读《墨子》，读千古雄文，读诗词美文，让心灵浸润智慧的芳醇，灵魂中吸纳浩然正气；在这里，学生无拘无束地向老师请教，交流自己的读书感受，也聆听老师的娓娓点评，心胸豁然敞亮……

读你千回梦犹香。

曾有人说：“开谈不说《红楼梦》，读尽诗书也枉然。”一曲红楼多少梦，作为普通教师的我也在书香中做了一个美丽的教育梦，梦见了教育的桃花源，梦见了一种诗意的教育，梦见了一种诗意的生活，梦见了一群诗意飞扬的少年。那是个令我久久沉醉、深深迷恋的梦。梦醒后，我感慨万千。灿烂的阳光下，何处有教育的桃花源呢？何处有让学生诗意栖居的教育圣地呢？一曲红梦千古梦，《红楼梦》开阔了我的教育视野，涵养了我的课程思想，激发了我的教学灵感。路漫漫其修远兮，我愿从这梦中汲取力量，不停地逐梦，不停地筑梦……

目　录

第一课　春风化雨细润花

——贾雨村老师对林黛玉的启蒙教育

红楼教师

贾雨村，名化，字时飞，别号雨村，湖州人氏，生于诗书仕宦人家。在《红楼梦》一书中贾雨村是一个提纲挈领式的人物，也是贯穿于全书始终的重要人物。

人物形象：身材伟岸，敝巾旧服，但生得腰圆背厚，面阔口方，更兼剑眉星目，直鼻权腮，是《红楼梦》里一个难得的大丈夫形象。

文化背景：贾雨村年少时，祖宗根基已尽，家族人口衰丧，只剩下他一人。他年少时就有抱负，无奈囊内空空，无力进京求取功名，只得在姑苏城里葫芦庙中安身。他每日卖文作字为生，生活拮据，非常落魄。后来得到甄士隐相助，他才有钱上路，考中进士，成为《红楼梦》中拥有“高学历”的人物之一。

经历评价：贾雨村的人生主要经历了为官—为师—为官的过程。为官的他是一个集众恶于一身的封建官僚的反面典型，为师的他却是一个好老师。第一次为官失败后，他成为林黛玉的老师，在林府，贾老师认真执教，兢兢业业，以才情气度为教材，潜移默化教学生；以诗书为教材，因材施教教学生；以爱心为教材，乐此不疲教学生。终于培养出一个大观园里的“学霸”！

“未若锦囊收艳骨，一抔净土掩风流，质本洁来还洁去，不教泥淖陷渠沟。”曹雪芹笔下的林黛玉天生丽质，才华横溢。其人如诗，其诗如人，清新脱俗，标新立异。某日，与学生品读《葬花辞》，我们正于花雨缤纷、泪雨缤纷的诗意里如痴如醉，突然有学生问：“林妹妹诗写得这么好，是谁教的呀？”

是呀，她的老师是谁呀？

她超凡脱俗的个性、禀赋是受谁的影响？

这冰清之玉是怎样打磨而成的？

一时间，教室里尽是疑问的目光，尽是惊诧的神色！我因势利导让学生到《红楼梦》里寻找答案，我也再一次走进《红楼梦》里去拜访那位“得英才而教之”的特别的贾雨村老师。

一、以人格为教材，潜移默化教学生

很难想象贾雨村就是林黛玉的启蒙老师，而且是林黛玉生命成长中唯一的老师。一个是冰清玉洁的“绛珠仙子”，一个是官场中贪酷奸虐的可耻之徒，他们怎么能以师生关系联系在一起呢？

当我们走近贾雨村老师时，会忽然发现，事情并非我们想象的那样。贾雨村一生做过两件大事：教书与做官。做官的他确实做了一些为人不齿的事，但正如马克思所言：“人创造环境，同样环境也创造人。”在封建社会腐败的官场里，贾雨村确实没有经受住诱惑，随波逐流，利欲熏心，直至身败名裂。

然而，作为老师的贾雨村却是优秀的，他出身贫寒，流落他乡，但志向高远。《红楼梦》第一回“甄士隐梦幻识通灵，贾雨村风尘怀闺秀”① 写到贾雨村盼望着“玉在椟中求善价，钗于奁内待时飞”。他凭着自己的真本事在“大比之期”“中了进士”，是一位拥有“高

①本书所载《红楼梦》原文内容，均参照人民文学出版社 1983 年所出版本。

学历”的才子。

贾雨村的才情与才学之高，在《红楼梦》里处处都可以找到佐证。比如，爱才的甄士隐因仰慕其才而无私帮助他，探花林如海聘请他做宝贝女儿林黛玉的启蒙教师，爱结交贤才儒士的贾政经常请他到府上做客等。他的才情出众，也表现在与冷子兴关于荣、宁两府兴衰的一番评说上，这番评述可谓振聋发聩，被赞曰“可知雨村才高处，其格致悟参功夫厚，不同俗眼也”，从这个角度上说，贾雨村可称得上是一位十分了得的诗人、哲学家和思想家。同时，贾雨村身上最独特的气质就是冷傲和不拘礼法，他曾不顾封建门第高低的束缚，求娶一位丫鬟，并终生不渝此情。

追求真爱，孤傲叛逆，文采飞扬，这不也是大观园里林黛玉的人品与学识的写照吗？当然，后人在研究《红楼梦》的时候，对贾雨村这个人颇有微词，但我们要注意，其受诟病的焦点主要集中在做官上，而不是才情秉性上。作为启蒙教师，若说他的性情气质对幼小的林黛玉以后写诗作文没有影响，是怎么也说不过去的。

那么，林黛玉这样的秉性与才气又是怎样在贾老师的影响下形成的呢？俄国教育家乌申斯基说过：“只有个性方能影响个性的发展和定型，只有性格才能养成性格。”教师的个性对学生心灵的影响所形成的力量，是教科书、道德说教和学校规章制度无法取代的。而贾雨村对于林黛玉的影响，是可以从各种线索里看出来的。当初官场失意的贾雨村经朋友介绍，来到钦点巡盐御史林如海家谋得一份“西宾”工作，一对一教林家唯一的女儿。那时，林黛玉刚刚五岁，蒙昧未开。一年过后，其母贾夫人不幸病故，可怜的小黛玉哀伤过度，悲痛难已，雨村先生无法正常施教，向林家提交辞呈。林如海诚恳挽留，请他继续执鞭，让女儿一边守孝一边读书。贾雨村盛情难却，又继续做林黛玉的家庭老师，直到黛玉被贾母接到贾府为止。看来，贾雨村的教学能力，是得到林如海高度认可的。

简而言之，贾雨村当了小黛玉数年的授业教师，其一千多个日子的“传道、授业、解惑”，如春风化雨，把小黛玉由“聪明清秀”却未曾识字的孩童熏陶成了有个性、有学问的亭亭玉立的少女。五岁到九岁，这是接受教育的黄金时期，是学生个性修养形成的关键时期。我们不难想象，在这四年里，师生两人同在一个屋檐下，朝夕相处，形影不离，贾老师的言传身教如润物无声的雨，小黛玉就像一株渴望成长的幼苗，时刻接受阳光春雨的滋养。贾老师脱俗孤傲、不拘礼法的气质、个性、言行，宛如春风轻抚着她；贾老师渊博的知识、飞扬的诗情，宛如明媚的阳光照耀着她；贾老师过人的才气、灵动的思辨力，如缤纷的细雨滋润着她……小黛玉耳濡目染、熏陶内化，终于从幼苗渐渐长成了敢于独立于风中、雨中的大树。

从五岁到九岁，小黛玉完成了个性的基本定型，实现了知识建构的奠基，此后她再也没有接受过系统教育了。但贾老师的精神生命还映射在她的身上、心里，滋养着她的生命之树不断壮大、繁茂，直到绽放灿烂的花朵。

二、以诗书为教材，因材施教教学生

在偌大一个大观园里，林黛玉无疑是出类拔萃的人物。她美丽的容颜中氤氲着才学的韵味，她清纯孤傲却掩不住浓郁的诗人气质，她应该是贾雨村老师最得意的门生。贾雨村老师是怎样培养他的这个高徒的呢？遗憾的是，我们无法还原贾老师的教学过程，也无力总结他的教学思想，并推而广之。但我们从《红楼梦》里贾雨村留下的蛛丝马迹，以及林黛玉在大观园里的精彩表现中，还是可以窥见贾雨村老师的教学魅力的。

1. 按照家长的意愿，培养学生儒雅的品行。

《红楼梦》第二回“贾夫人仙逝扬州城，冷子兴演说荣国府”中写到，贾老师刚到林府就了解到，林家夫妇非常不幸，中年失子，只有一个五岁的女儿，“故爱如珍宝，且又见他聪明清秀，便也欲使他读书识得几个字，不过假充养子之意，聊解膝下荒凉之叹”。贾雨村老师尊重林家的意思，他知道这是个开明的家庭，便按培养男孩子的规矩来教小黛玉。贾雨村老师大胆地开设“四书”“五经”课程，向小黛玉传授儒家思想，培养知书达礼的彬彬君子。这种行为是需要很大魄力的，要知道当时女孩子一般是没条件读书的，即便是有机会读书，也有不成文的课程开设规矩，就是女孩子只能学习妇德、妇容方面的内容。即便是书香门第如荣国府，女孩子也“不过认几个字罢了”。所以，林黛玉能够遇到贾雨村这样的老师，实在是三生有幸。而之后林黛玉能够和薛宝钗一样，才情见识上比众姐妹高上几倍，也和小时候接受过这样特殊的语文课程教育有关。

这样的教学行为，让林黛玉从小就熟知并能遵循封建礼仪规范。还在老师膝下就读时，遇到母亲名“敏”字，她就知道另读为“密”和减一两笔以避讳，以尽孝道，寄托自己的哀思。初进贾府，林黛玉恭恭敬敬地拜见各位长辈，起身迎见众姐妹，其礼仪周到规范，处处体现出她在所受教育中形成的内在涵养。在外祖母家她“处处留心，时时在意，不肯轻易多说一句话，多行一步路，惟恐被人耻笑”。显然，儒家倡导的“多闻阙疑，慎言其余，则寡尤；多见阙殆，慎行其余，则寡悔”，已深深植入她的心灵深处。在贾府她寄人篱下，她常被评价为“小性儿”、说话尖酸刻薄等，但其善良、纯洁、热情、温柔、胸怀坦荡的品行常常被人忽略。她热爱学习，闺房“窗下案上设着笔砚”“书架上磊着满满的书”，以至让刘姥姥误认为，“这必定是那位哥儿的书房了”，当贾母笑指黛玉说这是她的屋子时，刘姥姥不由感叹：“这那像个小姐的绣房，竟比那上等的书房还好!”贾雨村老师用儒学文化熏陶过黛玉，还给其家长一个秀外慧中的优秀“儿子”。要是林如海九泉之下有知，他一定会含笑的。

2. 依据学生的特点，塑造多情的诗魂。

林黛玉聪明伶俐，才思敏捷，天生具有诗人的才气。从心理学的角度分析，林黛玉属于抑郁质的气质类型这一点是毋庸置疑的。她观察细腻、感情丰富、敏感机智、思考透彻，这不正是诗人的特质吗？“为赋新词强说愁”，何况林黛玉体弱多病，命运坎坷，自然更加多愁善感，常常触景生情。幼年命运多舛的她，心中有多少愁绪啊。贾雨村老师善于把握学生的性格特点，因材施教，为学生量身定做、开设诗词创作课程，把孤独的小黛玉带进了诗意缤纷的语文世界里，使她从诗中觅得生命的力量，让她幽闭的心灵之窗悠悠打开。林黛玉刚到贾府不久，恰逢大观园落成，元妃娘娘省亲。贾元春召开了一个以大观园为主题的“赛诗会”，林黛玉写下了到贾家的第一首诗《世外仙源》：

名园筑何处，仙境别红尘。
借得山川秀，添来景物新。
香融金谷酒，花媚玉堂人。
何幸邀恩宠，宫车过往频。

作品虽然是黛玉应命“胡乱作一首”，却无阿谀之气，旁征博引而不失洒脱自然之气，熔铸前人词句却没有斧凿的痕迹。元春看罢，笑容满面，称赞不已，连连夸奖“与众不同，非愚姊妹可同列”！以此，林黛玉奠定了在贾府诗坛的霸主地位——仅有宝钗有时可与之争锋，其余众人无一人能及。此后，贾雨村先生在黛玉心田里播种的诗歌种子开始发芽、生根，并不断繁茂起来。大观园里的人情冷暖，自身的命运坎坷凄凉，生活的风霜雪雨，一次一次触动林黛玉年轻的心扉，源源流淌出浓得化不开的真情绝唱。她是大观园里诗歌创作最多、创作成就最高的人。她用眼泪滋养贾老师种下的诗歌之树，如同雪莱所言，她是用“最甜美的诗歌诉说最忧伤的思想”。诗，成了林黛玉的青春生命。

3. 发挥教师的魅力，影响学生的美丽心灵。

奥地利心理学家维多克·弗兰克说过：“一个人不能去寻找抽象

的人生意义，每个人都有他自己的特殊天职或使命，而此使命是需要具体地去实现的。他的生命无法重复，也不可取代。所以每一个人都是独特的，也只有他具有特殊的机遇去完成其独特的天赋使命。”现代教育理论认为，教育的本质是为了生命的成长。教师的使命就在于完成“独特的天赋使命”，带着生命的精彩上路，以生命唤醒生命，以生命润泽生命，以生命开启生命。一个优秀教师对学生的成长影响有可能是终身的，虽然学生离开校园后，教师对学生的教育活动已经终结，学生也离开了教师，但教师的精神永远融入了学生的心灵，滋养着学生的未来成长。

贾雨村老师不正是这样的吗？小黛玉离开了贾老师，寄身于外祖母家，开始了新的生活，但贾老师的诗情还在她的心中燃烧，贾老师的文化教诲还在她的身上自然延续、不断拓展。我们虽然遗憾曹雪芹没有完整记录贾老师教小黛玉学诗的精彩过程，却从黛玉教香菱学诗的过程中，隐约看见了贾老师诲人不倦的敬业精神和精湛绝伦的教学艺术。请看如下教学片段。

此时黛玉（病）已好了大半，见香菱也进园来住，自是欢喜。香菱因笑道：“我这一进来了，也得了空儿，好歹教给我作诗，就是我的造化了！”黛玉笑道：“既要作诗，你就拜我作师。我虽不通，大略也还教得起你。”香菱笑道：“果然这样，我就拜你作师。你可不许腻烦的。”黛玉道：“什么难事，也值得去学！不过是起承转合，当中承转是两副对子，平声对仄声，虚的对实的，实的对虚的，若是果有了奇句，连平仄虚实不对都使得的。”

这是一个多么完美的教师形象。面对一个丫头求教学诗，黛玉“自是喜欢”，欣然答应，一名教师应有的有教无类观念、博大的胸怀，如阳光般温暖着香菱求学的心。“你就拜我作师”！林黛玉说得铿锵有力，脸上的笑容如同绽放的鲜花。其乐为人师、敢于为师的热情，一下子让学生“亲其师，信其道”。“什么难事”“不过是……”教者对学习难点轻描淡写的表述，宛如春风送暖进一步增强了学生学诗的信心，而“果有了奇句，连平仄虚实不对都使得的”的精辟见解，让初学时不知从何入手的香菱，如同拨云见日，豁然开朗。

问渠哪得清如许？德国哲学家雅斯贝尔斯告诉我们说：“教育，就是一棵树摇动另一棵树，一朵云推动另一朵云，一个灵魂唤醒另一个灵魂。”林黛玉这德才兼备的教师形象，不正是从其启蒙老师贾雨村四年来的言传身教、春风化雨中修来的吗？

三、以爱心为教材，乐此不疲教学生

满腹学问，一袭青衫，这是自古以来教师的典型形象，我猜测贾雨村老师亦是如此。如果教师属于金领阶层，他后来也用不着改行从政，落得身败名裂了。令人感动的是贾雨村落魄时，谋得一份“西宾”的工作，一位进士“学历”的知识分子教一个五岁的蓬头稚子女孩童，他并不感到委屈，也未曾有过大材小用的叹息。他明白既然选择了教师职业，就选择了一份责任，他兢兢业业地给唯一的学生“传道，授业，解惑”，且乐此不疲。

客观地说，贾雨村面对的学生条件不算很好，虽然“聪明俊秀”，但“年纪幼小，身体又弱”，况且家长的要求又很高，要把女儿当男孩来培养，“聊解膝下荒凉”。换言之，贾雨村担任的“西宾”之职，任务不轻，压力不小。然而，贾雨村带着一颗爱心来，对身体不好的小黛玉“功课不限多寡”，绝不给学生以学习的负担，让其学得轻松，学得快乐。显然，学生黛玉在这样的教学安排下，并没有感到学业的压力，反而对学习充满了兴趣——这从后来她入住大观园，把自己的住所打造成了“上等书房”可以看出。让学生学会学习，让学生学会快乐地学习，这不正是现代语文教育追求的至高境界吗？

当然，这样的教学方法，对教师自身的要求是非常高的。如果教师没有储备渊博的知识，不具有高超的建构教材、驾驭教材的能力以及高效的教学手段、方式、方法，是不敢轻易如此为之的，也是不能如此为之的。贾雨村敢这样做，是有着充分高超的教学素养做基础的。从后来的情节我们可以看出，林黛玉学有所成，不仅文学和诗歌创作的基本功深厚扎实，对“四书”“五经”等儒学文化也有独到的见解。在贾宝玉对功名利禄满腹牢骚时，林黛玉依然记得贾雨村老师的教导：“我们女孩儿家虽然不要这个，但小时候跟着你们雨村先生念书，也曾看过。内中也有近情近理的，也有清微淡远的。那时候虽不大懂，也觉得好，不可一概抹倒。况且你要取功名，这个也清贵些。”

在教授林黛玉一年后，林母不幸“一疾而终”，可怜的小黛玉万分哀伤，病痛交加，还“侍汤奉药，守丧尽哀”。贾雨村料想此时小黛玉无法再学习了，只好作“辞馆别图”的打算。然而，林父不依，硬是要贾雨村留下，要女儿一边守制一边戴孝继续读书。贾雨村盛情难却，只好留下继续教他这个唯一的多病而忧愁的学生。

都说“金杯银杯不如群众的口碑”，家长的认可是对教师最高的礼赞。贾雨村老师是一个默默耕耘的园丁，从未在别人面前炫耀过他治学的本领，但盛开的“桃李”是对他最高的评价，分享过桃李芬芳的家长一定会感恩在心。贾雨村在林府一待竟又是三年，把一个心智初开的小女孩培养成腹有诗书、举止儒雅的亭亭少女。小黛玉圆满地完成了学业。后来，远在京城的贾府“遣了男女船只来”，要接失母的小黛玉“依傍外祖母及舅氏姊妹去”。林父感恩戴德，苦于“向蒙训教之恩未经酬报”。即将失业的贾雨村请求林父“转向都中去央烦”担任工部员外郎的贾政帮他在京谋个一官半职。林父欣然答应。

遇此机会，岂有不尽心图报之理。但请放心。弟已预为筹画至此，已修下荐书一封，转托内兄务为周全协佐，方可稍尽弟之鄙诚，即有所费用之例，弟于内兄信中已注明白，亦不劳尊兄多虑矣。

“投我以木瓜，报之以琼琚。”林如海作为家长对贾雨村老师的尊重程度已远远超出了许多现代人，他安排在先，谋划得如此周到，甚至连在官场需要打点的费用都想到了，感动得贾雨村“一面打恭，谢不释口”。从一个巡盐御史对家庭教师的关怀备至，我们不难看出这位教师的才情学识已经达到让同样有学识的林如海佩服的地步。而这位启蒙老师对“身体又极怯弱”弟子的关心与呵护，启蒙教育与成长引导，也赢得了林家的信任与敬重，不仅与教师之间结下了深厚的情谊，还把老师当作自家人。林黛玉“随了奶娘及荣府几个老妇人登舟而去”，林如海特意拜托贾雨村做“护花使者”，“另有一只船，带两个小童，依附黛玉而行”，一路上让其小心关照女儿。后来，林如海不幸亡故，黛玉回扬州奔丧后，回京都时，因贾雨村与她有师从之谊，故同路做伴而来。在黛玉最困难的时候，贾雨村老师以一个长辈的身份又一次出现在她身边，一路护送她回到贾府，回到让她有笑有泪、有爱有恨的荣国府。

四、以博学为教材，春风化雨教学生

教育是教育者对受教育者施以影响的过程，教师的文化素养与人格特征对学生的成长有着非常重要的影响。换言之，有什么样的教师就培养出什么样的学生。我们再通过一个贾雨村还未成为林黛玉老师时的生活片段来认识他，感受他的博学与魅力。

贾雨村第一次入仕遭挫后，四处云游，到了智通寺，后又无意中邂逅冷子兴，两位故友酒逢知己千杯少，立即展开了一场围绕贾府，针对贾宝玉的成长而进行的一番发人深省的谈话。冷子兴告诉贾雨村，贾府中的人独爱贾宝玉，谁知这小子不争气，不思进取，整天在女孩子里鬼混，说些“女儿是水做的骨肉，男儿是泥做的骨肉”的疯话，还在一周岁“抓周”时偏抓起脂粉钗环，全府人都为之担忧，贾政甚至都把他当“淫魔色鬼看待”。

谁知冷子兴话音刚落，贾雨村便“罕然厉色地止住他”，不紧不慢地抛出一番振聋发聩的理论。

天地生人，除大仁大恶两种，余者皆无大异。若大仁者，则应运而生，大恶者，则应劫而生。运生世治，劫生世危。尧、舜、禹、汤、文、武、周、召、孔、孟、董、韩、周、程、张、朱，皆应运而生者。蚩尤、共工、桀、纣、始皇、王莽、曹操、桓温、安禄山、秦桧等，皆应劫而生者。大仁者，修治天下；大恶者，挠乱天下。清明灵秀，天地之正气，仁者之所秉也；残忍乖僻，天地之邪气，恶者之所秉也。今当运隆祚永之朝，太平无为之世，清明灵秀之气所秉者，上至朝廷，下及草野，比比皆是。所余之秀气，漫无所归，遂为甘露，为和风，洽然溉及四海。彼残忍乖僻之邪气，不能荡溢于光天化日之中，遂凝结充塞于深沟大壑之内，偶因风荡，或被云催，略有摇动感发之意，一丝半缕误而泄出者，偶值灵秀之气适过，正不容邪，邪复妒正，两不相下，亦如风水雷电，地中既遇，既不能消，又不能让，必至搏击掀发后始尽。故其气亦必赋人，发泄一尽始散。使男女偶秉此气而生者，在上则不能成仁人君子，下亦不能为大凶大恶。置之于万万人中，其聪俊灵秀之气，则在万万人之上，其乖僻邪谬不近人情之态，又在万万人之下。若生于公侯富贵之家，则为情痴情种，若生于诗书清贫之族，则为逸士高人；纵再偶生于薄祚寒门，断不能为走卒健仆，甘遭庸人驱制驾驭，必为奇优名倡。如前代之许由、陶潜、阮籍、嵇康、刘伶、王谢二族、顾虎头、陈后主、唐明皇、宋徽宗、刘庭芝、温飞卿、米南宫、石曼卿、柳耆卿、秦少游，近日之倪云林、唐伯虎、祝枝山，再如李龟年、黄幡绰、敬新磨、卓文君、红拂、薛涛、崔莺、朝云之流，此皆易地则同之人也。

好博学的贾雨村！这一番高论，我们从中听到了什么？又该从这位卓越的语文教师身上学到些什么呢？

1. 科学的教育思想。

贾雨村对人的发展有独特的见解，提出的“正邪两赋”理论真是令人耳目一新。他认为从社会道德标准和学习者智力发展的基本素质的角度，可以把人分为“大仁”与“大恶”两种类别，用当下的言语表述，即具有“正能量”与“邪能量”的人。这两类“天才”级的人极少，只要对其施以一定的教育影响，都可以有所成就。这与现代美国教育家布卢姆的“掌握学习法”理论何其相似？我真怀疑布卢姆教授的“我们的儿童都能学习”“只要恰当注意教学的主要变量，就有可能使绝大多数学生（90%以上）都达到掌握水平”的真知灼见是否从贾雨村的“正邪两赋”思想里得到的启发！同时，贾雨村认为人还是“正能量”与“邪能量”的综合体，教育能否取得成功决定于是“正能量”战胜“邪能量”，还是“邪能量”战胜“正能量”。

贾老师未见过贾宝玉，仅凭冷子兴所提供的一鳞半爪的信息，就对贾宝玉有了非常深的理解，并对其做出了独到的人格判断。他认为贾宝玉属于“皆无大异”者，即我们所说的普通孩子，如果其自身“正能量”战胜“邪能量”，那么“其聪俊灵秀之气，则在万万人之上”；相反，如果自身的“邪能量”胜于“正能量”，“其乖僻邪谬不近人情之态，又在万万人之下”。如果贾政听了这一番话，一定会改变他对宝玉的看法的，也会坚定他对教育好宝玉的信心。也许正因为这个缘故，后来贾雨村再次出仕后，成为贾府的座上宾。贾雨村每一次到贾府时一定要见贾宝玉，他时时都在关注宝玉的成长。贾政也一直要求贾宝玉以贾雨村为榜样。

2. 渊深的文化知识。

贾雨村学富五车，博古通今，经、史、子、集无所不知。从三皇五帝到唐、宋、元、明，他对煌煌上下五千年中华文化史了如指掌，不管是对推动历史发展的伟人巨擘、风流人物，还是逆潮流而动、包藏祸心的窃国大盗、一代枭雄都如数家珍。仿佛每一个人都活在他心中，呼之欲出。他侃侃而谈，评点人物，入木三分，尤其是对人的发展与家庭出身背景的关系、与社会环境的联系方面，更是分析得非常到位。不是吗？同样心智特质的孩子，如果出生在贵族之家，有可能沦为纨绔子弟；如果出生在清贫的书香门第，则可能成为引领风骚的高寒逸士；而若出身于薄祚寒门，则有可能因为生活所迫，成为附庸风雅、失却自我的奇优名娼。不是吗？时势造英雄，同样心智的人有“应运而生”者，成王成杰，引领一代风骚；而如果“应劫而生”，则成奸成盗，遗臭万年。

3. 丰富的人生阅历。

卡耐基说过：“每一种经历都给人以不同的经验，而经验的丰富是一个人最宝贵的财富。”对教师而言，丰富的人生阅历是一笔不可缺少的课程资源。这不只是一份隐性的知识，更重要的是丰富的人生经历能赋予教师成熟的人格、睿智的头脑。

贾雨村出身诗书仕宦之家，一定有过幸福的童年，也经历过由富贵走向没落的痛苦，他饱尝过少年失怙、孤苦无依的惨淡生活。他落魄的流浪生活、寄居空门的寒酸、受人资助上京赶考的那份感恩之情，凡此种种糅杂在他的人生观中，形成一种挥之不去的特殊情结。他既想出人头地，做一个好官，又想走“捷径”，永保自己的仕途前程。孤寂过，孤独过，憧憬过，得志过，失意过，这一切无不丰富着他的人生阅历，形成了他独特的个性特质，推动着他对人生、对世界的透彻领悟。

俗话说“行万里路胜读万卷书”。贾雨村与冷子兴说“我也曾游过些名山大刹”，显然这位虽落魄却不寂寞的穷读书人并不满足于书卷里的知识，他也在丰富的游历过程中不断开拓着视野，增进对社会、对人生的认识，更加深入地体验到人生的冷暖。

聆听贾雨村的这一番宏论，我们不由茅塞顿开。我们的贾雨村老师竟是这样一位超凡脱俗的人。

俄国教育家乌申斯基曾说过："如果我们把健康托付给医学家，那么我们就是把子女的道德和心智托付给教育者，把子女的灵魂，同时也把我们祖国的未来托付给他们。"林如海把唯一的女儿托付给贾雨村是一百个放心的。因为贾雨村是这样一个十分了得的大诗人、大学问家、大思想家，只因得罪上司，屈尊做了林黛玉的家庭教师。贾雨村不幸，林黛玉有幸。贾雨村老师特立独行的不羁个性，思辨力强的头脑，渊深的知识和广博的见闻都如春风化雨地滋养着小黛玉。

贾雨村是《红楼梦》里知识分子的典型代表，其为学为官的经历，反映了旧时代读书人经苦读然后入仕，并经历仕途起伏的人生轨迹。以客观评论者的角度来看，他人生的亮点应该是在林家担任四年"西宾"，即做职业教师的日子。这段时期，他用不凡的学识、才气，以及对这份工作的责任心，培养了一个学富五车，后来在大观园里独领风骚的文坛才女——"潇湘妃子"。

然而，从贾雨村完整的人生来看，他终究无法耐住教师的清贫生活，弃教从政，结果在社会的大染缸里随波逐流，与恶势力同流合污，徇私枉法，最终因泯灭人性而遗臭万年。要是他不为官场上的声色犬马所诱惑，淡然做学问，立志终身从教；要是他甘于在这温和宁静的私塾里，品味厚重的文字，以自己的聪明才气献身于伟大的教育事业，他一定能培养出更多像林黛玉一样才华横溢的优秀学生，他也一定能流芳百世。如果那样，贾雨村到了暮年，一定会桃李满天下。

第二课　一次特别的语文测试

——贾政对贾宝玉的学业测验

红楼同学

贾宝玉，《红楼梦》中的男主角。荣国府贾政与王夫人所生的次子，衔玉而诞，担负着复兴贾府的重担。

人物形象：头上戴着束发嵌宝紫金冠，齐眉勒着二龙抢珠金抹额，穿一件二色金百蝶穿花大红箭袖，束着五彩丝攒花结长穗宫绦，外罩石青起花八团倭锻排穗褂，穿着青缎粉底小朝靴。面若中秋之月，色如春晓之花，鬓若刀裁，眉如墨画，面如桃瓣，睛若秋波。虽怒时而似笑，即瞋视而有情。好一个聪明俊秀的少年！

文化背景：贾宝玉自小聪明，天赋异禀，虽入私塾学习，却不是一个好学生。他不喜读圣贤书，不喜时文八股，不屑于仕途经济，厌恶封建知识分子的仕宦道路，尖锐地讽刺那些热衷功名的人是"国贼禄鬼"，嘲笑道学家所鼓吹的"文死谏、武死战"的所谓"大丈夫名节"是"沽名钓誉"。

经历评价：在警幻仙姑的眼中，贾宝玉"天分高明，性情颖慧"，却是封建贵族家庭的叛逆者，他对《西厢记》《牡丹亭》之类理学先生最反对读的作品爱如珍宝；他给大观园题对额，为晴雯写诔文，很有才情。

元妃省亲，正是贾府如日中天的时候。为了接待元妃，荣国府决定新建省亲别院，进行家族有史以来规模最大的一次“房产开发”。他们丈量了三里半的土地大兴土木，“堆山凿池、起楼树阁、种竹栽花”，建成了豪宅——大观园。《红楼梦》第十七回，演绎出一段“大观园试才题对额，荣国府归省庆元宵”的精彩故事。

移步换景于大观园中，前呼后拥的省亲场面里，人们不仅读出了精湛的园林艺术，读出了衣锦还乡的荣耀，也读出了繁华背后潜伏的危机，读出了生离死别……作为教师的我呢？则读出一场别开生面的语文考试，而且是一次体现新课程理念的发展性考试呢！这场别样考试的考生很多，但有一个考生很特别，那就是《红楼梦》的男主角贾宝玉。命题并监考的是荣国府的最高统治者贾政，而点评答卷的是一群颇通文墨的“清客”。

这场考试折射出怎样的教育思想呢？

一、生活化命题，点燃应试的热情

都说鲜活的生活是不竭的课程资源，尤其是语文教学，更需要接纳生活的八面来风。不少有经验的教师敞开教室的大门，让壮丽的河山、美丽的城郭、日新月异的时代、天涯海角的万种风情来到教室，并与丰厚的文化典籍相融合，让课程焕发文化与生命的魅力。然而，我们往往发现，由于考试内容与考试方式的滞后，阻碍了教学的改革。有识之士大声疾呼：改革考试，让命题生活化起来，为教学改革保驾护航！在《红楼梦》“大观园试才题对额”的情节中，我惊喜地发现了一份生活化的考卷：省亲别院竣工，贾政试才出题。

贾政听了，沉思一回，说道：“这匾额对联倒是一件难事。论理该请贵妃赐题才是，然贵妃若不亲睹其景，大约亦必不肯妄拟；若直待贵妃游幸过再请题，偌大景致，若干亭榭，无字标题，也觉寥落无趣，任有花柳山水，也断不能生色。”众清客在旁笑答道：“老世翁所见极是。如今我们有个愚见：各处匾额对联断不可少，亦断不可定名。如今且按其景致，或两字、三字、四字，虚合其意，拟了出来，暂且做灯匾联悬了。待贵妃游幸时，再请定名，岂不两全?”贾政等听了，都道：“所见不差。我们今日且看看去，只管题了，若妥当便用，不妥时，然后将雨村请来，令他再拟。”众人笑道：“老爷今日一拟定佳，何必又待雨村。”贾政笑道：“你们不知，我自幼于花鸟山水题咏上就平平；如今上了年纪，且案牍劳烦，于这怡情悦性文章上更生疏了。纵拟了出来，不免迂腐古板，反不能使花柳园亭生色，似不妥协，反没意思。”众清客笑道：“这也无妨。我们大家看了公拟，各举其长，优则存之，劣则删之，未为不可。”贾政道：“此论极是。且喜今日天气和暖，大家去逛逛。”说着起身，引众人前往。

……

贾政近因闻得塾掌称赞宝玉专能对对联，虽不喜读书，偏倒有些歪才情似的，今日偶然撞见这机会，便命他跟来。宝玉只得随往，尚不知何意。

这是一份充满生活情趣的试卷，用现代教学理论评价可为其名曰“生活化命题”，或者说是一次“解决问题”的考试。其理论缘起于世界著名的美国实用主义教育家约翰·杜威的观点，他曾说：学校作为社会的重要组成部分，学校的教育教学必须和实际生活紧密联系，不可脱离之。就考试而言，是把考试内容、考试形式与社会实际生活需要关联起来，而不再是纸上谈兵，为考试而“考试”。这“题写匾额对联”的试卷，载体不是苍白纸张，而是偌大一个大观园；考题内容不是抽象的文字，而是为其中的重要景点命名，为风情万种的亭台楼榭题写匾额对联；考试目的不是为了评价某个人的学业成绩，而是为了让花柳山水“生色”。这更像是一次文化实践活动。试卷洋溢着鲜活的生活气息，试题能一下子触发考生的创造欲

望，好像是为“专能对对联”的宝玉设计的。因此他不待复习，不待准备，马上走进“考场”，触景生情，语若流泉，一时竟出离了“思念秦钟，忧戚不尽”的心境，流连在风光不尽的大观园“考场”。

二、开放式考试，敞开应试的思路

我敢肯定没有一个人会喜欢考试。谁都不喜欢冰冷的考场，那里的严肃与紧张气氛，会令考试人的心情降到冰点；谁都不喜欢面目冷峻的监考官，他们冷冷的目光仿佛要穿透你的心扉，令人心绪不宁；谁都不喜欢密密麻麻的考题，它们仿佛是陌生的眼睛瞪着你，令你不寒而栗；谁都不喜欢灰色的成绩，换来的只是人们的白眼。还有考试前没完没了的复习课，铺天盖地的练习题，都让人心烦意乱。而等待考试又担心考试时那种焦虑的心绪，更是对人的折磨。

大观园里的这一场考试却没有这些负面的东西，尽管考生贾宝玉是在没有心理准备的情况下被逮住进行“试才”的，但考试中他渐渐地爱上了这一次“试才”，并愿意投入地考一次。这是为什么呢？却原来这场“试才”不在戒备森严的考场，不用面对白纸搜肠刮肚，冥思苦想。考生置身在风物绝美的大观园里，时而漫步在白石崚嶒、苔藓斑驳、藤萝掩映下微露的羊肠小道上，凭由思绪飞扬；时而伫立于隐藏在山坳树杪之间、青溪泻玉旁雕甍绣槛的水榭楼台，触景生情；时而流连于崇阁巍峨，层楼高起，面面琳宫合抱，迢迢复道萦纡，玉兰绕砌，金辉兽面，彩焕螭头的“蓬莱仙境”。他感慨万千，不禁情动辞发。

一面说，一面走，倏尔青山斜阻。转过山怀中，隐隐露出一带黄泥筑就矮墙，墙头皆用稻茎掩护。有几百株杏花，如喷火蒸霞一般。里面数楹茅屋。外面却是桑、榆、槿、柘，各色树稚新条，随其曲折，编就两溜青篱。篱外山坡之下，有一土井，旁有桔槔辘轳之属。下面分畦列亩，佳蔬菜花，漫然无际。

贾政笑道："倒是此处有些道理。虽系人力穿凿，此时一见，未免勾引起我归农之意。我们且进去歇息歇息。"说毕，方欲进篱门去，忽见路旁有一石碣，亦为留题之备。众人笑道："更妙，更妙！此处若悬匾待题，则田舍家风一洗尽矣。立此一碣，又觉生色许多，非范石湖田家之咏不足以尽其妙。"贾政道："诸公请题。"众人道："方才世兄有云，'编新不如述旧'，此处古人已道尽矣，莫若直书'杏花村'妙极。"

……

贾政又向众人道："'杏花村'固佳，只是犯了正村名，直待请名方可。"众客都道："是呀，如今虚的，便是何字样好？"

大家想着，宝玉却等不得了，也不等贾政的命，便说道："旧诗有云：'红杏梢头挂酒旗'，如今莫若且题以'杏帘在望'四字。"众人都道："好个'在望'！又暗合'杏花村'意。"宝玉冷笑道："村名若用'杏花'二字，便俗陋不堪了。又有古人诗云'柴门临水稻花香'，何不用'稻香村'的妙？"众人听了，越发哄声拍手道："妙！"

刘勰说："登山则情满于山，观海则意溢于海。"美丽的风光景物能愉悦我们的耳目，叩响我们紧绷的心弦，发出情感的乐音。这一以田园乡舍题名的"考题"，出题者身临其境：一带黄泥墙，几百枝杏花，数楹茅屋，两溜青篱，触动贾政对身世处境的思考，"此时一见，未免勾引起我归农之意"。而对于"考生"贾宝玉而言，眼前的景物带给他以灵气，让心灵获得美的沐浴，让沉睡的知识苏醒，促发他对"红杏梢头挂酒旗""柴门临水稻花香"诗意的再现。于是心有欣欣然，神有飘飘然，还没等"考官"下令"开始作答"，就"等不得了，也不等贾政的话"，便脱口而出娓娓道来！这一道"考题"答案如此精彩，后面的"曲径通幽""沁芳""有凤来仪""蓼汀花溆"的题名更是一个比一个精彩。

这是一种多么神奇的"考试"效果！为什么被从事现代教育的

我们弃之如敝屣呢？要知道沉闷的、封闭的教室也会幽禁人的思维，堵塞人的言辞。为什么不能把考试设计成一次活动、一场游戏，或者一次远足呢？让学生在大自然里，发现眼前的碧海、蓝天、飞鸟虫鱼、花草树木等是如此的真实，如此令人难以忘怀，随之而来的应该就是生命的鲜活体验与文思的畅达。美景诗情自然来！难怪歌德说："真想变成一只金甲虫，到那馥郁的香海中去遨游一番，尽情地吸露吮蜜。"

三、研讨式考试，追求最佳的答案

许多学生乃至成人都憎恨考试，这是不争的事实。这不是考试的错，而是我们过去只让考试扮演了"甄别与选拔"的裁判角色，使它变得像魔鬼般面目狰狞。新课程提倡改变评价的功能，发挥考试促进学生发展的作用，让考试评价成为学生展现自我的平台，成为学习伙伴们研讨学习、交流学习成果的乐园，让学生通过考试得到真正意义上的成长。美国肯特州立大学凯瑟琳·罗森教授发表了一项刊登在美国《科学》杂志上的关于考试的研究成果，表明考试不仅仅能评估我们的学习成果，更重要的是能让我们更聪明。

怎样利用考试使学生变得更聪明呢？曹雪芹笔下的这一场特殊的"试才"，"主考官"贾政的做法是允许"考生"与考官们研讨、交流，从而寻找最佳答案。请看其中一道考题。

贾政因见两边俱是超手游廊，便顺着游廊步入。只见上面五间清厦连着卷棚，四面出廊，绿窗油壁，更比前几处清雅不同。贾政叹道："此轩中煮茶操琴，亦不必再焚香矣。此造已出意外，诸公必有佳作新题以颜其额，方不负此。"

好一个蘅芜苑，虽然此前贾政觉得"无味得很"，然而"顺着游廊步入"，豁然开朗，"却出意外"，别有一片广阔绮丽的天地！这是后来薛宝钗居住的闺房，一个清雅而清寂的地方。该如何对其题额赋诗呢？一石激起千层浪，答案纷至沓来。

众人笑道："再莫若'兰风蕙露'贴切了。"贾政道："也只好用这四字。其联若何？"

一人道："我想了一对，大家批削改正。"念道是：

麝兰芳霭斜阳院，杜若香飘明月洲。

众人道："妙则妙矣，只是'斜阳'二字不妥。"那人道："古人诗云'蘼芜满院泣斜阳'。"众人道："颓丧，颓丧。"又一人道："我也有一联，诸公评阅评阅。"念道：

三径香风飘玉蕙，一庭明月照金兰。

贾政拈髯沉吟，意欲也题一联。忽抬头见宝玉在旁不敢则声，因喝道："怎么你应说话时又不说了？还要等人请教你不成？"宝玉听了，便回道："此处并没有什么'兰麝'、'明月'、'洲渚'之类，若要这样着迹说来，就题二百联也不能完。"贾政道："谁按着你的头，叫你必定说这些字样呢？"宝玉道："如此说，匾上则莫若'蘅芷清芬'四字，对联则是：

吟成荳蔻才犹艳，睡足酴醾梦亦香。

贾政笑道："这是套的'书成蕉叶文犹绿'，不足为奇。"众人道："李太白'凤凰台'之作，全套'黄鹤楼'，只要套得妙。如今细评起来，方才这一联，竟比'书成蕉叶'尤觉幽娴活泼。视'书成'之句。竟似套此而来。"贾政笑道："岂有此理。"

一道考题，三组答案。这表明：一是试题出得好，让答题者的诗情燃烧。题意打通了试题与现场人们内心知识贮备的联系，实现了旧知识与眼前景的迁移，点燃了人们表达的积极性，甚至连"主考官"贾政也"拈髯沉吟，意欲也题一联"。二是不设标准答案，如此一来试题才能点燃答题者创新的火花。这使我想起 2013 年 8 月 12 日，中美合作创办的上海纽约大学迎来了令人瞩目的第一届开学典礼，近三百名新生、家长、教师聆听了第一任美方校长杰弗里·雷蒙阐释的该校办学理念，他说学生将接受的教育是非知识、非智慧、非正确答案的，解决没有标准答案问题的学习能力和创新精神的教育。在大观园举行的这场特殊的考试里，每一道题都没有标准答案，仿佛是给考生解除了揣摩命题者答题要求的枷锁，他们的才思可以像鸟儿一样在辽阔的天空自由飞翔，飞出精彩，飞出快乐。三是精彩的回答源于开放式的研讨。这与其说在考试，解答题目，毋宁说是在研讨试题。这不，第一组答案“麝兰芳霭斜阳院，杜若香飘明月洲”经“批削改正”，启发诞生了第二组答案“三径香风飘玉蕙，一庭明月照金兰”。而第二组答案经过一番“评阅”，纠正了不顾眼前具体环境、附庸风雅的毛病，启迪了贾宝玉的诗思，欣然提交了一份绝妙的答卷——第三组答案。好一个“蘅芷清芬”，使“五间清厦”蓬荜生香，顿添清雅。好一对楹联“吟成荳蔻才犹艳，睡足酴醾梦亦香”，写尽了“那人”的才气，道尽了“那处”的幽雅，让观者感受到景中有了人气，妙趣横生。

四、评价，让考试成为快乐旅游

现代教育认为考试这种活动是“人化”的，也是“化人”的。换而言之就是应确立考生在应试过程中的主体地位，尊重、服务、关爱考生，牢固树立“考生中心”的思想，为考生真实展现其聪明才智，充分发挥其能动性和创造性创设适宜环境，是监考“人化”的本质要求；同时又要落实考试教育人、发展人的功能，促使被试身心得到充分发展，即“化人”。怎样“化人”呢？这使我想到“春风化雨”，所谓“化人”，应该是一种“润物细无声”的教育境界，被试是在一种宽松的、宁静的、时时得到鼓励的氛围里体验考试的成功的。

在《红楼梦》“大观园试才题对额”的这一场特殊的考试里，我们惊喜地看到曹雪芹笔下的主考官贾政和监考官们大胆改变“视人为物”的传统监考习惯，秉持人性化的监考理念，创设优雅的考试环境，创新激励性评价的方式鼓励“考生”，追求和实现“化人”至上的监考价值目标。

如对“沁芳亭”的命名过程。

说着，进入石洞来，只见佳木茏葱，奇花烂灼，一带清流，从花木深处曲折泻于石隙之下。再进数步，渐向北边，平坦宽豁，两边飞楼插空，雕甍绣槛，皆隐于山坳树杪之间。俯而视之，则清溪泻雪，石磴穿云，白石为栏，环抱池沿，石桥三港，兽面衔吐。桥上有亭。贾政与诸人上了亭子，倚栏坐了，因问：“诸公以何题此？”诸人都道：“当日欧阳公《醉翁亭记》有云：‘有亭翼然’，就名‘翼然’。”贾政笑道：“‘翼然’虽佳，但此亭压水而成，还须偏于水题方称。依我拙裁，欧阳公之‘泻出于两峰之间’，竟用他这一个‘泻’字。”有一客道：“是极，是极。竟是‘泻玉’二字妙。”贾政拈髯寻思，因抬头见宝玉侍侧，便笑命他也拟一个来。宝玉听说，连忙回道：“老爷方才所议已是。但是如今追究了去，似乎当日欧阳公题酿泉用一‘泻’字则妥，今日此泉若亦用‘泻’字，则觉不妥。况此处虽云省亲驻跸别墅，亦当入于应制之例，用此等字眼，亦觉粗陋不雅。求再拟较此蕴籍含蓄者。”贾政笑道：“诸公听此论若何？方才众人编新，你又说不如述古；如今我们述古，你又说粗陋不妥。你且说你的来我听。”宝玉道：“有用‘泻玉’二字，则莫若‘沁芳’二字，岂不新雅？”贾政拈髯点头不语。众人都忙迎合，赞宝玉才情不凡。贾政道：“匾上二字容易。再作一副七言对联来。”宝玉听说，立于亭上，四顾一望，便机上心来，乃念道：

绕堤柳借三篙翠，隔岸花分一脉香。

贾政听了，点头微笑。众人先称赞不已。

这与其说是“试才”，毋宁说是一次诗意的游园活动。多么清雅的场景，小山、碧树、繁花、小桥、清泉、廊亭，怡人陶性，悦目悦耳悦神。徜徉其间，心旷神怡，再加上“众人都忙迎合”，声声鼓励，声声褒奖，“赞宝玉才情不凡”，怎不令“考生”心旌摇荡，情思飞扬？

在这里我惊讶地发现，望子成龙的贾政，一改往日一本正经、不苟言笑的样子，始终笑对“考试”中的孩子。文中一连写了他的四次“笑”。一笑：笑评“诸人”题名“翼然”，认为亭在泉上，应从水的角度命名，想用“泻”字，却又对“诸人”建议“泻玉”不满意。这一笑，既笑别人题不对景，又笑自己一时才思堵塞，这一笑，笑得无奈，笑得可爱。二笑：在对“诸人”的答案不满意，自己一时又想不出来好答案时，便满面笑容地请宝玉“也拟一个来”。这一笑，笑得诚恳，笑得亲切。三笑：笑贾宝玉对“编新”“述古”的一番惊人宏论，笑儿子否定自己的想法，言之有理，言之合情。这一笑，笑得宽容，笑得坦然。四笑：笑贾宝玉命名“沁芳亭”的别具匠心，夸楹联“绕堤柳借三篙翠，隔岸花分一脉香”的别出心裁。这一笑，笑得由衷，笑得幸福，笑得骄傲。

德国教育家第斯多惠说过：“教学的艺术不在于传授的本领，而在于激励，唤醒，鼓舞！”考试的评价功能又何尝不是如此呢？佩服贾政与“众人”深谙其中玄妙，所以唤醒了考生沉睡的聪明才智，使其有精妙答案，辞与景恰，意与境合，让“考生”不断体验成功的快乐，经历了一趟诗情与画意交融的旅程。

激励性评价有如此神奇的魅力，亲爱的老师们，你又何必吝啬呢？

文学通过艺术形象反映社会生活，又以艺术形象反作用于社会生活。正如鲁迅先生说的，“文艺是国民精神发光的火光，同时也是引导国民精神前途的灯”。《红楼梦》作为一部烛照千古的巨著，在“大观园试才题对额”这一回里，生动、细腻地描写贾政、众门客带领宝玉游大观园题写各处匾额、对联，绝不是单纯为艺术而艺术，绝不是只为了彰显自己的艺术才华，其中蕴含的教育教学、考试评价的理念耐人寻味，在今天依然闪耀着光芒。简而言之，如果让考试在开放的空间进行，让考生呼吸到自由的空气；如果把解决实际问题作为真实的考题，让考试成为一趟智慧的旅程；如果允许主考人启发、引导考生，让考生经历一次有意义的学习；如果把鼓励、宽容作为最主要的评价工具，让考生及时体验展示学习成绩的快乐，那么，考试就不只是评估学习成绩的工具，更是学生展示学业成果的平台、促进学习能力提高的助推器。

第三课　大观园，一所诗意飞扬的学校

——一次假想的教学视导

红楼教师

李纨，字宫裁，海棠诗社社长，贾宝玉的亲嫂嫂。其夫贾珠虽亡，幸存一子，取名贾兰。

人物形象：李纨是封建淑女，是标准的节妇，是守妇德女性的代言者。她青春美丽，也有热情似火的一面，宛如她的住处有“几百株杏花，如喷火蒸霞一般”，真是“满园春色关不住”。李纨就是这关不住的杏花，因为有了大观园，有了海棠诗社，李纨显示着万千的美丽。

文化背景：金陵名宦之女，出身书香门第，父亲李守中，曾为国子监祭酒，但其父坚持“女子无才便有德”，让她读了《女四书》《列女传》《贤媛集》等三四种书，故而李纨也精通文字。

人物评价：李纨内蕴丰富，热心于文化活动。探春倡议办诗社，李纨毛遂自荐当社长。上任后，更是分派好各人之职责，众人也都相信李纨的能力，让她做了诗社比赛的裁判。在诗的王国里，李纨找到了自己的位置，进入了自己的角色。她以主人公的态度与热情对待诗社的一切活动，使得大观园诗社活动有条不紊地开展下去。

《红楼梦》里的大观园是贾府为贾元春省亲而修建的行宫别墅。这里繁花名木摇曳多姿，阆苑琼楼掩映其中，是山水自然美与人工智慧美融于一体的园林艺术精品。元妃亲临其境后欣然赐名：“天上人间诸景备，芳园应赐大观名。”省亲后，元春想偌大的一个大观园空着很可惜，建议让贾宝玉和众姐妹住进来，“不使佳人落魄，花柳无颜”。那群少男少女们听此消息真是欢天喜地，贾宝玉住进了怡红院，林黛玉住进了潇湘馆，薛宝钗住进了衡芜苑，贾迎春住进了缀锦楼，李纨住到了稻香村……他们在大观园内既拥有自己的小天地，又有共同的活动空间。这群浑身洋溢着清爽、自然气息的青年男女，带活了大观园的一园风景。美丽的大观园成了少男少女快乐的生活世界和自由的精神家园，他们在这儿交流学习，展示自我，张扬个性，追逐梦想。大观园俨然成了一所现代化的学校，不仅有一流的校园环境，还有自由的学术氛围。他们在这儿成立诗社，交流道德文章、讨论诗词歌赋，他们谈诗、论画，谈儒也论禅……

在一个春风拂面的日子，我和我的同事们突发奇想，穿越时空的隧道，沿着曹雪芹先生神奇的文字，来到了风景如画的“大观园学校”，进行一次别开生面的教学视导，观摩他们的诗社活动，拜读他们的一篇篇别具一格的诗篇。我们感动不已，也感慨不已。

一、诗意的风景，诗意地栖居

1. 诗意的风景。

德国诗人荷尔德林曾吟道：“人充满劳绩，但还诗意地安居于大地之上。”生活中，每个人都在寻找最美的活法，以审美的眼光欣赏世间万物，以审美的尺度评判真假善恶，以审美的笔触表达世态炎凉、人情冷暖。美好的生活环境，富足的物质生活，在自由的精神家园放飞美丽的情思，这不正是现代教育倡导的幸福教育、生命教育所追求的最高境界吗？

走进《红楼梦》里的大观园，我们神清气爽：到处佳木婆娑，楼台亭榭掩映其中，曲径蜿蜒，小桥流水，装点着似锦繁花。清新的空气中带着淡淡的书香味迎面扑来，时不时会听见琅琅读书声。偶尔几声清脆鸟鸣，从绿荫深处传来，把人的思绪带向远方。好个清幽的所在！这正是我们苦苦寻觅的读书环境。设计者别具匠心，这里的每一个景点、每一间屋舍都好像被诗熏染过似的，散发着幽幽的诗香。这是沁芳亭，绕堤柳借三篙翠，隔岸花分一脉香；这是潇湘馆，宝鼎茶闲烟尚绿，幽窗棋罢指犹凉；这是稻香村，新涨绿添浣葛处，好云香护采芹人；这是蘅芜苑，吟成豆蔻才犹艳，睡足荼蘼梦亦香……每一处都有诗意的吟唱，每一处都会引起诗意的遐想，在这样的环境里想不作诗都难！要不，我们择其要者，走进潇湘馆感受一次诗情画意的熏陶。

> 忽抬头看见前面一带粉垣，里面数楹修舍，有千百竿翠竹遮映。众人都道："好个所在！"于是大家进入，只见入门便是曲折游廊，阶下石子漫成甬路。……后院有大株梨花兼着芭蕉。……墙下忽开一隙，清泉一派，开沟仅尺许，灌入墙内，绕阶缘屋至前院，盘旋竹下而出。

真是"好个所在"！眼前翠竹、梨花、芭蕉，一脉清泉，数楹修舍，石子甬路……哪一个镜头，不给人以诗的印象？"梨花院落溶溶月""月映竹成千个字"；竹影泉声是一句句朦胧诗行在漂泊，一个个古典音符在流淌； "秋意入芭蕉，不雨潇潇，闲庭如此好良宵"……身临其境，每一个镜头中的画面都有可能与诗的意象交融、叠印，物象与意象的融合，让诗情、诗意、诗句呼之欲出。环境可以陶冶人，都说久熏幽兰人自香，这里有满园翠竹，住在这里的人儿也像竹一样美丽、多情、儒雅、高洁！

2. 诗意的栖居。

如果说诗意的风景是大观园这所学校独有的校园环境，那么

“海棠诗社”则是他们的特色活动，或者说是大观园学校的特色校本课程。这如诗似画的大观园为那群朝气蓬勃的学子们提供了宜人的活动环境，也为他们的美好青春添彩增辉，而才华横溢的少男少女们出入其间，点亮了一园风景。海棠诗社的活动让大观园学校的学生们大放异彩，成就了那群少男少女们诗意的栖居。

这是一次自发的活动。

《红楼梦》第三十七回“秋爽斋偶结海棠社，蘅芜苑夜拟菊花题”写了诗社的成立原因：贾探春的一封“倡议书”。

娣探谨奉

二兄文几：前夕新霁，月色如洗，因惜清景难逢，讵忍就卧，时漏已三转，犹徘徊于桐槛之下，未防风露所欺，致获采薪之患。昨蒙亲劳抚嘱，复又数遣侍儿问切，兼以鲜荔并真卿墨迹见赐，何痌瘝惠爱之深哉！今因伏几凭床处默之时，因思及历来古人中处名攻利敌之场，犹置一些山滴水之区，远招近揖，投辖攀辕，务结二三同志盘桓于其中，或竖词坛，或开吟社，虽一时之偶兴，遂成千古之佳谈。娣虽不才，窃同叨栖处于泉石之间，而兼慕薛林之技。风庭月榭，惜未宴集诗人；帘杏溪桃，或可醉飞吟盏。孰谓莲社之雄才，独许须眉；直以东山之雅会，让余脂粉。若蒙棹雪而来，娣则扫花以待。此谨奉。

天凉如水，月明如水，探春凭栏望月如痴如醉，没提防寒风露水的侵袭，感染了风寒。二哥宝玉亲自抚慰，又派丫鬟问候，还送来新鲜荔枝和颜真卿墨宝，兄长的关怀是多么细腻，多么深切啊。探春想起处身名利场中的古人还能忘情于一隅山水中，与情投意合的朋友开诗社吟诗作赋，留下千古佳话，而姐妹们就住在如画的大观园里，且各人皆有才气，庭院水榭，清风明月，景色如此美好，为什么不能搭造一个展示众人才华和抒发各自情怀的平台？为什么“莲社之雄才，独许须眉”？为什么不能像“东山雅会”，醉酒传杯吟诗作对，一展巾帼不让须眉的豪情与壮怀?!

探春的邀约文辞铿锵有力，又婉约清雅至极。宝玉喜出望外，情不自禁拍手叫好，“倒是三妹妹的高雅，我如今就去商议”。当他赶到秋爽斋时，姐妹们已不约而同都齐聚在一起，开始商议组建诗社的事了。用探春的话说是“偶然起了个念头，写了几个贴儿试一试，谁知一招皆到”。看来美好的事物大家都喜欢，结社作诗反映了大家共同的愿望。探春诗意的邀约，是有春天气息的邀约，使怀春的少女都绽放出春天的美丽。

这是一次人人平等的主体性的活动。

在大观园，每个人都自由地享受着温暖的阳光。在海棠诗社的活动筹备期，我们非常惊叹林黛玉那种超越时代的见解，她说：“既然定要起诗社，咱们都是诗翁了，先把这些姐妹叔嫂的字样改了才不俗。”这岂止是“不俗”? 她让每一个“诗翁”冲破了长幼尊卑、亲疏远近的伦理纲常，使每一个人都能以一个诗人的身份，在诗的国度里自由地、平等地、快乐地飞翔。这是多么富有创造力的想法与做法，岂止是“不俗”! 我们惊喜地看到，她的观念里，透露出现代学者们苦苦追求的建立“在学术面前人人平等”的思想。

林黛玉的合理建议得到了大家的一致赞同。

李纨道：“极是，何不大家起个别号，彼此称呼则雅。我是定了‘稻香老农’，再无人占的。”探春笑道：“我就是‘秋爽居士’罢。”宝玉道：“居士、主人到底不恰，且又瘰赘。这里梧桐芭蕉尽有，或指梧桐芭蕉起个倒好。”探春笑道：“有了，我最喜芭蕉，就称‘蕉下客’罢。”众人都道别致有趣。黛玉笑道：“你们快牵了他去，炖了脯子吃酒。”众人不解。黛玉笑道：“古人曾云‘蕉叶覆鹿’。他自称‘蕉下客’，可不是一只鹿了? 快做了鹿脯来。”众人听了都笑起来。探春因笑道：“你别忙中使巧话来骂人，我已替你想了个极当的美号了。”又向众人道：“当日娥皇女英洒泪在竹上成斑，故今斑竹又名湘妃竹。如今他住的是潇湘馆，他又爱哭，将来他想林姐夫，那些竹子也是要变成斑竹的。以后都叫他作‘潇湘妃子’就完了。”大家听说，都拍手叫妙。林黛玉低了头方不言语。李纨笑道：“我替薛大妹妹也早已想了个好的，也只三个字。”惜春迎春都忙问是什么。李纨道：“我是封他‘蘅芜君’了，不知你们如何。”探春笑道：“这个封号极好。”宝玉道：“我呢？你们也替我想一个。”宝钗笑道：“你的号早有了，‘无事忙’三字恰当的很。”李纨道：“你还是你的旧号‘绛洞花王’就好。”宝玉笑道：“小时候干的营生，还提他作什么！”探春道：“你的号多的很，又起什么。我们爱叫你什么，你就答应着就是了。”宝钗道：“还得我送你个号罢。有最俗的一个号，却于你最当。天下难得的是富贵，又难得的是闲散，这两样再不能兼有，不想你兼有了，就叫你‘富贵闲人’也罢了。”宝玉笑道：“当不起，当不起，倒是随你们混叫去罢。”

……

这是一个令人拍手叫绝的场面，假如置身其中，会获得无尽的快意和酣畅淋漓的舒适体验。在场的所有人无拘无束，欣欣然打开话匣子，侃侃而谈，或交流自己的雅号，或为诗友起雅号，或评点别人的雅号，口无遮拦，甚至有些肆无忌惮。在这样的“课堂”里，大家彼此都敞开了心扉，绝不心存芥蒂。俏皮的林妹妹幽了贾探春一默，要把“蕉叶覆鹿”，牵出去“炖了脯子吃酒”。“才自清明志自高”的探春并不在乎，她不甘示弱地回赠林黛玉一个“潇湘妃子”的雅号，并调笑了一番。平时爱使小性子的林黛玉对这个探春认为的“极当的美号”并不生气，只是“低了头方不言语”，默然接受。脂砚斋不由赞叹道：“妙极趣极！所谓‘夫人必自侮然后人侮之’，看因一谑便勾出一美号来，何等妙文哉！”诗友们对贾宝玉的调侃，也“接踵而至”。宝玉招架不住，也不知是贬还是褒，但谑而不虐，他也无可奈何，只好随她们“混叫去罢”。更有意思的是，诗友们的雅号，诸如“稻香老农”“蕉下客”“秋爽居士”“蘅芜君”“潇湘妃子”等，与现代社会人们使用的网名何其相似。今天我们听着它，感到分外新鲜，对这些人也格外亲切。

这个诗社有其完整的机构。

海棠诗社并非自由散漫的组织，它有一套完整的组织机构和运作机制，以规范活动的开展。

（1）组织机构：

发起人：贾探春。

社长：李纨，主要职责是主持社务，点评诗作。

副社长：迎春、惜春，分别负责出题限韵、誊录监场。

监社御史：王熙凤，提供活动经费。

诗社成员：林黛玉、薛宝钗、史湘云、贾迎春、贾探春、贾惜春、贾宝玉、李纨。

后期发展成员：湘云、薛宝琴、香菱、邢岫烟、李绮、李纹。

（2）活动目的：宴集诗人于风庭月榭；醉游于帘杏桃溪，作诗吟赋以显大观园众姊妹之文采不让须眉。

（3）活动时间：每月初二、十六两日开社，风雨无阻，除这两日外，其间如大家有兴致，亦可择日加一社。

海棠诗社虽然成员不多，但他们很重视诗社活动，认为“这是一件正经大事，大家鼓舞起来，别你谦我让的。各有主意，只管说出来，大家评论”。经过大家的酝酿，建立了组织机构，拟定了活动章程。我们欣慰地看到大观园里第一个文学社团，在秋天一个海棠花开的日子里诞生了。于是大观园的男诗人女诗人们汇集在缪斯女神的旗帜下，沉浸在诗的海洋里，以诗人的气质，追寻着诗意人生。在这青春绚丽的日子里，他们海棠开了写海棠诗，菊花开时写菊花诗，柳絮飞时又为柳絮写诗，纵然天气是“一夜北风紧”，他们依然诗情满天飞……甚至用螃蟹下酒时，还不忘赋上几首诗。

二、诗意的活动，释放生命的美丽

大观园里群芳绽放的少男少女们，是如此美丽。

英国文艺复兴时期的大哲学家培根说过：“人们历来认为，诗歌有一种神奇的力量，因为它能振奋起人的精神。”我们的先贤也告诉我们对自由精神生活的追求“兴于诗”。贾府系簪缨之家，钟鸣鼎食之族，兴盛时如“烈火烹油，鲜花着锦”，可是我敢说作为现实中的我们谁也不愿意生活其中——偌大的荣国府和宁国府等级森严，笼罩着封建礼法的阴云，那沉闷的空气压抑得人近于窒息。这是幽幽灵秀地，却又是无可奈何天！好在他们建立了海棠诗社，拨开重重迷雾，在钟灵毓秀的大观园里投下一束灿烂的阳光，让生活在金丝笼里的“宅男宅女”们，在山重水复时，见到柳暗花明，来到了精神世界的桃花源。

忽如一夜春风来，海棠诗社百花开。

在诗的国度里，这群青年男女忘却了贫富贵贱，忘却了亲疏近远，忘却了喜好厌恶，忘却了世态炎凉，陶醉在诗的芳香中，让生命的美丽尽情绽放。贾探春有感于自己振臂一呼，得到了大家的纷纷响应，硬是要做第一社的东道主，认为做东道“方不负我这兴”！当社长李纨建议“明日”开社时，探春迫不及待地提出：“明日不如今日，此刻就很好！你就出题，菱洲限韵，藕榭监场。”她的那种兴奋劲儿溢于言表，仿佛中了诗魔似的，执着得近于固执，但固执得可爱。她的情绪感染着在场的所有诗友，大家都跃跃欲试。

结社吟诗，这正中林黛玉的下怀。才华横溢的她，虽然嘴上谦虚“你们只管起社，可别算上我，我是不敢的”，心上却暗喜，率先提出了自己的建议，既然起社，大家都是诗翁了，应起一个别号，代替“姐妹叔嫂”的称呼。在诗的阳光下，她的病态，她的迷离，她的柔弱，她的伤感，刹那间如冰雪融化，换来心灵天空的一片艳阳天，诗心化作彩云飞。在诗社里，我们的林妹妹如鱼得水，所向披靡，笑声最多，佳作最多，赢得多少惊羡的目光。

俄国作家列夫·托尔斯泰曾经说：“诗是心灵之火，这火能点燃，温暖照亮人心。”一向自觉而忠诚地恪守封建道德纲常和女儿家本分的薛宝钗，也被卷入了这股诗潮中，心灵之火被诗点燃，生命也终于燃烧出绚烂的火花。在给贾宝玉起别号的场景中，她一改“事不关己不开口，一问摇头三不知”的态度，居然借题发挥，谈笑风生，痛痛快快地戏谑了宝二爷一番。在这里，没有往日一本正经的“道学家”，一个天真无邪、美丽可爱的少女形象跃然纸上。在讨论诗社的写作宗旨时，“寄兴寓情”就出自这位封建淑女之口——多么难能可贵！在之后的三场诗赛中，宝姐姐诗意飞扬，与林妹妹双峰并峙，尽显风流！

海棠诗社的文化氛围居然也感染了不识字的大总管王熙凤。探春笑对她说：“我们起了个诗社，头一社就不齐全，众人脸软，所以就乱了。我想必得你去作个监社御史，铁面无私才好。”对这样一个空头“雅贿”，精明的凤姐明知“哪里是请我作监社御史！分明是叫我作个进钱的铜商。你们弄什么社，必是要轮流作东道的。你们的月钱不够花了，想出这个法子来拗了我去，好和我要钱。可是这个主意?”但她乐得接受大家给予她的头衔，希望自己也有这样一份雅兴，做一个有文化的优雅“领导”人。她回答得干脆利落又风趣幽默：“我不入社花几个钱，不成了大观园的反叛了，还想在这里吃饭不成？明儿一早就到任，下马拜了印，先放下五十两银子给你们慢慢作会社东道。过后几天，我又不作诗作文，只不过是个俗人罢了。‘监察’也罢，不‘监察’也罢，有了钱了，你们还撵出我来！”

果真在几天后的“芦雪庵争联即景”创作活动中，王熙凤赶来“走马上任”。她看着墙上贴着的创作要求，居然诗兴大发：“既是这样说，我也说一句在上头。”“监社御史”的毛遂自荐和亲自参与，让诗友们欢欣鼓舞，她更是眉开眼笑，信口而来："我想下雪必刮北风，昨夜听见了一夜的北风，我有了一句，就是'一夜北风紧'，可使得?"

好一个"一夜北风紧"！大俗至雅，看似脱口而出，却源自对昨夜北风的感触，是缘景生情，情动辞发，妙句自然天成。"王御史"看似平常的"一夜北风紧"，却是神来之笔，一下打开了芦雪庵联诗大会的大门，让后面人的联句喷涌而出，一泻千里。

"夫诗有别材，非关书也；诗有别趣，非关理也。"（严羽《沧浪诗话·诗辨》）没读过书的王熙凤居然也能吟出诗，居然也陶醉在诗中，完全是被海棠诗社的氛围所熏陶。诗，是一片阳光，融化了王熙凤"弄权铁槛寺"的八面威风，"毒设相思局"的残忍，"大闹宁国府"的泼辣，"弄小巧用借剑杀人"的奸诈。在诗的阳光下，还原出一个"性本善"的凤姐姐，此时的她慷慨、热情，谦逊而有灵性，是那样的可敬可爱。

诗改变的除了王熙凤，还有李纨。

在海棠诗社里，少男少女们绽放青春的美丽，而最引人注目的一个人，要算是李纨了。

李纨是什么人？曹雪芹先生这样描述她。

原来这李氏即贾珠之妻。珠虽夭亡，幸存一子，取名贾兰，今方五岁，已入学攻书。这李氏亦系金陵名宦之女，父名李守中，曾为国子监祭酒，族中男女无有不诵诗读书者。至李守中继承以来，便说"女子无才便有德"，故生了李氏时，便不十分令其读书，只不过将些《女四书》《列女传》《贤媛集》等三四种书，使他认得几个字，记得前朝这几个贤女便罢了，却只以纺绩井臼为要，因取名为李纨，字宫裁。因此这李纨虽青春丧偶，居家处膏粱锦绣之中，竟如槁木死灰一般，一概无见无闻，唯知侍亲养子，外则陪侍小姑等针黹诵读而已。

李纨是荣国府“玉”字辈的大嫂，出生在金陵名门书香之家，这位大家闺秀嫁到贾家也算是门当户对，原应有享不尽的荣华富贵，可惜她是个薄命女子，结婚没多长时间丈夫贾珠便一命呜呼，可怜的李纨“那美韶华去之何迅！再休提锈帐鸳衾”。

这就是李纨，一个地地道道、谨小慎微、恪守封建妇道的标准年轻寡妇形象。她清心寡欲，与世无争，把自己封闭在灰色的世界里，只与孤独、寂寞相伴。

然而，海棠诗社宛若春风荡开她紧锁的心门，在她死水般的内心吹皱一池春水。我们看到了一个崭新的青春的李纨!

她自荐掌坛，当仁不让。

组建诗社的虽是探春首倡，但表现得最积极的是李纨。她一接到探春的雅约，便一路笑呵呵地赶来，一进门就迫不及待地毛遂自荐：“雅的紧！要起诗社，我自荐我掌坛!”当黛玉提议每人起个雅号，以代替平日姐妹叔嫂的称呼时，她第一个响应：“极是，何不大家起个别号，彼此称呼则雅。我是定了‘稻香老农’，再无人占的。”她不仅给自己起了别号，而且就连大观园中“大牌”诗人宝钗的“蘅芜君”也是由她封的。之后，她又以独掌诗坛的身份发布了诗社的主要章程。

我们七个人起社，我和二姑娘四姑娘都不会作诗，须得让出我们三个人去。我们三个各分一件事。……立定了社，再定罚约。我那里地方大，竟在我那里作社。我虽不能作诗，这些诗人竟不厌俗客，我作个东道主人，我自然也清雅起来了，若是要推我作社长，我一个社长自然不够，必要再请两位副社长。就请菱洲藕榭二位学究来，一位出题限韵，一位誊录监场。亦不可拘定了我们三个人不作，若遇见容易些的题目韵脚，我们也随便作一首。你们四个却是要限定的。若如此便起，若不依我，我也不敢附骥了。

……从此后，我（李纨）定于每月初二、十六这两日开社，出题限韵都要依我。这其间你们有高兴的，你们只管另择日子补开，那怕一个月每天都开社，我只不管。只是到了初二、十六这两日，是必往我那里去。

好威风的李纨！她一改往日凡事不闻不问的状态，纵身跃上大诗坛掌坛宝座，信心满满进行“社长施政”的演讲。这个纲领全面周密，诗社的宗旨、组织机构、活动计划、成员人选、赏罚规章、时间地点，凡此等等一应俱全。一向甘守寂寞、默然少语的李纨，一旦执掌诗坛竟口若悬河，安排起事务来有条不紊，这应是潜能在美丽的诗歌国度里被激发出了吧！她尽其才，调动每一个人的参与热情，不让“懒于诗词”的迎春、惜春闲着，请她们担任“行政职务”，深得她们的喜欢；她区别对各人提出创作要求，“行政人员”若是“遇见容易些的题目”，可以“随便作一首”，而对林黛玉、薛宝钗、贾探春、贾宝玉四位“专业诗人”，要求他们每一次都不能缺席，每一题都不能不做；她实施弹性活动制，对“指定领域”内的活动实行规定时间、规定地点、规定内容、规定要求的制度，而对“非指定领域”内的活动，允许自由组织；她热情洋溢，硬是要把诗社常规活动地点永久定在她的“稻花村”……

海棠诗社，让李纨走出了“孤儿寡母”的孤寂，走到了诗坛的最高处，过了一把当领导人的瘾。你瞧她，指点那群少年诗人时豪情万丈、容光焕发的模样。

她点评诗作，意气风发。

虽然说作诗不是李纨的特长，但作为社长兼“评论家”的她，从欣赏他人的诗作里找到了快乐，在点评大家的作品过程中找到了自我价值。这“自我”不是“三从四德”包装下的节妇形象，不是所谓贤惠、贞洁的冷若冰霜的美，而是脱掉“节妇”黑色的外衣，呈现出的青春活泼、自信、担当的美丽，就宛如是“已是悬崖百丈冰，犹有花枝俏”般天然的美丽，坚强的美丽！回放这样一个情境。

诗社第一次活动，以“咏白海棠”为内容，探春、宝钗、宝玉三个诗人陆续交卷。贾宝玉认为探春写得好，李纨却推宝钗的“这诗有身分”。当林黛玉的诗稿呈现在大家面前时，引发了更多的不同意见。

半卷湘帘半掩门，碾冰为土玉为盆。

看了这句，宝玉先喝起彩来，只说“从何处想来！”又看下面道：

偷来梨蕊三分白，借得梅花一缕魂。

众人看了也都不禁叫好，说：“果然比别人又是一样心肠。”又看下面道是：

月窟仙人缝缟袂，秋闺怨女拭啼痕。

娇羞默默同谁诉，倦倚西风夜已昏。

众人看了，都道是这首为上。李纨道：“若论风流别致，自是这首，若论含蓄浑厚，终让蘅稿。”探春道：“这评的有理，潇湘妃子当居第二。”李纨道：“怡红公子是压尾，你服不服？”宝玉道：“我的那首原不好了，这评的最公。”又笑道：“只是蘅潇二首还要斟酌。”李纨道：“原是依我评论，不与你们相干，再有多说者必罚！”

好有权威的李纨！这何尝是“只宜清净守节”的寡妇，分明是满腹经纶的诗坛巨擘。她意气风发地点评大家的诗作，语言铿锵有力，掷地有声，其权威性不容置疑。她坚持自己的审美标准，虽然贾宝玉两次试图影响李社长的评价结果，但她不为所动。“原是依我评论，不与你们相干，再有多说者必罚！”那语气，那神情，近乎固执，但固执得可爱。

我们怎能不为之叫绝：这才是李社长的风采！

作为社长，李纨对于第一次诗会是必须予以全方位考虑、谨慎安排的。她并非不喜欢林黛玉的诗，而是要借诗评调动大家的积极性。她必须让诗社有一个良好的开端，使诗人们的热情能得以保持、发扬。平心而论，在整个作诗过程中，在这个诗意横溢的场合里，林黛玉这位极富诗人气质的少女，已经全身心地沉浸在诗的海洋中了。宝玉的喝彩，众人的“点赞”——“都道是这首为上”，让林黛玉出尽了风头，她的自尊心已完全得到了满足。况且真正的诗人是不在乎评奖的，在乎的是写诗过程中情感的宣泄。然而纵观整个过程，薛宝钗却未引起大家的关注，甚至还成了宝玉要“打压”的对象，如果李社长处理不当，很可能让薛宝钗情绪消极。她认为“若论风流别致”自是黛玉之作，“若论含蓄浑厚，终让蘅稿”。李纨如此一评，宝钗的积极参与心理得以维持，也确立了她在诗坛的“大牌”地位，虽然这个“大牌”不是终身制的。

评诗，展现了李纨思想的丰厚内蕴，是她的一次次评点把海棠诗社一步步推向了繁荣。

《红楼梦》第五十一回写薛宝琴新编了一组怀古诗，围绕着薛宝琴的十首怀古诗，大家开展了一场诗歌创作“实”与“虚”的学术争论。薛宝琴自小随其父游历山水，见多识广，与大观园姐妹相聚后，写了十首怀古诗，其中的《赤壁怀古》《交趾怀古》《钟山怀古》《淮阴怀古》《广陵怀古》《桃叶渡怀古》《青冢怀古》《马嵬怀古》八首，因涉及曹操、马援、周颙、韩信、隋炀帝、王献之、王昭君、唐明皇的故事，故无争议，而《蒲东寺怀古》与《梅花观怀古》两首，没有涉及真实历史人物，只以文学作品为基准进行创作。文中写道：“众人看了，都称奇道妙”，无不拍手称奇。但仔细欣赏后，又引起了一场不大不小的争论。

宝钗先说道：“前八首都是史鉴上有据的；后二首却无考，我们也不大懂得，不如另作两首为是。”黛玉忙拦着：“这宝姐姐也忒‘胶柱鼓瑟’，矫揉造作了。这两首虽于史鉴上无考，咱们虽不曾看这些外传，不知底里，难道咱们连两本戏也没见过不成？那三岁的孩子也知道，何况咱们？”探春便道：“这话正是了。”

薛宝钗认为，既是怀古，就该是怀古人，怀古地，怀古事，慎终追远，又怎能用文学作品中虚构的地名、人名呢？一向秉持现实主义文风的薛宝钗，是断然不喜欢无中生有的《蒲东寺怀古》和《梅花观怀古》的，要求妹妹抹掉重写。而秉持浪漫主义文风的黛玉忙拦住，尖锐地批评她“‘忒胶柱鼓瑟’，矫揉造作”，探春也立刻表态支持黛玉，现场弥漫着浓郁的“火药味”。此时，李纨又一次体现出社长之权威，适时出面，采取摆事实讲道理的平缓态度，发表了长篇议论。

李纨又道：“况且他原是到过这个地方的。这两件事虽无考，古往今来，以讹传讹，好事者竟故意的弄出这古迹来以愚人。比如那年上京的时节，单是关夫子的坟，倒见了三四处。关夫子一身事业，皆是有据的，如何又有许多的坟？自然是后来人敬爱他生前为人，只怕从这敬爱上穿凿出来，也是有的。及至看《广舆记》上，不止关夫子的坟多，自古来有些名望的人，坟就不少。无考的古迹更多。如今这两首虽无考，凡说书唱戏，甚至于求的签上有批注。老小男女，俗语口头，人人皆知皆说的。况且又并不是看了‘西厢’‘牡丹’的词曲，怕看了邪书。这竟无妨，只管留着。”宝钗听说，方罢了。

社长大人纵论文史，品评人物，以万众景仰的武圣关公为例，让人不能反驳。以随处可见的“关圣坟”为论据，不紧不慢地辩驳：哪个关公是真？哪个关公是假？何处“关公坟”是真？何处“关公坟”是假？怀古是为了述今，后人为关帝修坟建庙是为了表达对古人的尊重，虚构又有何妨呢？况且《西厢记》与《牡丹亭》的故事人人皆知，谁又能证明作品中的“蒲东寺”与“梅花观”就没有真实存在过呢？李纨并没有简单化处理问题，而是有论据，有论证，而且整个反驳过程滴水不漏，不给对方留把柄；最终的结论也是平实而有力的：“这竟无妨，只管留着。”宝钗无可反驳，只得作罢。

这种文艺思想的冲突，经过李纨的处理，既分清了是非，又没有导致矛盾的激化，可以说结局是理想的。至此，我们已不能不对这位年轻寡妇刮目相看了，她相当充分地体现了长嫂兼社长的那种非权力权威的风范。贾宝玉赞她：“是不善作（诗），却善看，又最公道。”

这就是李纨，沐浴着诗的芬芳，让自己在人世间遭受的不幸与悲哀、烦难与孤独，都消失得无影无踪。我们欣然发现她是一个知识相当广博、思想内蕴相当丰富的青春诗歌鉴赏家，是一个相当有社会活动能力的女子。

她敢于为筹措经费，挑战权势。

众所周知，诗社活动是需要经费支持的，海棠诗社属于“民间组织”，贾府是不会下拨专项经费的。怎样筹措经费呢？李纨社长责无旁贷，带领众姐妹请凤姐“入社”，并为其送上“监社御史”的头衔。精明的凤姐识破了他们的真正目的，知是李纨的主意，让自己“做个进钱的铜商”，便笑里藏刀地说了一大堆不好听的话。没想到平时不吱声的李纨，居然大举反攻，气势咄咄逼人，言语犀利，刀刀见肉见血。

你们听听，我说了一句，他就疯了，说了两车的无赖泥腿市俗专会打细算盘分斤拨两的话出来。这东西亏他托生在诗书大宦名门之家做小姐，又是这样出了嫁，他还是这么着；若是生在贫寒小户人家，作个小子，还不知怎么下作贫嘴恶舌的呢！天下人都叫你算计了去！昨儿还打平儿呢，亏你伸的出手来！那黄汤难道灌丧了狗肚子里去了？气的我只要替平儿打抱不平儿。……给平儿拾鞋还不要……

好厉害的李纨！李纨与王熙凤交战，明眼人一看就知道这是力量悬殊的对攻，谁输谁赢不言自喻。然而，出人意外，当为了捍卫自己心爱的“事业”时，李纨却毅然成为驰骋沙场的英雄！谁说她

"心如枯井"？"枯井"竟涌起了千层波浪，溅起了万朵浪花！她嬉笑怒骂一齐用上，新账老账一起抖了出来，刀刀见血，一直把凤辣子直逼到绝处："这诗社你到底管不管？"一向傲慢的王熙凤连连求饶："这是什么话？我不入社花几个钱，不成了大观园的反叛了！还想在这里吃饭不成？"人们眼中柔弱的李纨性格中为什么显现出如此引人注目的奇光异彩？"问渠哪得清如许"，是诗的魅力点燃了李纨心中的热情，让弱者变成了强者！

她主持诗会，其表现完美无瑕。

《红楼梦》第五十回"芦雪庵争联即景诗，暖香坞雅制春灯谜"完整地记载了李纨发起、导演、主持诗会的全过程。大观园的青年男女雅集芦雪庭争联即景诗，谱写了一曲大观园内最美丽最动人的青春赞歌。漫天大雪，宛如诗意翩飞，触动了李纨的飞扬的诗绪，这不正是吟诗作赋的好机会吗？从课程论而言，这是一份多么难得的课程资源！李纨及时把握住了，于是下令"开社"，提议赏雪联诗，一来大家在一起热闹热闹，二来为新来的几位姑娘接风。

李纨主意已定，马上付诸行动。她悄然选好活动地点：芦雪庵。好个浪漫的诗国，好个极富创意的场所：芦雪庵原本就远离人群，现在又笼罩在皑皑白雪中。屋外晶莹白雪，屋内炉火红旺，才子佳人拥炉作诗，这环境，这人物，本身就是一首诗！一首青春与白雪共舞、诗情与炉火同燃的美妙诗篇。这样的意境亏得李社长能想得出来，"古井无波"的"稻香老农"，燃点了心房中封闭多年的青春之火，显示了一个少妇的生命活力。

这次诗会该怎么拟题呢？李纨胸有成竹，自有想法。所以宝钗等要拟题限韵时，李纨神秘一笑："我心里自己定了，等到了明日临期，横竖知道。"

活动开始，第一次走马上任的"监社御史"王熙凤要亮一次相，开笔以示对诗社活动的支持和对大观园诗人们的尊重。凤姐欣然起句“一夜北风紧”，紧接着李纨联第二句“开门雪尚飘。入泥怜洁白，”一个好的开头是成功的一半，一夜北风，漫天飞雪触发了诗人千万诗情……最后，李纨见好就收，又恰到好处地截住大家的争相联句，说道：“够了，够了。虽没作完了韵，腾的字若生扭用了，倒不好了。”

活动结束，李纨亲自逐一评判，评优评劣。她笑道：“逐句评去都还一气，只是宝玉又落了第了。”怎么惩罚呢？“我才看见栊翠庵的红梅有趣，我要折一枝来插瓶。可厌妙玉为人，我不理他。如今罚你去取一枝来。”这是一次多么有趣的惩罚，罚得雅致，罚得有情有趣。原来，李纨不仅有贤惠的一面，还有诗情画意的一面，她的内心世界如雪中红梅一般，充满了对美好生活的热爱与向往。是诗照亮了她的内心世界，宛如她住所中的黄泥墙院上，“几百株杏花，如喷火蒸霞一般”，映衬着春天的明媚。

三、诗意的创作，彰显个性的精彩

英国教育家洛克说：“每一个人的心灵都像他们的脸一样各不相同。正因人们无时无刻地表现自己的个性，才使得今天这个世界如此多彩。”与现代学校中的情况一样，在大观园这所“学校”里，每一位“学生”都是不一样的，叛逆悠然如贾宝玉，孤傲善感如林黛玉，娴雅稳重如薛宝钗，开朗豪爽如史湘云，胸襟阔朗如贾探春，善良懦弱如贾迎春……正是这千姿百态的一个个“学生”，组成了大观园这所生机勃勃的诗意学校。歌咏言，诗言志，言为心声，大观园的海棠诗社也为这群豆蔻年华的青春少年搭建起了一个表现喜怒哀乐的舞台。他们尽情展露锦心绣口，挥洒青春才情。

“喃喃负手扣东篱，孤标傲世偕谁隐？”风流莫如林潇湘，林黛玉无疑是诗社里最出类拔萃的一员，她共用五绝、七绝、五律、七律、歌行、词等八种体裁，写了25首诗。这些诗作有参加诗社活动时按命题创作的，也有个人随感而发的，如《秋窗风雨夕》《葬花词》等。林妹妹视诗歌为生命，以诗歌来展露自己的真情，所以能深深地打动人心。在“题咏菊花”那场创作活动中，她一口气连作三首：《咏菊》《问菊》《菊梦》，并且三首均列榜首，让她出尽了风头。

孤标傲世偕谁隐，
一样花开为底迟？
圃露庭霜何寂寞，
鸿归蛩病可相思？

透过诗句，我们仿佛看到一个美丽的少女，面含忧郁，徘徊在竹篱旁。她深情凝望南飞的雁阵，探问秋天的消息，却没有人回答她。她只好小扣东篱下的菊花轻声询问：你孤标傲世，遗世独立，到底是想和谁一同归隐？同样开花，百花都开在美好的春天里，为何独你迟到秋天才开？庭院里尽是清霜白露，何等寂寞！鸿雁南飞，蟋蟀低吟，你的相思向谁倾诉呢？

这不正是林妹妹的自我写照吗？那袅袅而来的孤傲倾诉，不正是她的心曲吗？试问：世上能与菊花淡雅超然的神韵相通，与其清新脱俗的风骨辉映，与其高远的情怀默契的，舍黛玉其谁？在海棠诗社，在诗的创作中，我们看到了一个有菊花的芬芳，有菊花的心事，有菊花的情怀，有菊花的孤傲的林黛玉。“一从陶令平章后，千古高风说到今”，满纸夙怨，一瓣心香，那是一个少女对陶潜高风亮节情操的赞赏与追求。黛玉就是这样，诗词活动已是她生命形态的一部分，诗词已经和她的生命融为一体了。

淡极始知花更艳，含蓄当属薛蘅芜。薛宝钗是“班级”里十分乖巧的女孩子，含蓄沉稳，才貌出众，却不轻易显山露水。在海棠诗社的历次活动中，她不会缺席任何一次，但也不会多写一首诗。

薛宝钗善解人意，心思周密。在海棠诗社里，她不单单只为了表现自己，还总是热情地帮助别人。那天，史湘云一时兴起，要做东开社时，宝钗便直言不讳地提醒她，她的承诺太鲁莽，并细细分析了湘云做东的难处："虽然是顽意儿，也要瞻前顾后，又要自己便宜，又要不得罪了人，然后方大家有趣。你家里你又作不得主，一个月通共那几串钱，你还不够盘缠呢。这会子又干这没要紧的事，你婶子听见了，越发抱怨你了，况且你就都拿出来，做这个东道也是不够。"

一语惊醒梦中人，寄居叔父家中的可怜的史湘云这才意识到事情的严重性。她一脸尴尬，进退两难，又是宝钗向她伸出了援助之手。宝钗说现在正值菊黄蟹肥时，贾府里的人有一半都是爱吃螃蟹的，"前日姨娘还说要请老太太在园里赏桂花吃螃蟹，因为有事还没有请呢。你如今且把诗社别提起，只管普通一请。等他们散了，咱们有多少诗作不得的。我和我哥哥说，要几篓极肥极大的螃蟹来，再往铺子里取上几坛好酒，再备上四五桌果碟，岂不又省事又大家热闹了?"多令人喜欢的宝姐姐，助人适时、适度，不动声色，在提出问题的同时，也已经想好了一个解决问题的两全其美的好主意，急人之所急，令人叹服。且看她的咏白海棠代表作又是怎么写的。

珍重芳姿昼掩门，自携手瓮灌苔盆。
胭脂洗出秋阶影，冰雪招来露砌魂。
淡极始知花更艳，愁多焉得玉无痕。
欲偿白帝宜清洁，不语婷婷日又昏。

这就是被李纨社长评价为"含蓄浑厚"、有身份的咏白海棠的诗作。我们看到了薛宝钗怎样的身份呢?

她是豪门千金，不忘珍重芳姿，恪守自己的行为准则；她携水沐花，爱花就是爱自己；冰雪之魂，何用胭脂点染；无瑕宝玉，千万别让忧愁留下无端的痕迹；她勉励自己"淡极始知花更艳"，安分随时，藏愚守拙，更显淑女的端庄凝重、温婉敦厚。这就是她呀，任是无情也动人！但她未给人以冷的感觉，却总是阳光明媚、春光融融。

贾宝玉是“班级”里那位“热爱集体、团结同学”的大男孩，虽然学习成绩不算很好，但老师喜欢他，在同学中也很有人缘。“大观园学校”自发成立海棠诗社，他是最为热心的一位。虽然很多决策性的事情，没有他说话的机会，但他不在乎，参与了就快乐，就会乐此不疲。

在一个大雪纷飞的日子里，由薛蝌、宝琴、李纹、李绮、邢岫烟五人组成的访亲队伍来到贾府，这对贾宝玉而言，简直是天大的喜事。李纨社长建议在芦雪庵举办一次拥炉作诗活动，为姑娘们接风。宝玉欢呼雀跃，拍手称快：“这话很是。”那晚，他一夜没睡好，心中惦记着明天的诗社活动。让我们回放一下贾宝玉的急切的表现，《红楼梦》第四十九回这样写道。

到了次日一早，宝玉因心里记挂着这事，一夜没好生得睡，天亮了就爬起来。掀开帐子一看，虽门窗尚掩，只见窗上光辉夺目，心内早踌躇起来，埋怨定是晴了，日光已出。一面忙起来揭起窗屉，从玻璃窗内往外一看，原来不是日光，竟是一夜大雪，下将有一尺多厚，天上仍是搓绵扯絮一般。宝玉此时欢喜非常，忙唤人起来，盥漱已毕，只穿一件茄色哆罗呢狐皮袄子，罩一件海龙皮小小鹰膀褂，束了腰，披了玉针蓑，戴上金藤笠，登上沙棠屐，忙忙的往芦雪庭来……

多可爱的贾宝玉呀，他忙着看天气，忙盥漱，忙忙地往芦雪庵来……一副急不可待的样子跃然纸上。尽管那一场争联即景诗赛中，他又一次名落孙山，嬉皮笑脸地请李纨社长“……只好担待我罢”。李社长毫不客气地批评了他一番：“也没有社社担待你的，又说韵险了，又整误了，又不会联句！今日必罚你！我才看见栊翠庵的红梅有趣，我要折一枝来插瓶。可厌妙玉为人，我不理他。如今罚你取一枝来！”贾宝玉却也乐为此罚，二话没说就往外走。

下面我们来看看贾宝玉的诗社代表作《访菊》吧。

闲趁霜晴试一游，酒杯药盏莫淹留。
霜前月下谁家种？槛外篱边何处秋。
蜡屐远来情得得，冷吟不尽兴悠悠。
黄花若解怜诗客，休负今朝挂杖头。

好逍遥的访菊者。晴日霜晨，秋高气爽，他病意全消，兴高采烈地来到了槛外篱边。菊花正开得灿烂，他笑得也灿烂。清霜为体，月色为魂的菊花呀，勾起他多少诗意的遐想。黄花呀，莫辜负了如此美好的秋色，让诗人百钱挂杖，痛饮黄花酒！

潇疏林畔科头坐，洒脱当如史湘云。史湘云是“班级”里豪爽率直、天真烂漫的女孩子。她虽然与林黛玉相似，从小失怙，寄居在叔父家，但她大大咧咧，行侠仗义，活得简单，活得天真。她爱海棠诗社，第一次雅集时，她被人无意遗忘，但并不在意，而是强烈要求入社，“容我入社，扫地焚香，我也情愿”。她自甘“受罚”，在别人几乎已将“海棠”的意象说尽的情况下，她竟一连作了两首“咏白海棠”的诗，且立意新颖别致，另有意趣。在得到大家的一致称赞后，她心花怒放，竟然主动提出“明日先罚我个东道儿，就让我选邀一社”。

史湘云坦然大方、热情洋溢的形象是贾府里布满阴霾的天空中的一片晴朗，是沉沉云隙里投射下的一缕暖人的阳光。雪过后天地一片银白，诗友们身披各色华丽斗篷齐齐出场，在芦雪庵赏雪联诗，这是一件浪漫、风雅的趣事，一幅富贵华丽风格的画卷！史湘云却于众人的文雅外，与贾宝玉“割腥啖膻”争抢着吃烧烤的新鲜鹿肉，致使黛玉风趣地开起玩笑来：“那里找这一群花子去！罢了，罢了，今日芦雪庵遭劫，生生被云丫头作践了。我为芦雪庵一大哭！”史湘云依然痛快地吃、喝，自豪地扬言“是真名士自风流，你们都是假清高，最可厌的！我们这会子腥膻大吃大嚼，回来却是锦心绣口！”

果然联诗时她才思喷薄而出，口吐珠玑，妙语迭出，竟出现了湘云独战宝钗、宝琴、黛玉“三英”的“牛气冲天”场面，展示了史湘云的另一种风采，一种超越闺阁之气的名士风采。

我们也来看看史湘云在海棠诗社里的代表作吧。

别圃移来贵比金，一丛浅淡一丛深。
萧疏篱畔科头坐，清冷香中抱膝吟。
数去更无君傲世，看来惟有我知音。
秋光荏苒休辜负，相对原宜惜寸阴。

果真一个“是真名士自风流”！萧疏篱畔，清冷香中，黄花点点。那是她吗？一个打扮成假小子的少女，披头散发，抱膝而坐，一边弹琴酌酒，一边对菊而歌。她有傲世之姿，也有一脸欢笑，那是因为她与霜菊互为知音。她对菊喃喃自语：“傲世也因同气味，春风桃李未淹留”。的确，它不畏霜寒，她甘守清贫；它甘居疏篱，她随遇而安，自得其乐，欢笑着，快乐地珍惜有生之年的每一寸光阴。她是从尘世喧嚣中走出来的傲然人杰！

当代叙利亚著名诗人阿多尼斯说：“写诗时，我让理性和逻辑沉睡；思考时，我让感情入眠。”诗是自由的王国，在大观园这所学校里，莘莘学子通过海棠诗社这个平台，找到了生命成长的精神家园。他们在诗歌里坦露心迹，抒发情绪，审视自我，同时也相互交流思想，碰撞智慧的火花，实现生命个性化成长。他们创作的诗歌也许有优劣之分，但他们千姿百态的个性如同异彩纷呈的春花，没有好坏之别，只有不同的精彩。

四、诗意的氛围，浸润诗意的生活

“人创造环境，同样环境也创造人。”这是马克思主义的著名论断。现代教育更加重视研究文化环境对人的全面发展的影响，美国当代教育家斯诺特写过这样一首教育诗《人这样成长》。

一个孩子在充满批评挑剔的环境下成长，他学会了吹毛求疵谴责他人；

一个孩子在充满恐惧的环境下成长，他学会了忧虑害怕；

一个孩子在充满耻辱的环境下成长，他会自觉有罪；

一个孩子在充满宽容的环境下成长，他学会了有耐心；

一个孩子在充满鼓励的环境下成长，他学会了自信；

一个孩子在充满赞美的环境下成长，他学会了赏识他人；

一个孩子在充满认同的环境下成长，他学会了爱惜自己；

一个孩子在充满被肯定的环境下成长，他学会了立定志向；

……

那么，在诗意的环境中生活，沐浴着诗的芬芳，人们又会学会了什么呢？在大观园这座学校里，我们有幸认识了一个特殊的学生——香菱。她让我们惊喜，也让我们震撼，原来诗的力量竟如此之大，如此神奇，海棠诗社是如此有凝聚力。

1. 诗意的向往。

香菱是我们在《红楼梦》见到的第一个女孩子，她原名英莲，是甄士隐独女。小英莲三岁那年元宵节看花灯时，被人拐走。人贩子把她养大后卖给公子冯渊，后来她被薛蟠抢去做小妾，改名为香菱。她虽然身份卑微，但大观园热火朝天的诗社活动，把她的心撩拨得痒痒的；海棠诗社飞扬的诗意飞出高墙，落在香菱的心坎里。她多么期待春风吹拂，阳光轻洒，让心头诗的种子也能绽开美丽的花朵。无巧不成书，恰好薛蟠外出经商，薛宝钗向母亲提出请香菱来大观园做伴。这真是喜出望外，天遂人愿，香菱心里暖暖的。

宝钗笑道："我知道你心里羡慕这园子不是一日两日了，只是没个空儿。就每日来一趟，慌慌张张的，也没趣儿。所以趁着机会，越性住上一年，我也多个作伴的，你也遂了心。"香菱笑道："好姑娘，你趁着这个工夫，教给我作诗罢。"宝钗笑道："我说你'得陇望蜀’呢。我劝你今儿头一日进来，先出园东角门，从老太太起，各处各人你都瞧瞧，问候一声儿……”

真得感谢善解人意的薛宝钗，把这个追求上进的女孩子带进了她真心羡慕、执着向往的诗意国度。从此，她的梦想就有了实现的可能，精神生命将会得到提升。诗，在香菱的心中燃烧着，香菱还没进园就迫不及待地请求薛宝钗“趁着这个工夫，教给我作诗”。那渴望学习的心情已经达到了无法抑制的程度。

2. 执着的追求。

香菱初来大观园学校时只是作为一名“旁听生”观摩其他人的创作活动。她亲眼见识了海棠诗社活动的精彩，亲身感受到诗的魅力，终于按捺不住学习的欲望了。在一个美丽的黄昏，她急急忙忙往潇湘馆中来向林黛玉请教学诗：“我这一进来了，也得了空儿，好歹教给我作诗，就是我的造化了!”语气之恳切，要求之强烈，态度之执着，感动了热心的林黛玉。在潇湘妃子的耐心辅导下，香菱的学习进入了走火入魔的境地。

下面让我们回放一个香菱学诗的镜头。

各自散后，香菱满心中还是想诗。至晚间对灯出了一回神，至三更以后上床卧下，两眼鳏鳏，直到五更方才朦胧睡去了。一时天亮，宝钗醒了，听了一听，他安稳睡了，心下想：“他翻腾了一夜，不知可作成了？这会子乏了，且别叫他。”正想着，只听香菱从梦中笑道：“可是有了，难道这一首还不好?”宝钗听了，又是可叹，又是可笑，连忙唤醒了他，问他：“得了什么？你这诚心都通了仙了。学不成诗，还弄出病来呢。”一面说，一面梳洗了，会同姊妹往贾母处来。原来香菱苦志学诗，精血诚聚，日间做不出，忽于梦中得了八句。梳洗已毕，便忙录出来，自己并不知好歹，便拿来又找黛玉。

苏霍姆林斯基告诉我们：“教学的起点，首先在于激发学生学习的兴趣和愿望。”孔子也说过：“知之者不如好之者，好之者不如乐之者。”从心理学的角度讲，兴趣是人认识事物过程中产生的良好情绪。这种情绪会促使学习者积极寻求认识和了解事物的途径和方法，并表现出一种强烈的责任感和旺盛的探究精神。

是对诗意的追求点燃了香菱的学诗兴趣，是渴望过一种诗意生活的愿望促进她形成了强烈的学习内驱力，以至于到达了着魔的程度。“衣带渐宽终不悔，为伊消得人憔悴”，她“满心是诗”，她“对灯出了一回神”“两眼鳏鳏”“翻腾了一夜”，那动作，那神情，那心情，简直是爱诗爱到了“呆傻”的地步，以至于薛宝钗担心她“学不成诗，还弄出病来”。其实宝姐姐用不着担心，因为她不知道 20 世纪的美国社会心理学家马斯洛，对这种现象进行了科学的解释。他认为：人在进入自我实现和自我超越状态时可能感受到的一种欢乐至极的体验，即一种所谓的“高峰体验”的情感。这个时候是人处于最激荡的时刻，是人的存在中的最高、最完美、最和谐的状态，这时的人具有一种欣喜若狂、如醉如痴的感觉。不是吗？香菱看似“苦志”学诗，其实她学习的快乐已经超越身体的劳累。她如痴如醉地沉浸在诗的境界中，自由呼吸，驰骋思维，让想象遨游于天地之外。她体验到诗的种子从心灵的沉睡中醒来，舒枝长叶，享受到宛如春天的阳光般的快乐。

3. 优异的成绩。

古人云：“近朱者赤，近墨者黑；声和则响清，形正则影直。”在诗意浓浓的大观园里，香菱努力学习，再经过林黛玉的循循善诱，学习成绩突飞猛进。我们来欣赏一首她的代表诗作《咏月》吧。

精华欲掩料应难，影自娟娟魄自寒。
一片砧敲千里白，半轮鸡唱五更残。
绿蓑江上秋闻笛，红袖楼头夜倚栏。
博得嫦娥应借问，缘何不使永团圆。

虽说是初涉诗河，却是大手笔！是咏月，也是咏人，更是在诉说身世。那是宁静的秋夜吧？一轮明月破云而出，宛如一个才貌双全的年轻女子翩然而来，惊艳四方。虽然你在广袤的太空未免孤单清冷，但是你光华难掩，娟娟神韵令人怜爱。听见了吗？砧敲千里，鸡唱五更，江流婉转，笛声幽幽，那是慈母的叮咛？那是游子的心曲？多少人倚栏高楼，望穿秋水，一片芳心寄与明月，这是一幅多么凄美的画卷呀！“当时明月在，曾照彩云归”，可是，明月依然，秋水依然，家在何方？梦在何方？爱又在何方？

“蓦然回首，那人却在灯火阑珊处。”香菱这次一举成名，凭着这首寓情于景、情景交融的咏月诗，一下子打动了海棠诗社的“同学们”。“众人看了笑道：‘这首不但好，而且新巧有意趣。可知俗语说‘天下无难事，只怕有心人。’社里一定请你了。”

成为海棠诗社正式会员的香菱，进入了有生以来从没有过的空灵美妙的世界，在诗国里流连忘返。她居然与史湘云讨论起了诗的创作理论来了，“满嘴里说的是什么：怎么是杜工部之沉郁，韦苏州之淡雅，又怎么是温八叉之绮靡，李义山之隐僻……”那投入的劲儿到了忘我的境界，“没昼没夜，高谈阔论起来”。在芦雪庵联句中，香菱初试身手，吟出了“入泥怜洁白，匝地惜琼瑶”的美好诗句，赢得了人们的赞赏。

泰戈尔说：“教育的目的应当是向人类传送生命的气息。”在诗意缤纷的大观园学校里，“平生遭际实堪伤”的香菱，获得了新生，真正成为自己精神世界的主人。她学诗，她研诗论诗，她参加诗社雅集，她吟诗作对，徜徉在诗歌的河里，已然忘记了自己的身世，忘记了自己的悲伤。在这诗的国度里，她真正见到了美和雅，有了自己的审美感受，倾注了青春的笑和泪、爱和恨、诗和酒，焕发出生命的全部激情。当然，也因有了香菱，大观园这所学校，增添了一道亮丽的风景，多了一缕浮动的暗香。

轻轻地合上《红楼梦》的书页，走出诗意盎然的大观园学校，回到阳光灿烂的 21 世纪，我们感慨不已。诗意的大观园“学校”不就是现代教育所倡导的理想教育环境吗？

第一，教育因环境宽松而焕发活力。

大观园“学校”重新建构自己的课程体系是发生在“这年贾政又点了学差”奉旨外出之后。没了管束的宝玉得到了解放，“每日在大观园内任意纵性的逛荡”。贾政是一个封建礼教忠实的信奉者和维护者，宝玉惧他，那群女儿们敬他、畏他，但没有一个人喜欢他，因为大家很少见过他和颜悦色的神情。试想，假如这位家长长期在家，一定会以高压的手段、古板的面孔、迂腐的理念管理这所大观园“学校”，固执地执行他设定的“仁义礼智信”课程，能允许儿女们自主结社、开展丰富多彩的诗社活动吗？正是这位家长的离去，使得笼罩在大观园上空的阴霾一扫而光，自由阳光普照大地。大观园“学校”获得了新生，那群浑身洋溢着清爽、自然气息的青年男女有了自由的活动时空，他们的美丽生命得以绽放。

第二，学校因特色而独具魅力。

俄国伟大的科学家罗蒙诺夫说过：“一本书就是一个世界。”推而论之，一本书也可以说是一所学校。《红楼梦》这所“学校”之所以几百年来名扬四海，在文坛独领风骚，很关键的一个因素就是大观园“学校”着力打造了文化品牌，形成了自己的诗意飞扬的文化特色。华中师范大学教授郭元祥也说：“现代学校应是一种充满精神感召力的学习与发展型文化组织，是有文化品位的场所。”大观园“学校”因为有了海棠诗社，才得以把那群儿女凝聚在一起，反过来，也是这群少男少女让大观园这所学校大放异彩。大观园不只演绎悲欢离合的故事，也是宣扬文化、绽放人性光彩的舞台。我想现代学校也应不只是传授知识的场所，更应是传播文化、弘扬文化、引领孩子生命成长与养育孩子精神的摇篮。

第三，生命因诗意而绽放美丽。

苏霍姆林斯基说：“我千百次地证实：缺少了诗意的、美感的涌流，孩子就不可能得到充分的智力发展。”“儿童思想的本性就要求有诗的创作。美和活跃的思想犹如阳光和花朵那样有机地联系着。”是诗的美、诗的激情让这群性格不同、情趣不同的少男少女团结在一起。在诗意的空间，无忧无虑地绽放年轻的生命之花的少男少女，深藏在内心的精神饥渴一下子勃发出来，尽情挥霍着上天所赋予的浪漫与才情。在诗的王国里，“花招绣带，柳拂香风”的大观园里，薛宝钗的温婉柔美，香菱的脱俗气质，林黛玉的风流别致，史湘云的才情超逸，贾探春的脱俗情怀……如同千姿百态的春花，争相释放青春的美丽。以文化人，以诗育人，这才是教育的大境界呀。

第四课　海棠无花诗自香

——第一次诗会折射的现代教学思想

古人读书至深，“绿满窗前草不除”，醉心于书香中，沉迷于书里红尘，竟忘记了时光流逝和季节更替。我每每读《红楼梦》，虽未达到如此着迷的境界，但有时偶然之间也会“误入书中”，仿佛身临其境参与了他们的活动。读第三十七回“秋爽斋偶结海棠社”时，那种体验特别深刻，我仿佛就坐在他们教室的后排，感受到海棠花香的惬意，诗雨缤纷的浪漫。

我欣赏了一堂精彩的诗歌写作课，那堂课足以引发我深深的思考。

一、喜剧的氛围，儒雅的活动

秋爽斋是贾探春的住处。大观园里的儿女们刚刚成立了诗社，探春凭借她诗社的发起人的身份，向社长李纨请求由她先做一次东道主以尽她之兴。李纨社长建议第二天开社，没想到性急的探春已迫不及待了，催道：“明日不如今日，此刻就很好。你就出题，菱洲限韵，藕榭监场。”敦厚贤惠的社长不好拂了小姑子探春的学习积极性，她理解少女的心思，微笑着答应了。迎春别出心裁要以拈阄的方式限韵，她信步走到书架前随手抽一本书，翻开来是一首七律，于是就确定大家写七律。接着她请一个小丫头随口说一个字，那丫头正倚门而立，便说了个“门”字，这就选定了“十三元”的韵。

最后，迎春再请小丫头从韵牌匣子“十三元”那一屉里，随手抽出四块。翻开来一看：是“盆”“魂”“痕”“昏”四块，于是确定了韵脚。就这样规定了诗赛的写作要求。

这真够有意思的。堂堂副社长贾迎春居然不行使神圣的限韵权力，却以拈阄来决定，交给小丫头来定夺，一下子使现场增添了自由的气氛。大家怡然自乐，颠覆了我对诗社、诗会、赛诗的看法。我一向以为那是一种很高雅、很庄重、很神圣的事。在这里我们看到的却是一种文化游戏。我不由想起苏霍姆林斯基说过的话：“学习如果为思想感情、创造美和游戏的璀璨所照，就能成为孩子妙趣横生和心醉神迷的乐事。”是的，正因为大观园里的那群儿女们把诗社、诗会看作游戏，他们从中找到了快乐，找到了充实的精神生活，绽放了生命的美丽，因此乐此不疲。

李纨所命的题信手而来，基于生活但高于生活，也令人叫绝。

李纨道：“方才我来时，看见他们抬进两盆白海棠来，倒是好花。你们何不就咏起他来？”迎春道：“都还未赏，先倒作诗。”宝钗道：“不过是白海棠，又何必定要见了才作。古人的诗赋，也不过都是寄兴写情耳。若都是等见了作，如今也没这些诗了。”

“都还未赏，先倒作诗”，贾迎春的疑惑也是我的疑惑。现场除了社长李纨见到过贾芸送给贾宝玉的白海棠，其他人谁都没看见，包括贾宝玉在内。都说生活是创作的源泉，而当时写作的对象缺席现场，大家还不知道海棠的模样，无从观察，无从欣赏，又从何写起呢？好在薛宝钗的一席话点醒了现场人，也让我豁然开朗。现场未见海棠，并不等于大家之前未见过海棠，既然人们过去见过白海棠，心中存在着海棠的表象，又何必一定要再见贾宝玉那两盆真海棠呢？咏物之作，贵在“寄兴写情”。这“兴”，这“情”，不是物之所有，而是“神而明之，存乎其人”。古往今来许多优秀的咏物诗歌又何尝不是如此呢？以《卜算子·咏梅》诗为例，不论是陆放翁的

“零落成泥碾作尘，只有香如故”，还是瞿秋白的“花落知春残，一任风和雨”，还是毛泽东的“待到山花烂漫时，她在丛中笑”，都是以梅写人，以梅抒怀，以梅言志。我们看到的不是梅花的形态，而是诗人不一样的内心世界，笑傲风雪的坚强品格，乐观大度的精神风采。

是呀，胸有成竹，又何必拘泥于眼前有竹无竹呢？《红楼梦》第四十四回“变生不测凤姐泼醋，喜出望外平儿理妆”，写到大家一处看《荆钗记》，贾母、薛姨妈等看得投入不禁心酸落泪，都为王十朋千里迢迢来江边祭奠亡妻而感动。林黛玉对这一创作却有着独到的见解，便和宝钗说道：“这王十朋也不通的很，不管在那里祭一祭罢了，必定跑到江边子上来作什么！俗语说，‘睹物思人’，天下的水总归一源，不拘那里的水舀一碗看着哭去，也就尽情了。”宝钗不答。林黛玉的观点与薛宝钗的想法，是不同内容的同一表达，反映了曹雪芹的创作理论。联系到我们平常的写作课，有些教师的做法是极其可笑的，比如，教师为了教学生写动物，就捉一只兔子、一只乌龟、一只小猫什么的让学生观察；写植物就带学生到户外观察松树、桃花之类的，然后才让写，评价标准是看谁写得和实物像，俨然把写作当作了绘肖像画，当作了给写作对象拍照，却严重地忽视了写作主体对写作对象的感情！胸有丘壑，笔有长风，心中没有写作的对象，又怎么能写出有情感的作文呢？

那么，没有白海棠花，大观园里的诗友们能写好海棠诗吗？

二、不见飘香的海棠，却见飞扬的诗意

现场没有海棠花香。

丫鬟点燃一支三寸来长的“梦甜香”，缕缕轻烟袅袅而升。幽幽轻香，给创作活动增添了几分优雅。“比赛”以“梦甜香”燃尽为限，香尽未成则罚。探春贴身丫鬟侍书预备下四份纸笔，李纨一声

令下，比赛开始。

（大家）便都悄然各自思索起来。独黛玉或抚梧桐，或看秋色，或又和丫鬟们嘲笑。

……

一时探春便先有了，自提笔写出，又改抹了一回，递与迎春。因问宝钗：“蘅芜君，你可有了？”宝钗道：“有却有了，只是不好。”宝玉背着手，在回廊上踱来踱去，因向黛玉说道：“你听，他们都有了。”黛玉道：“你别管我。”宝玉又见宝钗已誊写出来，因说道：“了不得！香只剩了一寸了，我才有了四句。”又向黛玉道：“香就完了，只管蹲在那潮地下作什么？”黛玉也不理。宝玉道：“可顾不得你了，好歹也写出来罢。”说着也走在案前写了。

一样参与活动，不一样的表现，置身现场我们看到了一个个鲜活的生命个体。从他们的不同表现，再看各人创作的不同诗歌，进一步印证了薛宝钗咏物诗“寄兴写情”的创作理论。

我们先来看贾探春的表现。她是诗社的发起人，自然不甘人后，“一时先有了”“自提笔写出”，第一个交卷。她一马当先，那种胸有丘壑、笔走长风的豪气十分惊艳。且看她的作品：

斜阳寒草带重门，苔翠盈铺雨后盆。
玉是精神难比洁，雪为肌骨易销魂。
芳心一点娇无力，倩影三更月有痕。
莫谓缟仙能羽化，多情伴我咏黄昏。

果然如清代著名诗歌美学家叶燮所言：“诗之基，其人之胸襟是也。”“斜阳寒草”“苔翠盈铺”的白海棠不就是贾探春自身的写照吗？虽然是庶出，出身无法改变，但她不自卑，自信满满，志气张扬，“才自精明志自高”“玉是精神难比洁，雪为肌骨易销魂”，这是一种多么令人敬仰的情怀呀。你看她的外貌、神韵：“俊眼修眉，顾盼神飞，文彩精华”，真可叫人“见之忘俗”，这是一个有理想，有抱负的少女，联想到她对二哥贾宝玉说："我但凡是个男人，可走得出去，我早走了，立出一番事业来，那时自有一番道理。"更令人肃然起敬的是探春把自己的情操赋予了白海棠，实际上是借白海棠咏叹自己。

贾宝玉是"教室"里表现得最不严肃的学生，有点儿像现实生活中学习不很认真的学生。他背着手，"在回廊上踱来踱去"，似乎在构思，虽身在"教室"，却"一心以为有鸿鹄将至，思援弓缴而射之"。你瞧，他的一门心思全在林妹妹身上，又是提醒林黛玉"你听，他们都有了"，又是催促林黛玉"香就完了，只管蹲在那潮地下作什么"，好一个"无事忙"！自己作壁上观，好像这场比赛与他自己没关系似的。我们也且看他的咏白海棠的作品：

秋容浅淡映重门，七节攒成雪满盆。
出浴太真冰作影，捧心西子玉为魂。
晓风不散愁千点，宿雨还添泪一痕。
独倚画栏如有意，清砧怨笛送黄昏。

为情造文，诗歌是思想情感的反映。宝玉诗中的白海棠尽是林妹妹的身影，她"冰作影""玉为魂"，洁白无瑕；她美如出浴贵妃，柔如捧心西施；她顾影自怜，总以为"一年三百六十日，风刀霜剑严相逼"。晓风还未吹散她的千点愁绪，夜雨又为她平添一行泪痕！诗中有一生的心事、不尽的牵挂、倾诉不完的相思，那份苦情蜜意也许只有林妹妹才会感受得到。

"教室"里的薛宝钗是个人见人爱的乖巧淑女，保持着一向端庄持重的本色。她不捷足先登张扬才气，也不甘沦为"差生"。贾探春询问："蘅芜君，你可有了？"宝钗答道："有却有了，只是不好。"她不仅才思敏捷，而且追求完美，同时，从中我们有理由猜测她完全可以比探春更早交卷，但她蓄而不张，含而不露，守住"进不为人先，退不为人后"的处世哲学。我们也来看看她写的咏白海棠诗：

珍重芳姿昼掩门，自携手瓮灌苔盆。
胭脂洗出秋阶影，冰雪招来露砌魂。
淡极始知花更艳，愁多焉得玉无痕。
欲偿白帝凭清洁，不语婷婷日又昏。

诗言志，读薛宝钗的海棠诗好像在聆听一位大姐的殷殷叮咛。薛宝钗托物言志，借物喻理，诗中体现的海棠形象是大家学习的榜样。她“珍重芳姿”，洁身自好，晚霞如火，冰雪严寒，更衬出她的高洁。她娓娓而谈：要知道淡泊明志，宁静致远，无限的愁思只能是凭添烦恼，要快乐地生活，珍爱每一个日子，来报答流逝的光阴；要知道，《老子》说过：“大方无隅，大器晚成，大音希声，大象无形”，所以“淡极始知花更艳”，人生要着眼于更高的境界，要对自己的情怀充满自信。读着薛宝钗的诗，心里暖暖的，眼界也随之开阔。

最后，我们来看看最后一个交卷的林黛玉。她是班级里学习成绩最好，又最在意别人的评价的那个女生。今天，她志在必得，却装着一副漫不经心的样子。在人们都已动手写作时，她却“或抚梧桐，或看秋色，或又和丫鬟们嘲笑”，好自负的一个人儿！她妙句已得，却轻易不露，要来个后发制人。直待到人们都已写完时，她才问：“你们都有了？”说着提笔一挥而就，掷与众人。好一个“掷与众人”！她的自信、自负，她的孤傲、天真，表现得淋漓尽致。也许不屑与人争却能轻松夺冠，是她最大的快乐。

我们也来看看骄傲的林黛玉写的海棠诗。

半卷湘帘半掩门，碾冰为土玉为盆。
偷来梨蕊三分白，借得梅花一缕痕。
月窟仙人缝缟袂，秋闺怨女试啼痕。
娇羞默默同谁诉，倦倚西风夜已昏。

诗如其人，人如诗中之花。林黛玉的白海棠种在玉盆冰土里，自然是冰肌玉骨，兰心蕙质。好潇洒、好飘逸的海棠！偷来梨蕊诠释她的无瑕，借得腊梅彰显她的风韵。可惜“木秀于林，风必摧之”，“曲高和寡”无人理解她的高洁。她像月里嫦娥，像秋闺怨女，在孤独中等待，在等待中期盼，期盼春风排遣心中的哀愁，期盼阳光照亮美丽的希望。言语反映人的心声，诗歌照见人的身影。我们不知那孤傲的海棠是林妹妹，还是林妹妹是孤傲的海棠，诗的意境亦幻亦真，若隐若现。

三、点评诗句，也因作品也因人

果真是“一千个读者有一千个哈姆雷特”。现场虽然没有海棠，我们却看到了千姿百态的海棠花，欣赏到风格各异的海棠诗。“梦甜香”渐渐燃尽，活动进入评价环节。林黛玉还未写完，大家先看探春、宝钗和宝玉三人的，宝玉认为探春写的好，社长李纨却认为薛宝钗的诗有身份。

最后评阅林黛玉的作业。“半卷湘帘半掩门，碾冰为土玉为盆”，第一联就让贾宝玉激动不已，不由喝起彩来：“从何处想来！”那口气，那神情，隐含的潜台词简直就是“此曲只应天上有，人间哪得几回闻”！第二联：“偷来梨蕊三分白，借得梅花一缕魂。”不只贾宝玉叫好，大家也眼前一片惊艳，跟着叫好：“果然比别人又是一样心肠。”当大家看完林黛玉的整首诗，更是一边倒地赞叹林妹妹的诗构思巧妙别致，别具一格。

那么社长李纨又是怎么评价的呢？

李纨道：“若论风流别致，自是这首，若论含蓄浑厚，终让蘅稿。”

不愧是社长，评论时不随波逐流，不受别人干扰，自有自己的诗评境界。李纨的点评也让我们眼前一亮，她依据文学欣赏多元性的特点分析林、薛二人不同的创作风格，抽象概括出两人同题诗不同的艺术特色，一个是“风流别致”，一个是“含蓄浑厚”。然而，艺术风格不同，并不能作为评判诗作质量高下的标准，正如李白的飘逸奔放与杜甫的沉郁顿挫，千百年来谁也比不出谁更优。李纨深谙评价的作用在于促进学生发展的教育思想，要多一把尺子，多发现一批优秀的学生。听了李纨的评价，现场的林妹妹和宝姐姐心里一定都暖洋洋的。

然而，李纨的话音未落，快人快语的贾探春抢前表白对林、薛二位同学作业的看法。

课堂上真是一波未平一波又起。

探春道：“这评的有理，潇湘妃子当居第二。”李纨道：“怡红公子是压尾，你服不服？”宝玉道：“我的那首原不好了，这评的最公。”又笑道：“只是蘅潇二首还要斟酌。”李纨道：“原是依我评论，不与你们相干，再有多说者必罚。”宝玉听说，只得罢了。

李纨为什么非要把不同艺术风格的两首诗排出等第呢？而且不顾贾宝玉同学的据理力争——是为了树立自己的学术权威？

先让我们重温一下现代教育对人的发展的基本观点。马克思主义认为，人的本质“在其现实性上，它是一切社会关系的总和”。他提出“教育与生产劳动相结合是造就全面发展的人的唯一方法”。苏霍姆林斯基对人的全面发展，做了具体的阐释，他认为教育的任务就是要培养“个性全面和谐发展的人”。在他看来，“个性全面和谐发展意味着劳动与人在各类活动中的丰富精神的统一，意味着人在品行上以及同他人的相互关系上的道德纯洁，意味着体魄的完美、审美需求和趣味的丰富及社会和个人兴趣的多样”。

好了，我们回到海棠赛诗的“课堂”上，暂且撇开“风流别致”与“含蓄浑厚”不谈，看看林黛玉同学与薛宝钗同学的课堂表现，也是大相径庭的：一个谦逊，一个骄傲。宝钗同学对待比赛态度非常端正，静静地坐着，认真地构思。当探春问她写好了没，她明明写好了，却一脸谦虚，悄悄回答："有却有了，只是不好。"那种脚踏实地、一丝不苟，对创作精益求精的追求，以及稳重、规矩的课堂表现，一定感动了李纨。当然，像宝钗这样品学兼优的学生，即使在今天我们也会给予不少的印象分的。

然而，黛玉同学的表现却让人有点看不惯了，别人都悄然思索着，她竟然"或抚梧桐，或看秋色，或又和丫鬟们嘲笑"，那是什么意思？是故意扰乱别人的思路？是有意炫耀自己才情之高、天赋之高？还是目中无人，根本不把比赛对手放在眼里？当别人都交卷了，看看香尽时，她"提笔一挥而就，掷与众人"！好狂傲的林黛玉同学！这是一个考生在考场该有的答题态度吗？这是一个考生该有的交卷方式吗？这符合一个少女的行为规范吗？这是否有悖于一个诗人的行为规则？此情此景，作为旁观者的我们心里也涌动着不快的暗潮。李纨还算是一个爱才的人，还给她评了个"第二名"，也许是想通过评价的杠杆，挫挫她的威风，有利于她今后的健康成长。遗憾的是"英雄救美"的贾宝玉并不明白社长的良苦用心，李纨不得不出最后一招，动用了社长的权力，不容分说："原是依我评论，不与你们相干，再有多说者必罚。"所幸林黛玉是个聪明的人，她领悟了社长的用心，在第二次的"菊花诗会"上，不再锋芒毕露，克服了缺点，赢得了大家的赞赏。

海棠无花诗自香，现场没有海棠，不等于眼中没有海棠，心中没有海棠。阅读时"一千个读者有一千个哈姆雷特"，写作时同样"一千个作者有一千个哈姆雷特"。不是吗？少男少女们写的海棠诗每一首都不一样，因为作者不一样，"诗如其人"，诗也会不一样，一首首的海棠诗把大观园里每个人的思想、情趣、品格、特点都表现出来了。贾探春的海棠花，在斜阳寒草、苔翠盈映下，显得十分清幽，白海棠的美丽姿态和高洁精神，正是她本人的个性写照。薛宝钗闭门护理海棠，亲手灌水侍弄，珍重芳姿，十分精心。白海棠的淡雅艳丽、素洁矜持，不正折射出她的为人处世哲学吗？林黛玉的海棠风流别致，与众不同，反映的是她那种鄙弃污浊世俗的孤傲品性，孤独寂寞的感伤情绪以及不凡的才情。

第五课 口角噙香对花吟

——观摩海棠诗社的菊花诗会

菊黄蟹肥的季节，一个天高云淡的日子，我们又一次走进大观园，观摩了海棠诗社的菊花诗会。这次诗会由薛宝钗总策划，名义上是史湘云做东，实际上是薛宝钗出钱又出力帮助史湘云实现做一次东道主的愿望。这是一场在先进的诗歌创作理论指导下开展的诗会活动，盛况空前。身临其境，策划者那严谨的学术思想、诗友们澎湃的激情、诗会上民主的研讨氛围深深地感染着我们，启迪着我们。

一、备课，蘅芜苑夜拟菊花题

蘅芜苑，一灯如豆，菊花诗会前夜。薛宝钗和史湘云两位诗友在总结上次海棠诗会的经验教训的基础上，精心策划了本次活动，用教学论的语言认真备课。《中庸·礼记》有言“凡事预则立，不预则废”，她们改变上次临时命题的做法，提前做好准备工作。她们先确立命题的原则，她们显然知道题目不仅是文章的眼睛，更有利于营造诗意的氛围，点燃诗友们创作的欲望。

请听薛宝钗是如是说：

诗题也不要过于新巧了。你看古人诗中那些刁钻古怪的题目和那极险的韵了，若题目过于新巧，韵过于险，再不得有好诗，终是小家子气。诗固然怕说熟话，更不可过于求生，只要头一件立意清新，自然措词就不俗了。

真是独到的见解！诗歌贵在创新，这是一般人都明白的道理。可是过犹不及，刻意追求“创新”，则走进了诗歌创作的歧路，陷入追求文字表面的奇诡生僻与故意押险韵以炫奇的泥藻而不能自拔。杜甫说：“千古文章唯称意，再无余事可参量。”王夫之也说：“意犹帅也，无帅之兵，谓之乌合。”而薛宝钗告诉我们，立意才是文章的核心与灵魂，有新意，境自高，语自工。那才是大手笔，那才是大境界，反之，则是“小家子气”了。

薛宝钗的一番至理名言，为这次诗会确立了基调，让大家明确了创作方向。诗赛如此，我们的作文教学不也如此吗？叶圣陶先生早已指出：“小学作文教授之目的在令学生能以文字直抒情感，了无隔阂；朴实说理，不生谬误。至于修词之工，谋篇之巧，初非必要之需求。能之固佳，不能亦不为病。”然而，我们常见的课堂是教师不厌其烦地指导学生写作技巧，该怎么开头，怎么结尾，怎么过渡，怎么照应，事无巨细，面面俱到，每堂课都如此。更有甚者，不少“名师”居然把作文方法做细致分解，形成一套“可操作”的作文基本功训练教程，如句子训练、构段训练、谋篇训练，等等，且美其名曰：“分步训练，各个突破”，真是荒谬至极！这种无视激发学生“直抒情感”，启迪学生“朴实说理”并“了无隔阂”的做法，无异于本末倒置，缘木求鱼。

好了，让我们回到蘅芜苑，听听薛宝钗与史湘云她们是怎么命题的吧。湘云从海棠诗会得到启发，建议写菊花诗。秋高气爽，丹桂飘香菊花黄，那情景本身就是一首秋风作笔、大地为笺的豪迈诗篇。这的确是不错的选题，但薛宝钗犹豫了，因为前人写的菊花诗多如牛毛，我们还能写出新意吗？湘云也担心菊花主题会让本次诗的创作落入俗套。

宝钗想了一想，说道：“有了，如今以菊花为宾，以人为主，竟拟出几个题目来，都是两个字：一个虚字，一个实字，实字便用

‘菊’字，虚字就用通用门的。如此又是咏菊，又是赋事，前人也没作过，也不能落套。赋景咏物两关着，又新鲜，又大方。”湘云笑道：“这却很好。只是不知用何等虚字才好？你先想一个我听听。”宝钗想了一想，笑道：“《菊梦》就好。”湘云笑道：“果然好。我也有一个，《菊影》可使得？”宝钗道：“也罢了。只是也有人作过，若题目多，这个也夹的上。我又有了一个。”湘云道：“快说出来。”宝钗道：“《问菊》如何？”湘云拍案叫妙，因接说道：“我也有了，《访菊》如何？”宝钗也赞有趣，因说道：“越性拟出十个来，写上再来。”说着，二人研墨蘸笔，湘云便写，宝钗便念，一时凑了十个。湘云看了一遍，又笑道：“十个还不成幅，越性凑成十二个便全了，也如人家的字画册页一样。”宝钗听说，又想了两个，一共凑成十二。又说道：“既这样，索性编出他个次序先后来。”湘云道：“如此更妙，竟弄成个菊谱了。”宝钗道：“起首是《忆菊》，忆之不得，故访，第二是《访菊》；访之既得，便种，第三是《种菊》；种既盛开，故相对而赏，第四是《对菊》；相对而兴有余，故折来供瓶为玩，第五是《供菊》；既供而不吟，亦觉菊无彩色，第六便是《咏菊》；既入词章，不可不供笔墨，第七便是《画菊》；既为菊如是碌碌，究竟不知菊有何妙处，不禁有所问，第八便是《问菊》；菊如解语，使人狂喜不禁，第九便是《簪菊》；如此人事虽尽，犹有菊之可咏者，《菊影》《菊梦》二首续在第十第十一；末卷便以《残菊》总收前题之盛。这便是三秋的妙景妙事都有了。”湘云依说将题录出，又看了一回，又问“该限何韵？”宝钗道：“我平生最不喜限韵的，分明有好诗，何苦为韵所缚。咱们别学那小家派，只出题不拘韵。原为大家偶得了好句取乐，并不为此而难人。”

好主意！两位少女将老题目翻出了新花样，精益求精拟出十二个题目：

《忆菊》《访菊》《种菊》《对菊》《供菊》《咏菊》《画菊》《问菊》

《簪菊》《菊影》《菊梦》《残菊》。

十二个诗题是菊花审美意象的整体呈现，反映了审美主体对菊花的认识过程、感受过程、审美过程。用薛宝钗的话说，“忆之不得，故访”；“访之既得，便种”；种成了，开花了，就可以对菊观赏；观赏兴犹未足，则采菊供到玉瓶中……同时，每一个诗题都有一个独立的意境，如《画菊》：为什么画？怎样画？画什么？为谁画？如《问菊》：为什么问？问什么？花能解语，她又会怎么回答我们呢？每一个诗题都能触发人们的万千联想，拨动人们心中那根易感的心弦，发出对生命，对生活的阵阵追问。在实现生活中，我们的教师也给学生布置了太多的诸如《记一件小事》《暑假见闻》《母亲的爱》之类的“老题目”，让写不出新意，写不出真情的“老问题”，困扰着学生，而且春草年年绿，老毛病年年在。今夜观摩蘅芜君夜拟菊花题，应该会让一些教师大彻大悟，释然而乐。

“石韫玉而山辉，水怀珠而川媚。”（陆机《文赋》）好的题目如同石中藏玉，水中含珠，令人一见生情，激起感情上的强烈共鸣，产生丰富的想象。但这还不够，还应当给予创作者自由驰骋的天空。如果命题人不够大方，对创作提出了太多的要求，纵然学生想象的翅膀跃跃欲飞，也会被束缚了，只能望天兴叹。薛宝钗说得多好，“何苦为韵所缚”“不为此而难人”，道出了创作的真谛：形式服务内容！正如叶圣陶先生所言：“文章都是学生的自由倾吐。”何必因“技巧”为难学生？

题好文一半，花香蝶自来。我们期待着明天的菊花诗会能精彩纷呈。

二、创作，藕香榭持蟹吟菊诗

薛宝钗心思真是细密，把菊花诗会安排在水上乐园藕香榭中。一湾碧水，映着蓝天丽日，四周垂柳依依，两株桂树花开得正灿烂，空气中弥漫着淡淡的清香。藕香榭邻花照水，置身其中，看花、看水、看蓝天、看远山，眼也清亮，心也怡然。现场与上次海棠诗会一样，不见菊花，但举办者相信诗友们心中自有“菊”，他们相信，良辰美景中“好鸟枝头亦朋友，落花水面皆文章”。

螃蟹宴一结束，贾母、王夫人等人出了园子。热闹的气氛更浓烈地弥漫在现场，少男少女们的螃蟹宴才刚刚开席。没有了“大人”在场，年少的诗友们更加放纵自己，贾宝玉早已迫不及待嚷起来：“咱们且作诗。把那大团圆桌就放在当中，酒菜都放着。也不必拘定坐位，有爱吃的大家去吃，散坐岂不便宜。”这建议得到大家的一致拥护，连宝钗都说：“这话极是。”于是湘云把准备好的诗题，挂在墙上，说明了比赛的规则，诗友们便投入了创作活动。

果然，诗友们不拘座位安排分散着活动，林妹妹坐在绣墩上倚着栏杆手持钓竿一边垂钓一边构思，宝姐姐趴在窗前把玩桂花，把“桂蕊掷向水面，引的游鱼浮上来唼喋”，三妹妹探春静静地站在垂柳下，一边欣赏在水中嬉戏的鸥鹭，一边思考，为宴席做东的史湘云一边“招呼山坡下的众人只管放量吃”，一边“出一回神”陶醉在菊花的诗意中……一会儿，诗意涌上了心头，宝姐姐率先动笔。

宝钗也走过来，另拿了一只杯来，也饮了一口放下，便蘸笔至墙上把头一个《忆菊》勾了，底下又赘了一个“蘅”字。宝玉忙道：“好姐姐，第二个我已经有了四句了，你让我作罢。”宝钗笑道：“我好容易有了一首，你就忙的这样。”黛玉也不说话，接过笔来把第八个《问菊》勾了，接着把第十一个《菊梦》也勾了，也赘一个“潇”字。宝玉也拿起笔来，将第二个《访菊》也勾了，也赘上一个“怡”字。探春走来看看道：“竟没有人作《簪菊》？让我作这《簪菊》。”又指着宝玉笑道：“才宣过总不许带出闺阁字样来，你可要留神。”说着，只见史湘云走来，将第四第五《对菊》《供菊》一连两个都勾了，也赘上一个“湘”字。

“登山则情满于山，观海则意溢于海。”（刘勰《文心雕龙·神思》）飞扬的诗思来自诗意的栖居。

第一，是诗情画意的环境，让诗友们悦目悦耳，得到心情的放松，安享到一份清静的休憩，忘记了尘世间的恩怨忧愁。眼前美景、美味、美酒，自由自在的氛围，把所有人带到一个圣洁的境域，这样的环境氛围不只是对躁动灵魂的安抚，不只是启动一双发现美的眼睛，更多的是触动一颗颗感受美的心灵。于是幽闭的心扉悄然敞开，诗意便悄然飞出。

第二，不限韵的自由创作，让诗友们摆脱了用词的束缚。当史湘云宣布完诗会题目时，大家为之一振，一种新奇感扑面而来，但又担心太多的其他创作限制而“作不出来”。湘云及时做了补充说明，“又把不限韵的原故说了一番”，诗友们不由欢呼起来。一向不喜欢受拘束的贾宝玉激动地说：“这才是正理!”的确，诗原本是心绪的自由宣泄，诗歌创作中的审美超越不但是一个情感的把握过程，而且是一个语言自由选择的过程。现在没有了用词的限制，诗友们情动辞发，胸中的诗意语言就像开闸的春水般奔涌而出，任意滋润心中那片诗意的沃土。

第三，自由地解读诗题的方式，给了作者选择创作对象的自由。十二个诗题依次排出，宛如一道美丽的风景，一下子照亮了少男少女们的眼睛。叶圣陶先生说过：“训练学生作文，必须注重于倾吐他们的生活积累。”但学生的生活积累经常处于沉睡状态，怎样唤醒它们呢？夏丏尊先生把学生的生活积累比作“爆竹”与“火药”，把作文命题看作给爆竹安上“导火线”。这不，这群少男少女从诗题超市的货架上找到了点燃自己“爆竹”的“导火线”，瞬间绽放开缤纷的诗意。比如《簪菊》这一诗题，显然是比较偏的题目，前人也少有相关作品，并要求创作时“不许带出闺阁字样来”。然而，恰恰是这个少人问津的诗题，触动了志存高远的三妹妹探春的心弦，写出了一篇气势磅礴的诗篇来。

瓶供篱栽日日忙，折来休认镜中妆。
长安公子因花癖，彭泽先生是酒狂。
短鬓冷沾三径露，葛巾香染九秋霜。
高情不入时人眼，拍手凭他笑路旁。

诗一开头，就把一种爱菊如狂的神态表现了出来，凛凛傲气冲天，好一个女汉子！通过这首诗，我们完全可以看出贾探春是个什么样的人。别的女孩喜欢穿金戴银，可是，贾探春不是，她喜欢用菊花来装饰自己美丽的面容。为什么？因为贾探春所仰慕的人物，是爱菊花而成癖的杜牧，是以菊花明志的陶渊明，因为菊花可以使她感觉到超越尘世的高洁，可以使她感受到自然生命的芬芳。所以，贾探春以诗来告诉我们，不要害怕你头簪菊花之后人们对你的议论纷纷和无知的讥笑，因为这样高洁的胸怀不是一般人可以拥有的。

这样的一首诗，是贾探春以花喻人，是自己品格胸怀的写照，写自己虽然身在繁华尘世但心怀高洁志向，洋溢着一种令人神往的生活情趣和令人敬佩的人生理想。

三、点评，好诗共欣赏

少男少女们心旌摇荡，神思飞扬，在菊香氤氲的精神世界里找寻属于自己的那株别具一格的菊。仅用了一顿饭的时间，他们大作告成，“十二题已全，各自誊出来，都交与迎春，另拿了一张雪浪笺过来，一并誊录出来，某人作的底下赘明某人的号”。活动进入点评的环节。

1. 走马观花，一见钟情。

“奇文共欣赏，疑义相与析”，因为准备充分，这次菊花诗会的内容更加具体，要求更加开放，创作的总体质量较之海棠诗会有了很大的提高。大家争先恐后地欣赏起来，每看完一首都情不自禁地赞叹着，现场洋溢着笑声。这群少男少女们既是诗赛的选手，又是欣赏者，陶醉在菊花诗的意境里，如饮甘泉，如品美酒。得到诗友们的表扬，各人的心里都洒满了阳光，体验着成功的欢乐，焕发出青春的光彩。这是我们看到的最美的课堂境界！

社长李纨像一位尽职的老师，似乎也快乐着学生的快乐，幸福着学生的幸福，脸上始终堆着微笑。她不放过对每一位学生的鼓励，真挚地表扬学生们，“通篇看来，各有各人的警句”。得到老师的表扬，现场更是一片欢腾。但为了总结创作经验，进一步提高诗社的活动水平，她没有忘记做一番具体的评价、赏析。

请听她的点评：

今日公评：《咏菊》第一，《问菊》第二，《菊梦》第三，题目新，诗也新，立意更新，恼不得要推潇湘妃子为魁了；然后《簪菊》《对菊》《供菊》《画菊》《忆菊》次之。”宝玉听说，喜的拍手叫“极是，极公道”。

表扬在先，好中选优，又有具体的评价标准，所以社长的评价令人信服。这不，即使列于末位的怡红公子贾宝玉，也没有任何情绪，竟然喜形于色，一迭声说“极是，极公道”！林妹妹这次全面展示实力，以“风流别致”的创作风格，一举夺魁。那么大作又是怎么“题目新，诗也新，立意更新呢”？我们不妨也来欣赏欣赏她的《咏菊》，撷一瓣而知其芬芳。

无赖诗魔昏晓侵，绕篱欹石自沉音。
毫端蕴秀临霜写，口角噙香对月吟。
满纸自怜题素怨，片言谁解诉秋心？
一从陶令平章后，千古高风说到今。

菊花啊，歌咏你不是因为谁令我苦心欲吟，而是你化作诗魔走进了我的心灵深处，令人欲罢不能。我绕篱欹石缠绵悱恻，无法抑制地要对你诉说心曲。

在霜晨，在月夜，笔端蕴秀，口角含香。那是她在描摩菊花的倩影，还是菊花在对月歌唱？抑或，傲霜的菊就是她，对月抒怀的她就是菊。孤独的她有菊花的气质，傲霜的菊有诗人的清苦。满纸素怨，一片秋心，那是菊花的怨，也是她的恨，这刻骨的孤高风骨，谁人能够领会？只有黄花知道，只有陶令知道，一任百花开尽，唯菊西风独香！

黛玉的诗不是写出来的，是从心底流出来的，是一种情景交融的情怀抒发，是一种真实情感的流露，是激情澎湃的情感宣泄。

2. 含英咀华，回味无穷。

诗人艾青说："诗人一面形象地理解着世界，一面又通过形象向世人解说世界。"形象赋予作者情思与灵感，使诗词构成的多彩氛围，成为可品味的意境。当那群可爱的少男少女通过仔细尝味、寻味、玩味、赏味后，自然走进诗人精心构筑的意境中去，体味到别样的诗情画意，也自然能感受到一颗颗鲜活的心，并与之共鸣。让我们来看看他们是怎么体味菊花诗句的。

黛玉道："我那首也不好，到底伤于纤巧些。"李纨道："巧的却好，不露堆砌生硬。"黛玉道："据我看来，头一句好的是'圃冷斜阳忆旧游'，这句背面傅粉。'抛书人对一枝秋'已经妙绝，将供菊说完，没处再说，故翻回来想到未折未供之先，意思深透。"李纨笑道："固如此说，你的'口齿噙香'一句也敌的过了。"探春又道："到底要算蘅芜君沉着，'秋无迹'，'梦有知'，把个忆字竟烘染出来了。"宝钗笑道："你的'短鬓冷沾'，'葛巾香染'，也就把簪菊形容的一个缝儿也没了。"湘云道："'偕谁隐'，'为底迟'，真个把个菊花问的无言可对。"李纨笑道："你的'科头坐'，'抱膝吟'，竟一时也不能别开，菊花有知，也必腻烦了呢！"说的大家都笑了。宝玉笑道："我又落第。难道'谁家种'，'何处秋'，'蜡屐远来'，'冷吟不尽'，都不是访，'昨夜雨'，'今朝霜'，都不是种不成？但恨敌不上

‘口齿噙香对月吟’、‘清冷香中抱膝吟’、‘短鬓’、‘葛巾’、‘金淡泊’、‘翠离披’、‘秋无迹’、‘梦有知’这几句罢了。”又道：“明儿闲了，我一个人作出十二首来。”李纨道：“你的也好，只是不及这几句新巧就是了。”

诗里黄花百味香，含英咀华沁心脾。少男少女们品出了一个好境界，林妹妹不再如上次海棠诗会那般的孤高自负，她连中三元，却一点儿也不露骄傲的神色，面对李纨的表扬，谦卑得可亲可爱。她真诚而虚怀若谷地品味大家的诗作，真诚地分享赞美他人的绝妙佳句，她欣赏史湘云的《供菊》，与作者一同陶醉于“抛书人对一枝秋”的绝妙意境里，与黄花倾心对语，乐以忘忧。其他诗友也一样，从他人独到的措辞里找到种种耐人寻味的好意境，比如薛宝钗的《忆菊》，“空篱旧圃秋无迹，瘦月清霜梦有知”——菊啊，你在哪？我们眼前只有空空如也的花圃、篱笆，只有一弯残月，一片清霜。更令人高兴的是，他们还品出了好心情。每个人的脸上都始终带着灿烂的笑意，诗友们带着笑欣赏别人的美词佳句，带着笑聆听别人的表扬。而社长李纨带着笑，点评每一个人的作品，对又一次名落孙山的贾宝玉，依然笑着表扬“你的也好”；落第的宝玉也带着笑，指出自己的进步，认真分析自己的不足……

“毫端蕴秀临霜写，口角噙香对月吟。”心有灵犀的儿女们，沐浴在菊花文化的高风远韵里，开启心灵之笔，尽情地抒写对生命的感悟，对宇宙万物的感怀，从而获得心灵的畅快感，绽放个性的美丽。而这一切得益于策划者创设自由的环境，营造宽松的氛围，并且别出心裁地提供“菜单式”的创作要求和创作题目，让诗友们自由选择。当然还要感谢点评的“裁判”，始终从欣赏的角度鼓励少男少女们，带着欣赏的目光肯定他们的优秀成绩。

这次活动给我的几点启发如下。

1. “菜单式”命题方式。

语文根植于生活，又运用于生活，培养学生在生活中学习、运用语文的意识和能力，是语文教学的一项重要任务。菊花从生活中来，是秋天最有代表性的植物，写菊花，吟菊花，这样的试题散发着浓郁的秋天气息。薛宝钗和史湘云选择了以“菊花”为基础进行拟题，拟了《忆菊》《访菊》等十二个题目，形成了一种“菜单式”的作文题目。这样一种自主化、生活化的命题方式给了学生一个选择的机会，从活动的结果来看，深得大家的喜爱和推崇，并取得了极大的成功。

这种命题形式值得我们学习和借鉴。在教学中，我们是否也可以尝试让学生自主命题，做到命题“从学生中来，到学生中去”？是否也可以将某个作文内容进行分解，形成一组组合式的作文题目，让学生根据各自的生活经历选择自己更喜爱的题目来写，以促进学生的个性化发展？采用学生命制的题目，是对学生的尊重和肯定，同时体现了语文教学坚持让师生平等对话的教学理念。亲爱的语文老师们，这样做何乐而不为呢？

2. 宴游式的吟诗。

无论是第三十七回的咏海棠，还是第三十八回的咏菊花、咏螃蟹，所咏之物都跟诗的作者的生活环境密切相关。少男少女们在清幽的环境中吟诗时，把思考、看风景、游戏、把酒言欢融合在一起。这样一种人与环境融为一体，人与人之间彼此心连心，放松的心境，才能打开学生情感的心门，让诗思飘然而飞。

传统的作文课往往将学生“禁锢”在教室里，学生面对题目冥思苦想，甚至思考了一节课也没有一点儿眉目。这样的写作环境下，学生的写作完全是被动的，又如何能激发出写作灵感呢？教师如何给学生创设一个良好的写作氛围，让写作由被动转为主动呢？

用笔不灵看燕舞，行文无序赏花开。我们不妨向大观园的海棠诗社学习，让写作课尝试着走出教室，变写作课为写作实践活动课，让学生走进多姿多彩的生活中，在自然中观察、想象、沉思和写作，让学生感到有物可写，有话可说，这样也就会产生让人心动的佳作了。

3. 沙龙式点评。

美国心理学家威廉·詹姆斯曾提出：人性中最深刻的禀赋是对被赏识的渴望。众姐妹写完诗后，李纨总不忘一一给予点评，带着微笑评点每位诗友，发现他们的生动的诗句，让每一个诗友体验到成功的快乐。同时，黛玉、宝钗等人还进行了互评，互相取长补短，各有所得，使得海棠诗社整体的诗文素质大大提高了。

海棠诗社中的评改方式也为我们提供了一条作文评改的新路，即实现评改的自由化——互评、交流、讨论相结合。点评是教师对学生的作文从内容到形式的整体评价，是教师和学生在一篇作文里的心灵沟通，也是教师对学生写作热情的呼唤。从心理学的角度看，适切的点评往往影响着一个人的行为，它有利于提高个体的动机强度，行动的持久性与深入性，而中肯的点评能使写作者保持浓厚的写作兴趣。亲爱的老师们，让我们不吝啬点评，让点评点燃学生情思与文思的火花吧！

第六课　虽曰旧课，却是新课程

——记林黛玉的四堂语文课

红楼教师

林黛玉，《红楼梦》的女主角，姑苏人氏，金陵十二钗之首，是世界文学作品中最富灵气的经典女性形象之一。

人物形象：两弯似蹙非蹙罥烟眉，一双似喜非喜含情目。态生两靥之愁，娇袭一身之病。泪光点点，娇喘微微。娴静时如姣花照水，行动处似弱柳扶风。心较比干多一窍，病如西子胜三分。

文化背景：母亲贾敏是贾母最小的女儿，父亲林如海为前科探花。林黛玉出身书香门第，聪明清秀，父母对她爱如珍宝，聘贾雨村做家庭教师，教她读书习字。

经历评价：她生得倾城倾国容貌，兼有旷世诗才，是一个充满诗之意蕴的艺术形象，是花的精魂诗的化身。她纤细、文弱、伶俐、机智，是一个惹人疼爱的形象。林黛玉博学多才，在《红楼梦》中，她一共写了25首诗词，所涉及的诗歌体裁有8种，分别是四言、五律、七绝、七律、歌行、五排、集句和词。她是红楼女儿国中最富诗人气质的少女，是大观园中最杰出的诗人。

《红楼梦》是一部光耀千古的百科全书式的文学作品，正如鲁迅先生所言："单是命意，就因读者的眼光而有种种：经学家看见

《易》，道学家看见淫，才子看见缠绵，革命家看见排满，流言家看见宫闱秘事……”那么，作为一名语文教师又能从中读到什么呢？我又一次拜读《红楼梦》，惊喜地发现曹雪芹借黛玉教香菱学诗，安排了“四个课时”的内容，为我们展示了一幅完整的、生动的、充满新课程意味的语文教学图景。红学家邓云乡先生慨然叹曰：“曹雪芹不只是一个伟大的小说家，也是一位十分高明的诗词教师。第四十八回写林师教生学诗，其教学方法实在好，真可以说是循循善诱……《红楼梦》的读者，如果有爱好诗词的，希望对于师教诗、生学诗这两回书，多看看，多想想，会有所领悟、有所收获的。”

第一课时　指点迷津

一、乐为人师

晚饭后，香菱（下称“生”）见宝钗等都往贾母处去了，自己便往潇湘馆中来。黛玉（下称“师”）见香菱也住进了大观园，很是欢喜。

生（笑）：我这一进来了，也得了空儿，好歹教给我作诗，就是我的造化了！②

师（笑）：既要作诗，你就拜我作师。我虽不通，大略也还教得起你。

[点评：乐为人师，当仁不让，欣然接受。林老师没有客套的谦辞，没有推脱，自信地认为“教得起你”，让学生觉得拜对了老师。]

二、激发信心

生（笑）：果然这样，我就拜你作师。你可不许腻烦的。

师：什么难事，也值得去学！不过是起承转合，当中承转是两

②每一课时中的对话部分，人物所说语句均选自《红楼梦》原文。原文版本参考见注①。

副对子，平声对仄声，虚的对实的，实的对虚的，若是果有了奇句，连平仄虚实不对都使得的。

生（笑）：怪道我常弄一本旧诗偷空儿看一两首，又有对得极工的，又有不对的，又听见说“一三五不论，二四六分明”。看古人的诗上亦有顺的，亦有二四六上错了的，所以天天疑惑。如今听你一说，原来这些格调规矩竟是末事，只要词句新奇为上。

［点评：林黛玉诗胆如铁、豪气干云。她把律诗的规矩从根本上否定了，原来，奇句最重要。正如韩愈所言“惟陈言之务去”，杜甫所言“不薄今人爱古人，清词丽句必为邻”。林黛玉轻巧的教导，宛如一缕阳光拨开迷雾，使刚踏进诗歌王国的初学者香菱豁然开朗，对诗歌的神秘感和对“作诗”的畏惧感顿时消散。］

三、传授新知

师：正是这个道理。词句究竟还是末事，第一立意要紧。若意趣真了，连词句不用修饰，自是好的，这叫做“不以词害意”。

生（笑）：我只爱陆放翁的诗“重帘不卷留香久，古砚微凹聚墨多”，说的真有趣！

师：断不可学这样的诗。你们因不知诗，所以见了这浅近的就爱，一入了这个格局，再学不出来的。你只听我说，你若真心要学，我这里有《王摩诘全集》，你且把他的五言律读一百首，细心揣摩透熟了，然后再读一二百首老杜的七言律，次再李青莲的七言绝句读一二百首。肚子里先有了这三个人作了底子，然后再把陶渊明，应玚、谢、阮、庾、鲍等人的一看。你又是一个极聪敏伶俐的人，不用一年的工夫，不愁不是诗翁了！

［点评：此为这堂课的重点部分，也是林老师教学的最精华之处，有三点值得我们借鉴。其一，引导学生求真知。教育是一门科学，科学的意义在于求真，“作诗”（引申为今天的习作）的第一真

知是文章要有“意趣真”，在学生求学之始，林老师毫不含糊地告诉学生“第一立意要紧”“不以词害意”；在学生迷途之时，林老师及时“拨乱反正”，哪怕面对“权威”（诗人陆游），她也敢于挑战“断不可学这样的诗”！其二，从经典之处学语言。经典是文化之母，林老师深谙此道，她从高起点要求学生入门要“高格调”，先集中学习代表中国诗歌最高成就的三位诗人的作品，即王维的五言律，杜甫的七律诗，李白的七绝，并“细心揣摩透熟”，以此得到经典语言的熏陶。在此基础上，林老师引导学生博览其他著名诗人的作品，让一个初学者得到不同诗人、不同风格诗歌的文化滋养。其三，用情感点燃学生的智慧。“你又是一个极聪敏伶俐的人”“不愁不是诗翁”，林老师一点儿也不吝啬鼓励性评价语言，满腔热情地肯定学生的禀赋，期待学生学有所成，这将使学生的学习欲望如花绽放。]

四、布置作业

生（笑）：既这样，好姑娘，你就把这书给我拿出来，我带回去夜里念几首也是好的。

师（命紫娟将王右丞的五言律拿来，递与香菱）：你只看有红圈的都是我选的，有一首念一首。不明白的问你姑娘，或者遇见我，我讲与你就是了。

[点评：林老师的引导、启发，激发了学生的学习积极性，使学生主动提出了学习要求。林老师岂止在教学，分明在引导学生追寻一种新型的学习生活！学习不是一种单纯的行为，而是与生活融于一体的，是一种生活的存在形式，生活中的每一个人都可以是我们的老师，生活中时时、处处都有我们学习的空间。]

香菱拿了诗，回至蘅芜苑中，诸事不顾，只向灯下一首一首的读起来。宝钗连催他数次睡觉，他也不睡。宝钗见他这般苦心，只得随他去了。

第二课时　共同研讨

几天后，林老师举行了一场别开生面的公开教学活动，探春、宝玉前来听课，并参与教研。

上课了，香菱带着前段时间学习的《王摩诘全集》笑吟吟地走进课堂，又向林老师换杜甫的律诗。

一、谈话导入

师（笑）：共记得多少首？

生（笑）：凡红圈选的我尽读了。

师：可领略了些滋味没有？

生（笑）：领略了些滋味，不知可是不是，说与你听听。

师（笑）：正要讲究讨论，方能长进。你且说来我听。

[点评："讲究讨论，方能长进"，多么朴实的语言，却使学生如沐春风，感受到老师的热情鼓励；"讲究讨论，方能长进"，这是林老师的创新教学方式，闪耀着现代教育教学改革的理论光芒。在这种教学中体现的师生关系也是一种新型的师生关系。林老师视自己为学生学习的伙伴，平等地与之"讲究"诗作。学生在这种平等、真诚的课堂气氛中敞开心扉与老师对话，从而不断感悟诗的真谛，不断增强学诗的信心。]

二、香菱说诗

生（笑）：据我看来，诗的好处，有口里说不出来的意思，想去却是逼真的。有似乎无理的，想去竟是有理有情的。

师（笑）：这话有了些意思，但不知你从何处见得？

生（笑）：我看他《塞上》一首，那一联云："大漠孤烟直，长河落日圆。"想来烟如何直？日自然是圆的：这"直"字似无理，

"圆"字似太俗。合上书一想，倒像是见了这景的。若说再找两个字换这两个，竟再找不出两个字来。再还有"日落江湖白，潮来天地青"：这"白""青"两个字也似无理。想来，必得这两个字才形容得尽，念在嘴里倒像有几千斤重的一个橄榄。还有"渡头余落日，墟里上孤烟"，这"余"字和"上"字，难为他怎么想来！我们那年上京来，那日下晚便湾住船，岸上又没有人，只有几棵树，远远的几家人家作晚饭，那个烟竟是碧青，连云直上。谁知我昨日晚上读了这两句，倒像我又到了那个地方去了。

宝玉（笑）：既是这样，也不用看诗。会心处不在多，听你说了这两句，可知"三昧"你已得了。

[点评：林老师问得人心里舒服，问话仿佛春风拂面，问得人心有所感，想一吐为快。香菱的读诗体会说的都是实话，"诗的好处，有口里说不出来的意思，想去却是逼真的。有似乎无理的，想去竟是有理有情的"。这是一种"悠然心会，妙处难与君说"的感觉。香菱的读诗体会说的是真话，是自己真切的体验，她对诗的理解凭的是直觉，却是建立在调动自己的经验感受基础之上的，产生了"倒像我又到了那个地方""倒像是见了这景的"的奇妙联想。这是一种多么美妙的学习境界呀，正如美国诗人庞德所言："读哈代的诗歌，没有人不会感到他自己的生活以及那些已经淡忘了的时刻，又重新浮现于脑际，忽这忽那，飘浮不定。你对真正的诗歌，还会有更好的鉴别办法吗?"]

师（笑）：你说他这"上孤烟"好，你还不知他这一句还是套了前人的来。我给你这一句瞧瞧，更比这个淡而现成。（把陶渊明的"暧暧远人村，依依墟里烟"翻了出来，递与香菱。）

生（点头叹赏，笑）：原来"上"字是从"依依"两个字上化出来的。

[点评："欲穷千里目，更上一层楼"，林老师在学生掌握了已有

知识的基础上指导学生进入更高的赏诗境界。林老师通过“暧暧远人村，依依墟里烟”与“渡头余落日，墟里上孤烟”的对比品读、鉴赏，让学生恍然大悟：原来写诗可以将前人的诗句熔铸于自己的生活之中，融于自己的创作之中，自铸伟辞，创造出新的意境！]

三、大家鼓励

宝玉（大笑）：你已得了，不用再讲，越发倒学杂了。你就作起来，必是好的。

探春（笑）：明儿我补一个柬来，请你入社。

香菱（笑）：姑娘何苦打趣我，我不过是心里羡慕，才学着顽罢了。

探春、黛玉（笑）：谁不是顽？难道我们是认真作诗呢！若说我们认真成了诗，出了这园子，把人的牙还笑倒了呢。

[点评：这是一种奇妙的课堂境界，听课者不再是孤独的旁观者，而是课堂教学的动态因素之一，是课堂教学过程积极的参与者。这不，宝玉、探春等“听课老师”施以肯定的评价，给课堂创设了一个更加良好的氛围，不断激发学生的学习积极性。]

四、布置作业

香菱逼着黛玉换出杜律来，并且主动要求“老师”给自己出道“练习题”。

生（央求）：出个题目，让我诌去，诌了来，替我改正。

师：昨夜的月最好，我正要诌一首，竟未诌成，你竟作一首来。十四寒的韵，由你爱用那几个字去。

[点评：变“要我学”为“我要学”，这是古今中外多少课程专家和教学专家孜孜追求的理想课堂境界。如今，这一境界在林老师的课堂赫然出现。在这里，学生迫不及待的学习热情宛如蓄积已久

的春水，一旦开闸自然喷涌而出！这样的课堂真叫成功，能创造出如此教学境界的老师一定是幸福的老师！]

第三课时　面批习作

一、自主实践

香菱听了，喜的拿回诗来，又苦思一回作两句诗，又舍不得杜诗，又读两首。如此茶饭无心，坐卧不定。

宝钗道：“何苦自寻烦恼。都是颦儿引的你，我和他算帐去。你本来呆头呆脑的，再添上这个，越发弄成个呆子了。”香菱笑道：“好姑娘，别混我。”一面说，一面作了一首，先与宝钗看。宝钗看了笑道：“这个不好，不是这个作法。你别怕臊，只管拿了给他瞧去，看他是怎么说。”

[点评：林老师的肯定、“听课老师”的鼓励，一步步把学生带进诗意盎然的诗歌王国。学生背上求知的行囊走进教师指引的书径，一路欣赏诗意之花的缤纷，一路采摘知识的甘果。]

二、首次评改

香菱把作业交给林黛玉。林老师欣赏起来，只见写的是：

月挂中天夜色寒，清光皎皎影团团。
诗人助兴常思玩，野客添愁不忍观。
翡翠楼边悬玉镜，珍珠帘外挂冰盘。
良宵何用烧银烛，晴彩辉煌映画栏。

师（笑）：意思却有，只是措词不雅。皆因你看的诗少，被他缚住了。把这首丢开，再作一首，只管放开胆子去作。

[点评：这是香菱破天荒第一遭开了诗笔，已是大不易，哪有才一出手便成高手的呢？批评的目的是指出学生改进的方向，却不宜

让学生产生畏难情绪，以至缩手缩脚，踟蹰不前。从这一点来看，林黛玉真是一个对学生体贴入微的好老师，能洞悉学生的心理状态。林老师的评价包含四层意思：第一，依然把赏识放在首位，满面春风地肯定学生的第一次作业“有意思”；第二，极负责地指出不足之处——“措词不雅”；第三，帮助学生分析产生毛病的原因是“看的诗少，被他缚住了”；第四，热情鼓励“只管放开胆子去作”，既解除了学生的思想顾虑，又保护了学生心中那棵刚刚萌动的求知新芽，同时，也敞开了一片广阔而自由的写作天地。]

三、忘我作业

对于老师的一番苦心教导，香菱也决意不去辜负，回去加倍用功。书中是怎样写的呢？

香菱听了，默默的回来，越性连房也不入，只在池边树下，或坐在山石上出神，或蹲在地下抠土，来往的人都诧异。

李纨、宝钗、探春、宝玉等听得此信，都远远的站在山坡上瞧看他。只见他皱一回眉，又自己含笑一回。

宝钗笑道：“这个人定要疯了！昨夜嘟嘟哝哝直闹到五更天才睡下，没一顿饭的工夫天就亮了。我就听见他起来了，忙忙碌碌梳了头就找颦儿去。一回来了，呆了一日，作了一首又不好，这会子自然另作呢。”

宝玉笑道：“这正是‘地灵人杰’，老天生人再不虚赋情性的。我们成日叹说可惜他这么个人竟俗了，谁知到底有今日。可见天地至公。”

宝钗笑道：“你能够象他这苦心就好了，学什么有个不成的。”

[点评：简直到了如痴如醉的地步，好学生香菱甘心做诗的“俘虏”！]

四、二次评改

经过一番苦思冥想，香菱又兴兴头头的往黛玉那边去了。

探春笑道：“咱们跟了去，看他有些意思没有。”说着，一齐都往潇湘馆来。

只见黛玉正拿着诗和他讲究。众人因问黛玉作的如何。黛玉道：“自然算难为他了，只是还不好。这一首过于穿凿了，还得另作。”众人因要诗看时，只见作道：

非银非水映窗寒，试看晴空护玉盘。
淡淡梅花香欲染，丝丝柳带露初干。
只疑残粉涂金砌，恍若轻霜抹玉栏。
梦醒西楼人迹绝，余容犹可隔帘看。

宝钗笑道：“不象吟月了，月字底下添一个‘色’字倒还使得，你看句句倒是月色。这也罢了，原来诗从胡说来，再迟几天就好了。”

[点评：林老师的评价语言饱含着对学生深深的敬意，同时又透着丝丝的惋惜。不过老师还是欣喜地看到了学生的进步，由第一首的“措词不雅”到第二首的“过于穿凿”，这是初学诗者写诗水平渐次进步的过程。同时，薛宝钗的点评也充满了对学习者的期待。]

第四课时　共赏佳作

一、苦志吟诗

尽管经历了又一次失败，但香菱毫不气馁，独自走到阶前竹下闲步，构思她的第三首作品。她搜肠刮肚，心无旁骛，以致将探春说的“你闲闲罢”听成“十五删的‘闲’字”，反过来说探春“错了韵了”。白天，香菱满心想的都是诗，晚间她还是对灯出神，如痴如醉，三更上床，到五更才朦胧睡去。梦中，奇迹发生了，香菱“苦志学诗，精血诚聚”，竟得到一首好诗！

[点评：从苦苦求索到恍然顿悟，这是一个多么美妙的学习历程。没有对诗的执着，没有对诗“衣带渐宽终不悔，为伊消得人憔悴”的执着，智慧的火花也不会绽放在夜间梦的世界里，诗神缪斯也不会突然光临，让香菱获得“众里寻他千百度，蓦然回首，那人却在灯火阑珊处”的惊喜！]

二、共赏佳作

（香菱将新作之诗录于纸上，朝潇湘馆走去。）

生（将诗稿递给老师）：你们看这一首，若使得，我便还学；若还不好，我就死了这作诗的心了。

师（接过诗稿浏览，欣喜万分，只见写道）：

精华欲掩料应难，影自娟娟魄自寒。
一片砧敲千里白，半轮鸡唱五更残。
绿蓑江上秋闻笛，红袖楼头夜倚栏。
博得嫦娥应借问，缘何不使永团圆！

众人看了笑道：“这首不但好，而且新巧有意趣。可知俗语说‘天下无难事，只怕有心人’。社里一定请你了。”香菱听了心下不信，料着是他们瞒哄自己的话，还只管问黛玉宝钗等。

香菱的这首诗中没有写出一个“月”字，但丝毫不影响欣赏者看“月”的心情。“精华欲掩料应难，影自娟娟魄自寒”不正是香菱命运的写照吗？她地位低下，命运多舛，身世凄苦，但这掩盖不住她的灵秀，她的娟娟美丽，她的冰清玉洁。吟着，心中有万千滋味，脑中油然浮现出柔弱少女的形象，那就是香菱吧？一江寒水，月色也如水，她徘徊江畔，她倚栏望月，笛声幽怨，勾起她多少离愁别绪；那就是可怜的香菱吧？她对月低吟，顾影自怜。捣衣声声，鸡鸣声声，那本是温馨的家园中最熟悉的啊，可是她的家又在何方？夜色阑珊，望断天涯，何处又是她的归依处呢？那就是坚强的香菱吧？她不甘命运的摆布，声声问月：月亮之神啊，俯视人间有这么多的苦情别绪，为什么不能使人们团团圆圆，永不分离呢？

［点评：这“精血诚聚”的第三稿是香菱咏月诗的“升级版”，诗中意象似月非月，月影忽明忽暗，用词典雅含蓄，设意新奇别致。作者借咏月怀人，流露了真情实感，清丽的诗句蕴含着淡淡的忧愁。然而，令人惊奇的是林老师并不高声赞美，而是一言不发，微笑地在一边当听众，而众人则成为评价的主角。这是为什么呢？心理学认为：人性中最本质的需求就是渴望得到尊重和欣赏，就精神生命而言，每个孩子仿佛都是为了得到赏识而来到人世间的。林老师深知众人的鼓励与认可更胜于老师的赞赏，更有利于香菱在大观园的众多姐妹中获得一分尊严。］

总　评

林黛玉，一个完美的教师形象。

她是曹雪芹最钟爱的人物形象，在她身上几乎集中了所有的美。她是读者心目中的一位圣洁的美神、爱神。她风姿绰约，天生丽质；她心地善良，冰清玉洁；她秀外慧中，有着丰富的精神世界；她才高八斗，谈吐风趣。也许正是因为上帝嫉妒她的近乎完美，才给了她不幸的命运、柔弱的身体和多愁善感的情怀。尽管这样，依然掩饰不了她清纯优雅的诗人气质。

感谢曹雪芹先生安排林黛玉当了一回教师，上了四堂语文课。隔着两百多年漫漫时空的长河，观摩大观园中林老师执教的“诗歌欣赏与写作”课，我们依然能够感受到扑面而来的新课程气息。走出课堂，掩卷沉思，林老师对学生的循循善诱，学生求学时的孜孜不倦历历在目。这是一次成功的教学实践，虽然来自遥远的古代，却焕发着新课程的鲜活魅力。

1. 这是一位才华横溢的老师。

林黛玉博览群书，学识渊博，不但读《四书》《五经》，也喜读《西厢记》《牡丹亭》《桃花扇》。她在诗词方面有很深的造诣，在大观园里举办的两次诗会中，她的“海棠诗”，她的“菊花诗”，都是力压群芳之作，独领风骚，成为大观园里众姐妹的偶像。她的诗词令皇妃贾元春称赞不已，就连一向严厉苛刻的舅舅贾政也十分欣赏这位才高八斗的外甥女。刘姥姥到潇湘馆，见林黛玉的房间里，“窗下案上设着笔砚，书架上磊着满满的书”，还以为是哪位公子哥儿的书房。她感慨道：“这那象个小姐的绣房，竟比那上等的书房还好。”

在本次教学中，我们也领略了她丰厚的诗歌文化素养。从林老师给学生所开的书目中也可以看出，她是多么爱书好学，学识积累又是何等深厚！她对唐诗情有独钟，同时又博采众长，对魏晋南北朝的诗，以及宋诗也颇有研究。深厚的文化底蕴为她的诗歌教学提供了知识背景，所以谈起诗词创作时能鞭辟入里，娓娓道来。学高为师，新课程倡导“教师即教材”。林黛玉腹有诗书气自华，凭着诗人的素养和渊博的学科知识，可以获得“优秀教师”的称号，这一称号于她来说，是当之无愧的。

2. 这是一位诲人不倦的老师。

生活中的林黛玉，个人体验是悲凄的，“一年三百六十日，风刀霜剑严相逼”，坎坷的命运使她有流不完的泪，她喜散不喜聚、多愁善感、孤傲尖刻、羸弱多病。然而，她一旦成为老师，整个人发生了脱胎换骨的变化，精神焕发，笑容可掬。在她的课上，我们看到了一个和蔼可亲、热情大方、乐教善教，且颇具诗人气质的好老师。她，有教无类、坦率纯真，面对命运坎坷的香菱的求教，她欣赏答应“你就拜我作师”，不像宝姐姐讥讽其“得陇望蜀”。她循循善诱、乐为人师，她首先鼓励学生要树立信心，说明学诗不是“什么难事”，接着为学生设置课程，并慷慨赠送课本，引导学生自主感悟、自主实践，同时多次组织“讲究讨论”，不断提高学生的学习能力；而当宝姐姐批评香菱“可真是诗魔了，都是颦儿引的他”时，林老师却笑着说：“圣人说，‘诲人不倦’，他又来问我，我岂有不说之理！”最难能可贵的是，当老师的林黛玉有着一份好心情，脸上总是洋溢着笑。香菱向她求教，她笑着答应“既要作诗，你就拜我作师”，这是一种多么自信的、敢于担当的笑。当香菱学完了林黛玉推荐的诗时，林黛玉笑着问：“共记得多少首？”多么亲切的笑，师生之间如同姐妹般，这笑让人如沐春风。

3. 这是一位善教乐教的老师。

实现教学民主，使课堂教学真正成为师生共同参与、共同研讨的教学过程是现代教育的追求。我们的语文新课程标准积极提倡自主、合作、探究的学习方式，让学生在教学过程中分享彼此的思考，交流彼此的情感。探究学习是在新课程理念下学生的一种重要学习方式。有效的自主、合作、探究学习，能够唤醒学生沉睡的潜能，激活学生封存的记忆，开启学生幽闭的心智。教师在新的课程环境下，只有积极营造适合学生进行合作学习的环境，时刻把握以学生发展为本这条教学主线，课堂教学才能焕发出生命活力，才能让学生在探究中自主，在探究中合作与交流，在探究中快乐地成长。

这岂止是一次教学活动，分明是一趟诗意的旅程，我们沿途欣赏美景，也时时采撷诗意的花朵。上课伊始，林老师用幽默、坦诚的话语营造了轻松的对话氛围，把学生引向“第一是立意要紧”的诗家正途，让学生怀着美好的憧憬走进诗歌的王国。旅途中，学生好似牵着一只“乌龟去散步”，沿着林老师指引的诗意缤纷的路径，把课程都“细心揣摩透熟”了。在与香菱分享学诗感悟的课堂里，我们欣喜地看到林老师充分发挥学生的主体作用，同时又与学生共同探幽发微的教学情景。我们分享学生悟到的诗的滋味的快乐，我们钦佩林老师的善教，钦佩她始终带着微笑，陪在学生的身旁；钦佩她对启发、点拨艺术火候的把握，“赞赏是照在人心灵上的阳光”，学生沐浴着老师缕缕赏识的阳光，苦吟诗句达到忘我的境界，感动着周围的每一个人，感动着正在实施新课程的、身处 21 世纪的我们！

第七课　以诗的名义欢迎新“同学”

——观摩芦雪庵争联即景诗会活动

红楼同学

史湘云，《红楼梦》金陵十二钗之一，四大家族中史家的千金，贾母的内侄孙女，贾府通称史大姑娘。

人物形象：史湘云体健貌端，身材高挑，有“一弯雪白的膀子”；她蜂腰猿背，鹤势螂形，体型应该是属于纤细苗条而又灵活的。这高挑的身段，修长的美腿，宽肩细腰，正是今日时装模特儿之标准身段。

文化背景：史湘云才思敏捷，芦雪庵、凹晶馆以及历次赛诗联句，佳作连连。尤其是在芦雪庵即景争联中，湘云凭一块鹿肉助兴，“真名士自风流”，独战宝琴、宝钗、黛玉，她的才学诗思表现得淋漓尽致。

经历评价：史湘云自幼父母双亡，由叔父抚养，寄人篱下，但她从未对此有所介意。她乐观豁达，在贾府随时可以听到她的笑声，而且笑得真挚无邪，她对生活永远兴味盎然。她既无视人与人之间的高低贵贱，又不拘于男女之别，与人相交，一片本色，无功利之心。

在大雪纷飞，红梅花开的日子，贾府迎来了三家前来投靠的远房亲戚。大观园里一下子又增加了一群活泼可爱的女孩，她们分别是大嫂李纨的两位堂妹李纹和李绮，薛宝钗的堂妹薛宝琴，邢夫人的侄女邢岫烟。贾宝玉高兴得仿佛中了魔似的喜形于色，一面笑一面感叹："老天，老天，你有多少精华灵秀，生出这些人上之人来！"晴雯形象地形容她们美得"倒象一把子四根水葱儿"！这群冰清玉洁少女的到来，让海棠诗社的诗友们喜出望外，希望能以诗会的方式欢迎她们，欢迎她们加入海棠诗社。

一、欢迎新同学，以诗意的情怀

美丽的大观园山清水秀，楼台巍峨，花木掩映，贾宝玉他们宛如居住在世外桃源。然而，纵然再典雅的园林，也不过是偌大的盆景，抑或是华丽的大鸟笼。久居其中，不免审美疲劳，他们渴望呼吸到大观园之外的新鲜空气。在这近于与世隔绝的空间，几个少男少女朝夕相处，纵然有欢歌笑语，但总是坐井观天，看到的是同一池水，同一片天。这笼中的鸟儿呀，貌似自由地歌唱，怎知道笼外世界"百啭千声随意移，山花红紫树高低"的精彩。

"有朋友自远方来，不亦乐乎？"四个新朋友的到来，对于久居大观园的贾宝玉他们而言，简直是喜出望外。他们奔走相告，纷纷前来迎接，他们那兴奋的样儿，真令人感动。

《红楼梦》第四十九回"琉璃世界白雪红梅，脂粉香娃割腥啖膻"写道：

一语未了，只见探春也笑着进来找宝玉，因说道："咱们的诗社可兴旺了。"宝玉笑道："正是呢。这是你一高兴起诗社，所以鬼使神差来了这些人。但只一件，不知他们可学过作诗不曾？"探春道："我才都问了问他们，虽是他们自谦，看其光景，没有不会的。便是不会也没难处，你看香菱就知道了。"晴雯③笑道："他们说薛大姑

③原文为"袭人"，应为误写。

娘的妹妹更好，三姑娘看着怎么样?”探春道：“果然的话。据我看，连他姐姐并这些人总不及他。”袭人听了，又是诧异，又笑道“这也奇了，还从那里再寻④好的去呢？我倒要瞧瞧去。”

诗，照亮了一园风景，也照亮了这群少男少女美丽的心灵世界。

他们热情、好客，真诚地欢迎每一位前来大观园的新朋友。显然，他们沉迷于诗的世界，自然用诗的目光打量人，以诗的情怀接纳人，以诗的情怀欢迎人，并向她们发出诗意的邀约。这不，乐天派的贾宝玉幽了一默，说薛宝琴、邢岫烟、李纹、李绮她们是“鬼使神差”来充实、壮大海棠诗社的，想起明天是十六日，“可该起社了”。做事一向雷厉风行的贾探春同样是迫不及待，人还没混熟就逐一打听她们的学习基础，而且有了喜人的发现，她断定那个可人的薛宝琴比薛宝钗出色。作为诗社发起人的她要以诗来认识新朋友，让大观园的诗意更加浓郁。她甚至做好了最坏的打算——即使有谁没学过诗，那也没关系，可以像教香菱一样教会她！这是一种诗意的胸怀，要让每一个人分享诗意的生活，实现诗意的栖居。急性子的史湘云也按捺不住，催促社长李纨：“快商议做诗！我听听是谁的东家?”她哪里知道热心的李纨早已暗暗做好了安排，她决定赏雪吟诗，以诗的名义欢迎新“同学”。至于拟题限韵，她神秘一笑：“我心里早已定了。等到了明日临期，横竖知道。”她俏皮地卖了个关子，给大家留下个美丽的悬念。

明天，海棠诗社又会以怎样的形式迎接新朋友呢?

二、创新诗活动，以赏雪联诗的方式

《红楼梦》的“芦雪庵争联即景诗”闪亮登场。那天，雪花漫天飞舞，大观园里银装素裹。一大早，新朋旧友们冒雪欢天喜地赶到

④原文无“寻”字。

了芦雪庵参加拥炉作诗活动。社长“稻香老农”李纨早就把诗题、韵脚、格式贴在了墙上。

题目：即景联句。

体裁：五言排律。

限韵：二萧。

大家特别兴奋，走马上任的诗社的“监察御史”王熙凤也诗兴大发，要亲自赋诗，并要抢占第一句。领导光临，大家当然由衷欢迎。她沉思片刻，欣然吟出“一夜北风紧”这句很通俗，却被大家夸为“这正是会作诗的起法”的句子，言未尽意无穷，留给后面人无限想象的空间。社长李纨的联句顺势而来，“开门雪尚飘。入泥怜洁白，”。在两位“领导”的带领下，诗友们紧随其后：

香菱道：

匝地惜琼瑶。有意荣枯草，

探春道：

无心饰萎苕。价高村酿熟，

李绮道：

年稔府粱饶。葭动灰飞管，

李纹道：

阳回斗转杓。寒山已失翠，

岫烟道：

冻浦不闻潮。易挂疏枝柳，

湘云道：

难堆破叶蕉。麝煤融宝鼎，

宝琴道：

绮袖笼金貂。光夺窗前镜，

黛玉道：

香粘壁上椒。斜风仍故故，

宝玉道：

清梦转聊聊。何处梅花笛？

宝钗道：

谁家碧玉箫？鳌愁坤轴陷，

……

庵外白雪飘飘，庵内暖意融融。片片白雪点活了新朋旧友们心中的诗情画意，他们精骛八极，心游万仞，诗思随着雪花漫天飞舞。这一片诗情，乘着雪花的翅膀，问候失翠的寒山，问候冰冻的河流，问候挂满晶莹剔透冰块的垂柳，问候在寒风中颤动的枝叶、破碎的芭蕉。他们的诗情随着雪花化作涓涓细水滋润大地，使人仿佛品味到芳草复苏的香甜，聆听到万物萌动的乐音，瑞雪兆丰年，又是美酒飘香，又是丰年乐陶陶……

我们欣慰地看到在诗会活动的开始环节，老诗友们优雅地礼让新同学闪亮登场。香菱第一次参加诗会，感到特别新鲜，初生牛犊不怕虎，吟出了“匝地惜琼瑶。有意荣枯草”的联句诗。她终于体验到成功的欢乐，实现了当诗人的梦想。待贾探春联句过渡后，四位新同学李绮、李纹、邢岫烟、薛宝琴相继登场，都脱颖而出，一展诗才，初显才气。在新同学充分体验诗意的快乐后，林黛玉、薛宝钗等诗坛“高手”才逐一亮相，妙句如涌，把联诗活动推向“山顶千门次第开”的精彩纷呈的美妙境界。

今日史湘云诗兴勃发，一泻千里，把活动推向了高潮。正如她活动之前所为，大块吃烤鹿肉，畅饮美酒，“回来却是锦心绣口”。她一人独战三英。

……

湘云那里肯让人，且别人也不如他敏捷，都看他扬眉挺身的说道：

加絜念征徭。坳垤审夷险，

宝钗连声赞好，也便联道：

枝柯怕动摇。皑皑轻趁步，

黛玉忙联道：

翦翦舞随腰。煮芋成新赏，

一面说，一面推宝玉，命他联。宝玉正看宝钗、宝琴、黛玉三人共战湘云，十分有趣，那里还顾得联诗，今见黛玉推他，方联道：

撒盐是旧谣。苇蓑犹泊钓，

湘云笑道："你快下去，你不中用，倒耽搁了我。"一面只听宝琴联道：

林斧或闻樵。伏象千峰凸，

湘云忙联道：

盘蛇一径遥。花缘经冷聚，

宝钗与众人又忙赞好，探春又联道：

色岂畏霜凋。深院惊寒雀，

湘云正渴了，忙忙的吃茶，已被岫烟道：

空山泣老鸦。阶墀随上下，

湘云忙丢了茶杯，忙联道：

池水任浮漂。照耀临清晓，

黛玉联道：

缤纷入永宵。诚忘三尺冷，

湘云忙笑联道：

瑞释九重焦。僵卧谁相问，

宝琴也忙笑联道：

狂游客喜招。天机断缟带，

湘云又忙道：

海市失鲛绡。

林黛玉不容他出，接着便道：

寂寞对台榭，

湘云忙联道：

清贫怀箪瓢。

宝琴也不容情，也忙道：

烹茶冰渐沸，

湘云见这般，自为得趣，又是笑，又忙联道：

煮酒叶难烧。

黛玉也笑道：

没帚山僧扫，

宝琴也笑道：

埋琴稚子挑。

湘云笑的弯了腰，忙念了一句。众人问“到底说的是什么?”湘云喊道：

石楼闲睡鹤，

黛玉笑的握着胸口，高声嚷道：

锦罽暖亲猫。

宝琴也忙笑道：

月窟翻银浪，

湘云忙联道：

霞城隐赤标。

黛玉忙笑道：

沁梅香可嚼，

宝钗笑称好，也忙联道：

淋竹醉堪调。

宝琴也忙道：

或湿鸳鸯带，

湘云忙联道：

时凝翡翠翘。

黛玉又忙道：

无风仍脉脉，

宝琴又忙笑联道：

不雨亦潇潇。

……

妙哉，绝哉！史湘云、林黛玉、薛宝钗、薛宝琴几位才华横溢的少女，上演了一出“诗句版”的“三英战吕布”的绝妙好戏。史湘云单挑三杰，现场唇枪舌剑，妙语连珠，不断碰撞出令人目眩的诗意火花。“众人看他三人对抢，也都不顾作诗，看着也只是笑”，他们完全沉醉在激情飞扬的争诗氛围，达到忘我的境界，竟忘了自已本也应是争诗的主体，现竟成了壁上观者。我们又何尝不是如此呢？尽管隔着二百多年时空的长河，但通过曹雪芹先生绘声绘色的描述，我们仿佛身临其境，获得一次诗意的栖居。

爱因斯坦说过：“好胜心，或者说得婉转些，是期望得到表扬和尊重，它根深蒂固地存在于人的本性之中。要是没有这种精神刺激，人类的合作就完全不可能……”观摩即景联诗活动，我们真真切切地体验到这一活动形式的独特魅力。“即景联诗”，看似平常的命题，却宛如一粒小石子投入大家平静的心海，撞击出晶莹的浪花，一下子激活了大家的好胜心与表现欲。少男少女们的诗情如火山喷发，如瀑布倾泻而下。这不，单看史湘云的表现，就让人激动不已。当宝琴刚站起说出“吟鞭指灞桥。赐裘怜抚戍”时，她便“扬眉挺身”脱口而出“加絮念征徭。坳垤审夷险”。当心不在焉的贾宝玉匆忙应战，吟出“撒盐是旧谣。苇蓑犹泊钓”的蹩脚句子时，她毫不客气地批评他“快下去，你不中用，倒耽搁了我”，连忙接下来吟出一联，赢得大家的称赞。

当然，其他人也不甘示弱，曹雪芹先生一连用了几十个“忙”字，记录他们抢联诗句的情景。少女们“忙联道”“忙忙的吃茶”“忙赞好”“不容他出”，唯恐别人抢先了自己。这哪里是联诗——史湘云感慨万千地说：“我也不是作诗，竟是抢命呢。”是的，这是一种将诗情飞扬与生命成长融为一体的至美的课堂境界。在这样的课堂里，每一个生命都会实现美丽绽放；在这样的课堂里，智慧与智慧在碰撞，激情与激情在燃烧，诗情与诗情在交融，因此谱写出最美丽的生命成长的诗篇。

三、优雅的惩罚，为诗社增添诗意

芦雪庵外大雪纷飞，室内诗情伴着笑声飞，诗意浓浓，暖意融融。这是一种多么令人陶醉的课堂氛围。新朋旧友言犹未尽，佳句迭出，不断把课堂气氛推向高潮。社长见火候已到毅然叫停，虽然“二萧”韵没有用尽，但留下无穷的余味。李纨、李绮分别作最后总结性吟咏“欲志今朝乐”“凭诗祝舜尧”，给了联诗以圆满的结尾。

活动进入点评的环节。大家七嘴八舌细细评论了一回，都是有感而发，重新品味诗友们即席创作的诗句。最后社长李纨进行总结性评价：“逐句评去都还一气，只是宝玉又落了第了。”尽管贾宝玉百般解释“客观原因”，但李社长还是毫不客气地开出了两张“罚单”。

其一，去栊翠庵折红梅。

> 李纨笑道：“也没有社社担待你的。又说韵险了，又整误了，又不会联句了，今日必罚你。我才看见栊翠庵的红梅有趣，我要折一枝来插瓶……如今罚你去取一枝来。”

好优雅的“惩罚”，惩罚也是一种艺术。第一，这次惩罚的目的源于爱心。李纨实施惩罚时，以一种风趣的语言说出，面带笑容，和蔼可亲，不使人感到畏惧。这样的惩罚，使人感觉到是大嫂对小弟的真诚关怀，不是“与人过不去”的刻意刁难。第二，惩罚的方式有情趣。雪地折梅，好浪漫的“惩罚”！这是一件充满情趣的行为。被罚者没有心理负担，“罚”得大家拍手叫好，被“罚”者也赧然一笑，乐而为之。第三，惩罚任务有内涵。这是一件美丽的任务，不为“罚”而“罚”，而是为了赏梅，为赋诗寻找灵感，让一束红梅点燃大家的诗情。

同时，李纨这一出乎人们意料的“惩罚”举动，分明有点儿调侃贾宝玉的意思。这里，她采取了一种东方式的只可意会不可言传的诗一般的方式表达她对美好生活的向往和热爱。

其二，罚宝玉击鼓写梅花诗。

贾宝玉笑吟吟地擎了一枝红梅回到了芦雪庵，完成了第一个“罚单”任务。一束红梅玉立于宝瓶，在场所有人眼前一亮。淡淡的梅花香在空气中轻轻地弥漫开来，引发了诗人们的思绪。李纨向贾宝玉开出了第二张“罚单”——写梅花诗。

李纨让湘云把诗题告诉宝玉。宝玉请求大家说：“姐姐妹妹们，让我自己用韵罢，别限韵了。”诗友们同意了他的要求。

李纨又问宝玉：“你可有了？”宝玉忙道：“我倒有了，才一看见那三首，又吓忘了，等我再想。”湘云听了，便拿了一支铜火箸击着手炉，笑道：“我击鼓了，若鼓绝不成，又要罚的。”宝玉笑道：“我已有了。”黛玉提起笔来，说道：“你念，我写。”湘云便击了一下笑道：“一鼓绝。”宝玉笑道：“有了，你写吧。”众人听他念道，“酒未开樽句未裁”。黛玉写了，摇头笑道：“起的平平。”湘云又道：“快着！”宝玉笑道：“寻春问腊到蓬莱。”黛玉湘云都点头笑道：“有些意思了。”宝玉又道：“不求大士瓶中露，为乞嫦娥槛外梅。”黛玉写了，又摇头道：“凑巧而已。”湘云忙催二鼓，宝玉又笑道：“入世冷挑红雪去，离尘香割紫云来。槎枒谁惜诗肩瘦，衣上犹沾佛院苔。”

好温馨的“惩罚”！这令我记起苏霍姆林斯基对老师的告诫：“一个好老师，就是在他责备学生、表现对学生的不满、发泄自己的愤怒时，也要时刻记住：不能让儿童‘成为好人’的愿望的火花熄灭。”从这个充满鼓励性的“惩罚”中，我们欣喜地得到三点感悟。

第一，这是一次发展性的“惩罚”。惩罚的内容延续活动的内容，依然还是写诗，目的在于促进贾宝玉（学生）学业的发展。因为贾宝玉争联时成绩不佳，施罚者分析了原因，降低了学习难度。被罚者有了具体的观察对象，又经历了活动（折梅）的过程，因而获得了具体的感受。如同清代教育家黄宗羲所言，“文生于情，情生于身之所历”，再加上没有了限韵的束缚，学生获得了充分的创作自由，因而能“跳一跳，摘到桃”。

第二，这是一次不孤单的“惩罚”。施罚者李纨、黛玉她们没有冷落被罚者贾宝玉，而是始终陪伴在他的身边。现场的鼓声，既是限时，又能催动被罚者心中的诗情如雨后春笋般蓬勃而出。大家指点他，鼓励他，肯定他，宝玉虽被罚，却处在温暖的氛围中，人不孤单，心灵更不孤单。这与其说是对一位学习不佳的同学的惩罚，毋宁说是一次快乐的游戏活动，游戏的主角就是那位被罚的同学贾宝玉。

第三，这是一次体验成功的“惩罚”。虽为惩罚，但被罚者贾宝玉同学“也乐为，答应着就要走”，到栊翠庵折红梅。一会儿工夫，他“笑欢欢擞了一枝红梅进来”，这哪是“罚”，分明是“赏”他一项快乐的活动！面对一束灿若红霞的梅花，他诗意如喷，未等湘云鼓声绝，诗已吟出。虽被林妹妹笑着评为“起句平平”，但他信心满满，脸上尽是笑容，不断进入佳境，写出了一首情境相生，文辞并美的《访妙玉乞红梅》：

酒未开樽句未裁，寻春问腊到蓬莱。
不求大士瓶中露，为乞嫦娥槛外梅。
入世冷挑红雪去，离尘香割紫云来。
槎枒谁惜诗肩瘦，衣上犹沾佛院苔。

还没等美酒飘香，还没等好诗吟出，他就来到了超尘脱俗的蓬莱仙境，要从腊梅的清香中寻找春天的讯息。那是你的住处吗？宛如嫦娥的月宫，到处盛开着灿烂的红梅，那是美好生活的象征呀。他离开红尘走进佛门净地，他采一束灿若红云的红梅回到了世间。妙玉，槛外的红梅就是你的化身吧？花吐胭脂，香欺兰蕙，人们仿佛看到了你冰清玉洁的神韵。听着大家的声声赞美，虽然不曾有人怜惜他折梅苦吟，诗肩消瘦，但他无怨无悔，佛门的清幽、圣洁还留在他的心上。

四、留一个平台，为新朋友喝彩

芦雪庵飞雪联诗，海棠诗社以诗的名义欢迎新朋友，这是大观园里的一件文化盛事。李纹、邢岫烟她们在诗意飞扬中感受到了大观园诗意的栖居。贾宝玉冒雪访妙玉乞红梅把这场活动推向又一个高潮。他联诗不佳，但参与活动并快乐着，虽然被李纨“惩罚”，却“罚”得心花怒放，热情洋溢。他擎来的一束红梅又一次触发了大家心中的诗情，史湘云尽显风流，虽然今天的联诗赛独占鳌头，但依然兴犹未尽，要“先作一首”。薛宝钗断然拒绝了她：“今日断乎不容你再作了。你都抢了去，别人都闲着，也没趣。”这个主意得到了林黛玉的拥护。

黛玉笑道：“这话很是。我还有个主意，方才联句不够，莫若拣着联的少的人作红梅。”宝钗笑道：“这话是极。方才邢李三位屈才，且又是客。琴儿和颦儿云儿三个人也抢了许多，我们一概都别作，只让他三个作才是。”

新朋友的加盟，给海棠诗社带来空前的繁荣。老诗友们兴高采烈，诗兴大发，却无意冷落了新朋友。新朋友们第一次参加诗会，不知是拘谨，还是出于礼节不想喧宾夺主，还是真的实力有所差距，除了薛宝琴挺身助黛玉迎战史湘云外，其他人的确表现不佳。细心的李纨安排一个折梅赋诗活动，乍看是“惩罚”贾宝玉，更深一层的目的是为了给新朋友们搭建一个展示自我的平台，让大家为她们喝彩。请看她们的大作。

咏红梅花 得“红”字

邢岫烟

桃未芳菲杏未红，冲寒先已笑东风。
魂飞庾岭春难辨，霞隔罗浮梦未通。
绿萼添妆融宝炬，缟仙扶醉跨残虹。
看来岂是寻常色，浓淡由他冰雪中。

咏红梅花 得“梅”字

李纹

白梅懒赋赋红梅，逞艳先迎醉眼开。
冻脸有痕皆是血，醉心无恨亦成灰。
误吞丹药移真骨，偷下瑶池脱旧胎。
江北江南春灿烂，寄言蜂蝶漫疑猜。

咏红梅花 得“花”字

薛宝琴

疏是枝条艳是花，春妆儿女竞奢华。
闲庭曲槛无余雪，流水空山有落霞。
幽梦冷随红袖笛，游仙香泛绛河槎。
前身定是瑶台种，无复相疑色相差。

这个台搭得天衣无缝，让新朋友大展才干。新朋友们不仅找到了宾至如归的感觉，其诗作也让老诗友们肃然起敬。这不，老诗友们争相传阅，赞叹不已，薛宝钗评价说“三首各有各好”。贾宝玉更是惊叹万分，感慨万千，本已构思好的诗句“才一看见那三首，又吓忘了”。她们发现虽然宝琴年纪最小，诗思却最为敏捷，“深为奇异”，不管是不胜酒力的林黛玉，还是豪爽畅饮的史湘云都不由举酒齐贺。

我们不妨品味一下宝琴的诗境。有人评价说薛宝琴的这首诗想象超群，意境深远，笔法空灵。她从这枝“花吐胭脂，香欺兰蕙”的红梅中，看到一群竞俏争妍，亮丽青春的红梅仙子。虽然，冬去春来，空山流水，红霞落花，她回到了花之天国，但依然笑在百花丛中。那月明如霜的夜晚，清亮的笛音从天外飘来，梅花仙子乘着花香做成的木筏在漂满红花的绛河上游玩、嬉戏，清香随着流水，随晚风飘散。天哪，眼前这群红楼女儿，前生不都是瑶台仙女下凡吗？不都是红梅的化身吗？她们冰清玉洁，心比天高，身比花美，何必再说什么谁更美谁不美？

留一个平台，为新朋友喝彩，这是一种礼节，也是一种情怀。作为教师的我，还有另一番感慨。在平常的教学中，尤其是公开课教学中，我们经常会看到课堂被几个优秀学生独占的场景。评课时，大家关注更多的也是诸如“史湘云独战三英”的课堂精彩风景，而对那些沉默的“差生”，很少提及。教学是为了每一个学生的发展，这是众所周知的道理，广大教师也耳熟能详，可是落实起来并不容易。在芦雪庵即景争联，以诗的名义欢迎新同学的活动中，李纨她们能创造一个条件，留一个平台给新朋友，我们为什么不能也为“差生”搭建一个平台，让他们展示他们的自信？

有人把课堂上参与度较低的学生称作“潜能待开发生”。著名儿童心理学家皮亚杰曾说过：“孩子的潜能是个巨大的宝库，要仔细观察和发现，懂得开发。”的确，这“潜能待开发生”，不是缺少“潜能”，而是缺少开发，不是不乐于表现自己，而是缺少表现的舞台。那么，亲爱的老师们，我们就学习大观园里李纨她们的做法，专门为他们量身定做，设计一份弹性作业，搭建一个别样的舞台吧。以此唤醒学生心中沉睡的自信、自尊和潜能，让他们从中体验到成功的快乐，碰撞出智慧的火花。

第八课　岂是丹青费较量

——薛宝钗美术课里的作文教学启示

红楼教师

薛宝钗，《红楼梦》中的女主角之一，男主角贾宝玉的姨表姐、妻子。

人物形象：生得肌骨莹润，举止娴雅。唇不点而红，眉不画而翠，脸若银盆，眼如水杏。品格端方，容貌丰美。

个人经历：出生于一个豪富的皇商家庭，生长于书香门第，“父亲酷爱此女，令其读书识字，较之乃兄竟高过十倍”。可惜父亲早亡，与母亲（薛姨妈）和兄长薛蟠寄住于贾府。

人物评价：是封建社会中一位典型的标准淑女。她是封建礼教忠诚的信仰者、自觉的执行者和可悲的殉道者。她曾多次规劝贾宝玉“仕途经济”“立身扬名”。富有文化氛围的家庭环境和聪慧的心灵，让她拥有深厚的艺术修养和广博的知识。她对文学、艺术、历史、医学乃至诸子百家、佛学经典，都有广泛的涉猎和渊博的知识，连以“杂学旁收”著称的贾宝玉也远不能及。

诗与画向来是本质相通的艺术，有人甚至认为画是有形诗歌，诗是无形画。宋代大诗人苏轼就曾以“诗中有画”和“画中有诗”来评价王维的诗与画的艺术成就和风格特色，遂为定评。在《红楼梦》中，既懂诗又善写诗的薛宝钗，在绘画方面也有很多独特的艺术见解。《红楼梦》第四十二回“蘅芜君兰言解疑癖，潇湘子雅谑补余香”中，曹雪芹以浓墨重彩突出地展示了薛宝钗的绘画才能，读来也能让我们教师在组织教学，尤其是组织写作教学中颇受启发。

课程是由刘姥姥引发的。与刘姥姥一起逛大观园激发了贾母的雅兴，即命惜春画大观园的“行乐图”。贾母的命令，在贾府就是圣旨，理解的要执行，不理解的也要执行，能做到的固然马上就去做，不能做到的，创造条件也一定要将其完成。惜春很犯难，不知如何着手，众姐妹都帮不上忙，连平素聪明伶俐的林黛玉，也只是说些调皮的话逗得大家笑得前仰后合而已。

幸好，博学多才的薛宝钗毛遂自荐，当了一回贾惜春的绘画指导老师。也让后世的我们有幸观摩了她的一节令人回味无穷又充满作文教学指导价值的美术课。

薛宝钗不仅容貌美丽，艳冠群芳，而且天资聪慧，博学多才。她成长于书香门第，“父亲酷爱此女，令其读书识字，较之乃兄竟高过十倍”。父亲的钟爱和自幼所受教育造就了她深厚的艺术修养和广博的知识。她对文学、艺术、历史、医学乃至诸子百家、佛学经典，都有广泛的涉猎。这是个多么让人敬仰的才女，在《红楼梦》第四十二回，我们有幸观摩了她的一节令人回味无穷的教学课。

一、命题，一份不得不做的作业

刘姥姥二进荣国府。贾母在大观园设宴招待这个乡下穷亲戚，以彰显贾家的怜老惜贫，同时炫耀贾府的荣华富贵。大观园亭台楼阁、曲水回廊、奇花异木，令刘姥姥大开眼界。当贾母问她“这园子好不好”时，她不由感慨万千，这岂止是人住的地方，分明是天堂仙境，是画呀！她说，今天算是走进画里了，“我们乡下人到了年下，都上城来买画儿贴。时常闲了，大家都说，怎么得也到画儿上去逛逛。想着那个画儿也不过是假的，那里有这个真地方呢。谁知我今儿进这园里一瞧，竟比那画儿还强十倍。怎么得有人也照着这个园子画一张，我带了家去，给他们见见，死了也得好处。”

刘姥姥的一番话说得贾母心花怒放，心血来潮，触动了她画一张《大观园全景图》的想法。她一边夸耀自家的孙女，一边向惜春布置作业：“你瞧我这个小孙女儿，他就会画。等明儿叫他画一张”。

惜春是来自宁国府的一个千金小姐。母亲早死，父亲出家修道，她从小失去父母的呵护，是一位苦命的小姐。幸好贾母疼她接来荣国府，同其他三个姐姐一起生活。四春中惜春虽工画，但水平一般，“不过是几笔写意”而已，用她自己也许是谦虚的话来说，既不会“工细楼台”，又“不会画人物”。贾母只顾炫耀贾府的荣华和赏识自家下一代人的才艺，而忽视了惜春画画的水平。这给惜春出了难题。她知道《大观园全景图》，那可是鸿篇巨制，她心有余而力不足，况且贾母还不断增加画的内容，不但要画“房子”，还要画生活在其中的“人物”，“就像行乐图儿才好”，这样富有诗意的特写场景。这是疼她、爱她的老太太布置的作业，要求从一般到特殊，从只画全景到要表现具体的主题，可怜的贾惜春明知超出自己的能力，“又不好驳回”，万般无奈，也只好咬牙答应。

这就像一位看到作文题目又见到作文要求，但又因作文水平太低无从下手的学生。这个时候，他最需要老师的细致指导。而老师的水平如何，会对教学效果产生巨大影响。薛宝钗在这次的教师角色里，是如何做的呢？

二、排忧，一次细致周到的策划

客观地说贾母下达的创作任务对惜春而言有点超出了她的能力范围，确实是让她很为难。然而，这是“圣旨”，没困难得完成，有困难也要克服困难创造条件完成。惜春不敢当面推脱，却不停地对姐妹们诉苦，又是说要请一年的“诗社”假，又是抱怨老太太要求太高，又是感叹缺少画器，又是说自己平时画画，不过是随意涂鸦而已……可谓满腹牢骚，心里有一百个不愿意！君之烦恼千千万，有谁能解君之忧！

对此，大观园诗社的诗友们及时召开了一次创作研讨会，薛宝钗毛遂自荐，挺身而出。她以艺术总监和指导教师的身份，对这一项浩大的艺术创作工程进行系统的安排。

1. 巧借工程图样，放缓难度。

宝姐姐请宝二爷帮助，从贾府的“资料室”里，找来当初建造大观园时设计的工程细致图样。

……虽是匠人描的，那地步方向是不错的。你和太太要了出来，也比着那纸的大小，和凤丫头要一块重绢，叫相公矾了，叫他照着这图样删补着立了稿子，添了人物就是了。

这是宝钗依传统的描摹法复制大观园图的建议，以原立面建筑图为蓝本，增删剪裁，添补人物，再依工细楼台之法细绘即可。这一招真是妙手偶得。这工程图虽说是匠人画的，未免粗糙、简单、更谈不上艺术，但它是用于施工的图样，是真实的，具体的，详细的。当它呈现在面前时，大观园里的亭台楼阁，曲水假山一览无余，各种建筑物、景点所在的方位、规模、特点也一目了然。这和作文教学中的范例作文指导法何其相似！我相信惜春当时听到这个主意时身心一定会瞬间释然放松。况且，宝姐姐还请凤姐给一块重绢，请外边的相公先照着画个稿子。有了这个稿子，再在这山水之间，亭台楼阁之上补上人物，不就是《大观园行乐图》了吗？薛宝钗一句“添了人物就是了”，说得多么轻巧，仿佛一幅画赫然眼前，什么困难都烟消云散，没了。

对于作文水平较低的学生来说，指导他们列出结构框架，再添补细节，不也是我们写作教学中常用的办法吗？

2. 备齐原料画器，未雨绸缪。

“工欲善其事，必先利其器。”创作材料犹如农具和土地一样，画家离开绘画工具和材料就犹如农民离开农具和土地一样，劳动就失去了对象。薛宝钗知道，要完成这样浩繁的艺术工程，务必考虑周全，做好一切准备。她一口气为惜春列出这样一张绘画工具和原料单子：

头号排笔四支，二号排笔四支，三号排笔四支，大染四支，中染四支，小染四支，大南蟹爪十支，小蟹爪十支，须眉十支，大著色二十支，小著色二十支，开面十支，柳条二十支，箭头朱四两，南赭四两，石黄四两，石青四两，石绿四两，管黄四两，广花八两，蛤粉四匣，胭脂十片，大赤飞金二百帖，青金二百帖，广匀胶四两，净矾四两。矾绢的胶矾在外，别管他们，你只把绢交出去叫他们矾去。这些颜色，咱们淘澄飞跌着，又顽了，又使了，包你一辈子都够使了。再要顶细绢箩四个，粗绢箩四个，担笔四支，大小乳钵四个，大粗碗二十个，五寸粗碟十个，三寸粗白碟子二十个，风炉两个，沙锅大小四个，新瓷罐二口，新水桶四只，一尺长白布口袋四条，浮炭二十斤，柳木炭一斤，三屉木箱一个，实地纱一丈，生姜二两，酱半斤。

这不是一个一般的美术老师，而是一位精通绘画的艺术大师！在她的心中画大观园就像建大观园一样，不仅心中有全局的图样，还要有局部的规划；不仅要筹划好建造过程，先建什么，再建什么，后建什么，还要想好每一道程序所用的原料、材质，安排多少人力，使用什么工具，达到怎样的标准。从这一张长长的单子上，我们仿佛看到偌大的画室里大小乳钵、粗碗、白碟、瓷罐各种器皿依次摆开；仿佛看到石黄、石青、管黄、广花、胭脂各种颜料五彩纷呈；仿佛看到不同型号的排笔、柔毫、兼毫、硬毫各种画笔琳琅满目……

我们仿佛感觉到了画室里纸墨飘香，各种画具、原料以及辅助器材好像一场大战既将开战时的武器，已经蓄势待发。只要画家一声令下，这十八般武器就能跃上画布，各显身手，或皴擦出嶙峋山石的奇崛与突兀，或渲染出云彩的飘逸与灵动，或勾勒出流泉叠涌的气势，或点化出奇花异草的妩媚……正如清代沈宗骞曾说："作画者犹如上阵作战，笔犹如刀枪，墨和颜色犹如粮草，纸和绢犹如阵地，只有将士齐心合力，勇敢善战，再加上武器好，弹药足，地势有利，就一定会打胜仗。"

3. 安排同伴帮助，协力攻关。

平心而论，贾母的作业有点突如其来。惜春事先没有任何心理准备，心中自然藏着未露的不满情绪，碍于贾母的恩威便以告假诗社来赌气。对此林黛玉也愤愤不平："都是老太太昨儿一句话，又叫他画什么园子图儿，惹得他乐得告假了。"探春也说了些消极的话："都是刘姥姥一句话。"但宝姐姐深明大义，她知道此时惜春需要帮助。"独学而无友，则孤陋而寡闻"，她发动大观园所有的人力资源来为惜春排忧解难。

首先，请贾宝玉全程陪画。

贾宝玉是海棠诗社唯一的小伙子，薛宝钗充分利用这一性别资源，让宝玉做好与外头专家求教沟通的事。她说："……派了宝兄弟帮着他。并不是为宝兄弟知道教着他画，那就更误了事；为的是有不知道的，或难安插的，宝兄弟好拿出去问问那会画的相公，就容易了。"

一向就助人为乐的贾宝玉一拍胸脯，满心欣喜地答应："这话极是。詹子亮的工细楼台就极好，程日兴的美人是绝技，如今就问他们去。"贾宝玉的忙可算是帮在了惜春的关键处，用惜春自己的话说，她原本"又不会这工细楼台，又不会画人物"，这一帮，不正是雪中送炭吗？虽然贾宝玉的急性子遭到了薛宝钗的批评："我说你是无事忙，说了一声你就问去。等着商议定了再去。如今且拿什么画？”但贾宝玉的热情劲儿，他那种恨不得两肋插刀，助惜春一臂之力的真诚、豪气令人感动，我想也一定温暖着很不愿意完成“作业”的惜春的心。从后面惜春画画的日子里，“宝玉每日便在惜春这里帮忙”，也可以看到，贾宝玉的确是很尽心尽力地帮忙的。

其次，请凤姐张罗画具与材料。

凤姐是贾府的大管家，薛宝钗知道惜春要完成这项艰巨的任务，离不开她的支持，于是她把后勤保障的任务交给了凤姐。争强好胜的凤姐慷慨答应，义不容辞。她按薛宝钗的要求，马上就办，裁好了画绢；她在太太找不到“工程图样”时，又打发人赶到宁国府的珍大爷那儿查找来，“一并叫人连绢交给相公们矾去”；她亲自到府里仓库翻箱倒柜，寻找出许多“旧收的画具出来，送至园中”；她安排人拿着银子到外面去购买欠缺的画具……

从凤姐风风火火、雷厉风行的身影中，我们不难看出她对惜春画画的支持程度。我想她的热心一定感动着惜春，感染着惜春，鼓舞着惜春，为惜春高质量地完成老太太交给的神圣作业提供了能量。

最后，请众诗友协助帮忙。

有道是一个篱笆三个桩，一个好汉三个帮，何况惜春并不是画画的好手，只是对画画有兴趣而已。聪明的薛宝钗深知她的画画基础，她调动了大观园的一切力量帮助惜春。她安排制作颜料，“你们也得另炖上风炉子，预备化胶、出胶、洗笔”；准备“一张粉油大案，铺上毡子”，布置画室，搭起画台；安排让人到外边请画工“配这些青绿颜色并泥金泥银”，从而获取工笔金碧山水的特殊颜料……

这是一位多么令人敬重的老师，她不但对完成这张巨幅中国画《大观园行乐图》的布局、颜料、工艺、辅助器具进行了细致的指导，而且事无巨细、里里外外都做了详尽的安排。用现代教学论来说，薛宝钗不只是这一次创作活动的指导老师，还是活动的组织者。

她针对学生的认知水平和心理基础，为学生提供丰富的有价值的学习资源。大观园里的众多诗友都被引导到这一活动中来，而不再是惜春画画的看客。他们组成了惜春创作活动的“学习共同体”，为当事人出谋划策，提供学习帮助。一方面大家的热心帮助，不断唤醒、激活贾惜春的创作信心，使她更积极地投入创作活动，另一方面“学习共同体”的智慧点燃了学习者创作的火焰，推动了学习者在“现有发展水平”上不断寻求和实现自我的“最近发展区”，直到“跳一跳，摘到桃了”。不是吗？惜春的如释重负得益于宝姐姐老师的精心组织，凤姐的细致安排，众兄弟姐妹的通力协助，使得创作任务的前期工程顺利完成，更有甚者，“一日，外面矾了绢，起了稿子进来”。你瞧，外面的相公连绢也矾了，画稿也打好。可谓是万事俱备，只欠东风，单等惜春对景描摹，挥毫泼墨了。

三、指导，一场循循善诱的点拨

现代教育认为美术教学是一门艺术，有其自身的规律性，教育目的包括对学生进行“美”的教育和“术”的教学。这和写作教育有“血脉相通”之处，我们在写作教学中，不也是对学生进行“美”的教育——讴歌人间的真善美，和“术”的教学——运用高超的技巧去写作吗？我们对学生进行全面的写作教育，使其既掌握基本知识，能认识和体会美，又掌握基本的写作技能技巧，能够表现美和创造美。其中，审美教育比之技能技巧的培养更为重要。

薛宝钗了解贾惜春的绘画基础，“藕丫头虽会画，不过是几笔写意”，换言之，惜春的画画水平只不过凭兴趣，偶尔画几笔而已。就连惜春自己也感叹：“我何曾有这些画器？不过随手写字的笔画画罢了。就是颜色，只有赭石、广花、藤黄、胭脂这四样。再有，不过是两支着色笔就完了。”其当下的水平与完成贾母布置的作业有着巨大的差距。那么，薛宝钗老师又是怎样细致地引导，精心地指点，耐心地传授，使之终于胜任这神圣的使命呢？

1. 意在笔先，孕育审美意象。

意在笔先，胸有成竹是中国画的艺术精髓。清代著名画家郑板桥曾说得掷地有声：“江馆清秋，晨起看竹，烟光日影露气，皆浮动于疏枝密叶之间。胸中勃勃遂有画意。其实胸中之竹，并不是眼中之竹也。因而磨墨展纸，落笔倏作变相，手中之竹又不是胸中之竹也。总之，意在笔先者，定则也；趣在法外者，化机也。独画云乎哉！”中国画除了通过线条的流动转折，墨色的浓淡干湿来表现物象，还追求一种更高的美学境界，由此造成了中国绘画理论中一个特殊的审美范畴，即意境。追求意境是中国传统美学思想的重要组成部分，是中国画的重要特征之一。它是画家所描绘的景象和主观思想感情的相互交融，达到一致而形成的一种艺术境界，是物与我、情与景的交融。薛宝钗老师深谙此道，她对惜春和大家娓娓道来：

如今画这园子，非离了肚子里头有几幅丘壑的才能成画。这园子却是象画儿一般，山石树木，楼阁房屋，远近疏密，也不多，也不少，恰恰的是这样。你就照样儿往纸上一画，是必不能讨好的。这要看纸的地步远近，该多该少，分主分宾，该添的要添，该减的要减，该藏的要藏，该露的要露，这一起了稿子，再端详斟酌，方成一幅图样。

薛老师这一番精辟的画论令后世的我们惊叹不已，现场的惜春也一定是如拨云见日，豁然开朗。虽然这仙境般的大观园本身就是一幅画，但不能依样画葫芦，要不就又变成“施工的图样”了。惜春进行的是一次艺术创作，生活的真实并不等于艺术的真实，不能完全依照生活的原样，一成不变地将大观园复制下来，纵然画得逼真，也不能收到艺术的审美效应。那该怎样画呢？怎样把生活里的“大观园”，搬到纸来呢？薛老师告诉大家，这要根据纸的大小和景物的特点进行艺术加工和概括，将繁杂的景物纳入统一的而有变化的画面中，就必须做到主宾分明、相互映衬、虚实相生、疏密有致、繁简适宜，还要注意细节真实与艺术真实的交融。

薛老师的话如醍醐灌顶，令人茅塞顿开！原来画画，不一定只画眼中的“画”，还得心中先有“画”。换言之，惜春画的不只是眼中的“大观园”，还应当是心中的“大观园”！为了画心中的《大观园行乐图》，惜春还得有一颗感受生活的心，从大观园的小桥流水、落红逐流里寻得一份恬然；从修竹婆娑、翠柳笼烟里寻得一份幽雅；从亭台楼阁、池馆水榭间寻得一份惬意；从海棠诗社的吟哦诵读声中、喧哗笑语里找到一份生活的温馨……她还得把这点点滴滴的感受、感悟、感想放在心灵深处，孕育成诗情画意，再挥笔画出笔与墨合、情与景谐的属于自己心中的《大观园行乐图》。

这与作文之道，又是何其相似！

2. 工笔界画，形成审美意象。

大观园里花柳繁华，温柔富贵。其间的建筑物更是风情万种、风姿绰约，怡红院雍容华贵、富丽堂皇，潇湘馆富有江南情调，蘅芜苑掩映于香草仙藤之间，稻香村一片山野田园风光，栊翠庵曲径通幽。秋爽斋、暖香坞、缀锦楼等，更是一处有一处的神韵，一处有一处的风情。这移步换景，令人目不暇接的亭台院落如何画到画里呢？宝姐姐指点迷津：

……这些楼台房舍，是必要用界划的。一点儿不留神，栏杆也歪了，柱子也塌了，门窗也倒竖过来，阶砌也离了缝，甚至桌子挤到墙里头去，花盆放在帘子上来，岂不倒成了一张笑‘话’儿了。

宝姐姐真真是博学，她对中国画的技艺、门类了如指掌。“界划”，又称“界画”，既是中国画的一种技法，也是中国画的一个独立门类。指用界笔、直尺画线绘制宫室、楼台、屋宇等建筑物的结构图，要求准确、细致地再现所画对象，分毫不得逾越。明代史学家、文学家陶宗仪在《辍耕录》中把“界画”列入“画家十三科”，美其名曰“界画楼台科”。《芥子园画传》认为界画是“画中之有楼阁，犹字中之有九成宫，麻姑坛之精楷也”。

宝姐姐不愧是一位好老师、一位语言大师，在轻松幽默的语言中形象地表达了对画大观园的主张。这《大观园行乐图》是一幅全景画，融山水、花鸟、走兽、人物、建筑于尺幅之中，而画中的建筑要占据大量的空间。如何展现大观园里的各种楼台别院的建筑美呢？她认为，只有采用工笔，才能全方位地展示这些建筑物的别样风貌，细腻地表现大观园里楼台别院的个性与特色，让人从建筑物的工艺之精湛、设计之别致、材质之华美，看到贾府的奢华与尊贵。薛老师这一番教导使“不过是几笔写意”的藕丫头又学习了一项绘画本领，也为在场的人打开一扇窗户，窥见如此神奇的绘画艺术的殿堂。我想藕丫头在宝姐姐的指点下完成的融写意与工笔于一体、熔传统技法与现代审美为一炉的作业，一定会令人耳目一新。

而我们语文老师，不也可以从这些理论中发现可用于写作中的技法吗？在写作中用严谨的结构和细节的刻画使所写事物真实而不失艺术感。

3. 巧画人物，审美意象的物态化。

贾母布置给惜春画《大观园行乐图》是一项定位近于写生，但又不同于写生画的创作。她老人家原先是应刘姥姥的想法“照着这个园子画一张”，后来又觉得“单画园子，成了房样子了”，于是改变了主意，“叫连人都画上”。要知道这画人物是藕丫头的短板，让惜春不由得心中一片茫然。薛宝钗又是如何指导的呢？她语重心长地指导：

……要安插人物，也要有疏密，有高低。衣褶裙带，指手足步，最是要紧；一笔不细，不是肿了手就是瘸了脚，染脸撕发倒是小事。依我看来竟难的很。

《红楼梦》第五十回中对经典人物的生活画面有这样的描述：

一看四面粉妆银砌，忽见宝琴披着凫靥裘站在山坡上遥等，身后一个丫鬟抱着一瓶红梅。”

这是描写“宝琴立雪”经典场景的仅有的文字，后人称这个场景为“宝琴立（踏）雪”“宝琴折梅”。薛宝琴在小说里虽为虚陪，却以她特殊的审美意味折射出古典文人的审美趣味，“宝琴立雪”也成为最具代表性的《红楼梦》场景绘画素材之一。贾母看到这个场景，认为宝琴站在雪里的形象比仇十洲画的画里的人儿还好，隔日又叮嘱惜春：“不管冷暖，你只画去，赶到年下，十分不能便罢了。第一要紧把昨日琴儿和丫头梅花，照模照样，一笔别错，快快添上。”将惜春画的场景与仇十洲笔下的作品相比，又借贾母之口重述这个场景的画味，曹雪芹非常明确地用众人的语言注释“宝琴立雪”就是一幅充满意境的画面。读者会自觉地寻求相似的画面来替代文字的表述。书中营造了大雪飘飞的环境，以简洁的笔墨描述了一幅“雪下折梅图”，将场景渲染得画味十足。这样的烘托、渲染技法，不正是写作的最高技艺吗？

而薛老师指点我们，画人物同样要考虑总体布局，“要有疏密，有高低”。安排人物在画中的位置就好像下围棋，虽然格格皆可落子，但一着不慎，满盘皆输；素纸虽可处处落墨，但不可胡乱下笔，要注意审美规律。同时，她告诉我们画人物不同于画山水花鸟，要注意形似与神似的统一，要是“肿了手”“瘸了脚”，那也真成了笑“画”。

得到宝姐姐的真诚指导，贾惜春完成的《大观园行乐图》，一定是内容与形式的统一，整体与局部的和谐，造型与传情的共生。在这幅“行乐图”里，单就人物形象而言，一定是个个栩栩如生，呼之欲出，他们或戏水于池畔，或于花丛扑蝶；他们或在春风楼台三五成群地吟诗作对，或在丹桂香里月下独酌……一处有一处的美感，一处有一处的神韵，如果把淘气的林黛玉说的“携蝗大嚼”真画上，就更充满了生活的情趣。

当然，如果我们教师在写作教学中也注意到上述问题，教学生懂得谋篇布局，懂得人物与环境、情节与情感的处理方法，那我们的写作教学课一定是卓有成效的。

第九课　为伊消得人憔悴

——香菱一片冰心痴情学诗

红楼同学

香菱，原名甄英莲，原籍姑苏，甄士隐独女。小时元宵节看社火花灯时因家奴看护不当而被拐子拐走。养大后原是卖给金陵公子冯渊，中途却被薛蟠抢去做小妾，宝钗给她起名叫香菱。

人物形象：香菱眉心中有米粒大小的一点胭脂痣，虽然命运不幸，却是一个完美的少女。脂砚斋评价她："细想香菱之为人也，根基不让迎、探，容貌不让凤、秦，端雅不让纨、钗，风流不让湘、黛，贤惠不让袭、平。"

文化背景：她继承了母亲情性贤淑的个性，也有父亲悠然自适的恬淡和诗意的追求。在大观园里，香菱的天赋经过黛玉的耐心指导和自己的刻苦努力，终于被极大地激发出来，她写出了令人称赞的诗歌，得到了展示自己才华和能力的机会。

经历评价："根并荷花一茎香"，这是曹雪芹对香菱的总体评价，她品性高洁，像莲花一样洋溢着清香。她热爱青春，热爱生命，热爱美好的自然，诗意的追求最终使她的品格达到了臻于完美的境界。

香菱是一个从官宦小姐沦为奴婢的悲剧人物。她出现在《红楼梦》的开篇第一回，是“金陵十二钗”中第一个出场的角色。那时的她只是个小女孩，是父亲甄士隐的掌上明珠，本有一个如糖似蜜的童年，可是天降灾难，使她与家人失联。当她第二次出现时，已被人贩子拐卖给冯渊，后来又被“呆霸王”薛蟠强夺到家里，沦为薛蟠的侍妾，受尽凌辱和折磨。她命运坎坷，“平生遭际实堪伤”。

然而香菱有着美丽的心灵，一片冰心，纯朴善良，好学可爱，向往有文化的生活。脂砚斋曾给予精辟的评价：“细想香菱之为人也，根基不让迎、探，容貌不让凤、秦，端雅不让纨、钗，风流不让湘、黛，贤惠不让袭、平，所惜者幼年罹祸，命运乖蹇，致为侧室。”

香菱是大观园中第一好学之人。其事在《红楼梦》第四十八回“滥情人情误思游艺，慕雅女雅集苦吟诗”和第四十九回“琉璃世界白雪红梅，脂粉香娃割腥啖膻”中有集中展现。

一、欢心，向往诗意的文化生活

大观园的诗意生活深深地吸引着香菱，但限于特殊的身份，她虽心向往之而身莫能至。天可怜之，终于等到了薛蟠外出经商的机会，香菱迫不及待地想进大观园，并由衷感谢薛宝钗引她入园：“我原要和奶奶说的，大爷去了，我和姑娘作伴儿去。又恐怕奶奶多心，说我贪着园里来顽，谁知你竟说了。”

宝钗通情达理，早就猜出了香菱的心思，乐得成全别人，当然也为了有人做伴。

宝钗笑道：“我知道你心里羡慕这园子不是一日两日了，只是没个空儿。就每日来一趟，慌慌张张的，也没趣儿。所以趁着机会，越性住上一年，我也多个作伴的，你也遂了心。”香菱笑道：“好姑娘，你趁着这个工夫，教给我作诗罢。”宝钗笑道：“我说你‘得陇望蜀’呢。我劝你今儿头一日进来，先出园东角门，从老太太起，各处各人你都瞧瞧，问候一声儿，也不必特意告诉他们说搬进园来。若有提起因由，你只带口说我带了你进来作伴儿就完了。回来进了园，再到各姑娘房里走走。”

天遂人愿，苦命的姑娘喜出望外，笑容洋溢于脸上。她欢天喜地地来到了向往已久的大观园，加入了黛玉他们的诗社，与这群冰雪聪明、清纯高雅的少男少女一起，开始了一段难忘的诗歌之旅。

二、真心，仰慕天才的诗人偶像

林黛玉多愁善感，天生是一个诗人，从曹雪芹为她拟的诸多诗篇看，她不愧为大观园中一等一的诗人。才华横溢的林黛玉成了香菱仰慕的偶像，香菱心甘情愿做她的“粉丝”。故事开始于一天晚餐之后，香菱兴高采烈地往潇湘馆走来。

此时，黛玉已好了大半，见香菱也进园来住，自是欢喜。香菱因笑道：“我这一进来了，也得了空儿，好歹教给我作诗，就是我的造化了！”黛玉笑道：“既要作诗，你就拜我作师。我虽不通，大略也还教得起你。”香菱笑道：“果然这样，我就拜你作师。你可不许腻烦的。”

不用庄重的拜师礼，两人亦师亦友，一拍即合，谈笑风生间定下了师生关系。林黛玉答应得如此干脆，求知若渴的香菱自然喜出望外。香菱的突然求教，对林黛玉而言，也是知音相遇，乐而为之。也许孤独的林黛玉，满腹才思无处表现，香菱正好给了她这个机会，被人崇拜的感觉正好满足了林黛玉那颗高傲的心。

我曾问学生：“从香菱与林黛玉师生见面的这个场景中，你们发现了什么？”

发现了什么呢？“好歹教给我作诗”，看来，香菱的求教是不带商量的，是非要林黛玉当老师不可的！好执着的香菱啊！言下之意是，不管你同意不同意，你都得教我作诗——天哪，有这样拜师的吗？而且还“不许腻烦的”！好在正中林黛玉下怀，要不她要“绑架”林黛玉，强要人家为师了。

大观园里的薛宝钗、史湘云、贾探春、贾宝玉等是写诗的高手，香菱为什么单单崇拜林黛玉呢？

诗是心的语言，是心的情殇。香菱一定看过海棠诗社开展的两次诗会及各人的诗作，林黛玉的每一首诗都是真情的流露，都是哀叹身世的感伤。我们不妨来欣赏其中的一首《问菊》。

欲讯秋情众莫知，喃喃负手叩东篱。
孤标傲世偕谁隐，一样开花为底迟？
圃露庭霜何寂寞，雁归蛩病可相思？
休言举世无谈者，解语何妨话片时。

一个孤独的身影徘徊在秋风萧瑟的东篱之外，她泪眼问菊：你孤标傲世，不与百花相伴，却悄悄寄身于这红尘之外的篱落之下，你本与群花一样可以竞相绽放，可为什么花开得那样迟呢？

然而，诗人环顾茫然，圃露庭霜，一片寂寞，只有那秋雁南归的身影，只有蟋蟀的悲鸣，陪伴着她。

天哪，这是在问花，还是在问自己啊？这是林黛玉问菊，还是香菱在问自己啊？诗中的菊是林黛玉的身影，还是香菱的身影呢？

同是天涯沦落人，一个是寄身于贾府度青春，一个是卖身于薛家度余年。香菱的身世中有太多的悲情成分，却找不到合适的语言抒发自己的感受。她的万千苦情，如鲠在喉，不正需要林黛玉这样的诗来宣泄吗？

三、倾心，聆听老师的耐心指导

著名教育家布鲁纳说：“知识的获得是一个主动的过程，学习者不应是信息的被动接受者，而应该是获取过程的主动参与者。”香菱学诗，在于她对学习充满兴趣，并由兴趣产生了学习的内驱力和高度的主动性。于是，她特别诚心地倾听林黛玉的教导，并积极发表自己的见解；于是，林黛玉的悉心指导才能点点滴滴留存在她的心头，内化为她的知识、她的写诗能力。

香菱在林老师那里学到了什么？又是怎么学的呢？

香菱学的是律诗。林老师在诗法论上，首重章法，次及格律，终在立意。

林黛玉说：

什么难事，也值得去学！不过是起承转合，当中承转是两副对子，平声的对仄声，虚的对实的，实的对虚的，若是果有了奇句，连平仄虚实不对都使得的……词句究竟还是末事，第一立意要紧。若意趣真了，连词句不用修饰，自是好的，这叫做不“以词害意”。

聪明的香菱听完后茅塞顿开，笑着说道：

怪道我常弄本旧诗，偷空儿看一两首，又有对的极工的，又有不对的。又听见说“一三五不论，二四六分明”。看古人的诗上，亦有顺的，亦有二四六上错了的，所以天天疑惑。如今听你一说，原来这些规矩竟是没事的，只要词句新奇为上。

新知如一束灿烂的阳光投射在香菱心灵的天空，拨开了旧知的迷雾，使她产生了智慧的顿悟。这是一个多么爱诗的少女，她拜师学艺并非心血来潮，而是有备而来。她身份低微，只能“偷空儿看”，但她痴迷其中，居然还“常弄本旧诗”来读，真真令人可敬可叹。香菱对林黛玉的教导言听计从，对林黛玉布置的作业也会认认真真地完成。她读《王摩诘全集》，读杜甫的七言律诗，读李白的七言绝句，读陶渊明的田园诗，读谢灵运、阮籍等人的诗，读得如痴如醉，读得“衣带渐宽”！有了新的收获，却又有了新的疑问。都说“学起于思，思源于疑”，香菱就是这样学习着、疑问着、思考着、慎问着，一步步走进诗的王国。

四、用心，感悟名诗的美丽意境

有人说意境是诗的灵魂。

有人说意境是作者感情流动的领土，也是读者的想象得以腾飞的依托。

爱读诗的人，读到意境特别好的诗，就像进入美妙的仙界，会陶醉其间。香菱不仅爱诗，而且有一颗善于感受诗的美丽意境的心。那天，香菱完成了林黛玉布置的读诗作业，与老师展开了一场别开生面的“讲究讨论”。

香菱笑道：“据我看来，诗的好处，有口里说不出来的意思，想去却是逼真的。有似乎无理的，想去竟是有理有情的。”林黛玉笑道：“这话有了些意思，但不知你从何处见得?”香菱笑道：“我看他《塞上》一首，那一联云：‘大漠孤烟直，长河落日圆。’想来烟如何直？日自然是圆的：这‘直’字似无理，‘圆’字似太俗。合上书一想，倒象是见了这景的。若说再找两个字换这两个，竟再找不出两个字来。再还有‘日落江湖白，潮来天地青’，这‘白’‘青’两个字也似无理。想来，必得这两个字才形容得尽，念在嘴里倒象有几千斤重的一个橄榄。还有‘渡头余落日，墟里上孤烟’，这‘余’字和‘上’字，难为他怎么想来！我们那年上京来，那日下晚便湾住船，岸上又没有人，只有几棵树，远远的几家人家作晚饭，那个烟竟是碧青，连云直上。谁知我昨日晚上读了这两句，倒象我又到了那个地方去了。”

多么有灵性的少女啊！她不是在读诗，而是把诗当作对自己生活经历的注释。虽然“诗的好处”“口里说不出来”，但她用一颗善于感受诗歌意象的心感受到诗人以艺术想象力创造的艺术形象，获得了“几千斤重的一个橄榄”含在嘴里的感觉。

巴尔扎克说：“真正懂诗的人会把作者诗句中只透露一星半点的

东西拿到自己心中去发挥。”香菱果真有诗心一片，把王维诗中的炼字技巧说得头头是道，把诗境都说活了。“渡头余落日，墟里上孤烟”，经典的诗句使香菱忆起了储存于脑海中的生活经历。于是，渡头、落日、江岸、孤树、几处人家、几缕炊烟、一个游子，一幕幕画面重现于脑海中。诗意与生活画面的交融，使其获得情感的共鸣，脑中的经历就不再是自然的生活，而是充盈审美的诗意画面了。

五、痴心，体验诗歌的创作过程

写诗不是一种纯粹的语言技术，而是一种智慧直觉、心灵感悟的艺术表现形态。诗人对外部世界的反映，不是一种经验的直觉反映，而是糅合着作者的思想情感的审美反映。香菱在林黛玉的指导下创作咏月诗经历了怎样的过程呢？

第一，动笔写诗。

那晚月色正好，林黛玉向香菱布置第一道作业：作一首咏月诗。香菱回到衡芜苑，马上写起作业来。她一边苦思一回写两句，一边又读两首杜甫的诗。瞧她认真的样儿，无心茶饭，坐卧不定，全身心投入写诗读诗的世界里。

宝钗道：“何苦自寻烦恼。都是颦儿引的你，我和他算帐去。你本来呆头呆脑的，再添上这个，越发弄成个呆子了。”香菱笑道：“好姑娘，别混我。”一面说，一面作了一首，先给宝钗看。宝钗看了笑道：“这个不好，不是这个作法。你别害臊，只管拿了给他瞧去，看他是怎么说。”

这是香菱平生第一次写诗。她认认真真地完成，尽管遭到薛宝钗善意的逗笑，甚至直截了当的否定，但她兴趣不减，直到完成林黛玉布置的作业。

月挂中天夜色寒，清光皎皎影团团。

诗人助兴常思玩，野客添愁不忍观。

翡翠楼边悬玉镜，珍珠帘外挂冰盘。

良宵何用烧银烛，晴彩辉煌映画栏。

香菱咏月的第一首诗，平仄、对仗完全合格，并且句句切题。林黛玉表扬她“意思却有”，也指出了不足之处“措词不雅。皆因你看的诗少，被他缚住了”，鼓励她丢开包袱，“放开胆子去”再写一首。

第二，稿重写。

听了林黛玉的指点，香菱若有所悟，她默默地回来，马上投入二次创作中。

（她）越性连房也不入，只在池边树下，或坐在山石上出神，或蹲在地下抠土，来往的人都诧异。李纨、宝钗、探春、宝玉等听得此信，都远远的站在山坡上瞧看他。只见他皱一回眉，又自己含笑一回。宝钗笑道：“这个人定要疯了！昨夜嘟嘟哝哝直闹到五更天才睡下，没一顿饭的工夫天就亮了。我就听见他起来了，忙忙碌碌梳了头就找颦儿去。一回来了，呆了一日，作了一首又不好，这会子自然另作呢。”宝玉笑道：“这正是‘地灵人杰’，老天生人再不虚赋情性的。我们成日叹说可惜他这么个人竟俗了，谁知到底有今日。可见天地至公。”

心无旁骛，唯有明月。

香菱爱诗爱到了入魔的境界，她忘记了周边的一切，甚至连自己也忘记了。在她心的大海之上，只有忽升忽落、忽圆忽缺的月儿。“衣带渐宽终不悔，为伊消得人憔悴”，她的好学深深地感动了大家，“都远远的站在山坡上瞧看他”，生怕打搅了她，扰乱了她的思绪，干扰了她的心境。大家爱怜地望着她，由衷地钦佩她、惊羡她、赞叹她！

终于第二稿又写成：

非银非水映窗寒，拭看晴空护玉盘。

淡淡梅花香欲染，丝丝柳带露初干。

只疑残粉涂金砌，恍若轻霜抹玉栏。

梦醒西楼人迹绝，余容犹可隔帘看。

香菱为了克服“措词不雅”的毛病，结果矫枉过正，被批评为“过于穿凿”，要求再作一首。但这首较第一首有了很大的进步，林黛玉说“自然算难为他了”，薛宝钗也真心鼓励她，这诗虽不像吟月，但如果添一个“色”字“倒还使得”，“你看句句倒是月色。这也罢了，原来诗从胡说来，再迟几天就好了”。

第三，三稿写成。

尽管第二稿离真正的好诗还有一段距离，但香菱兴趣不减，毫不气馁，绝不言弃！她细心揣摩林黛玉、薛宝钗等人的评点意见，继续忘我地投入到写诗中。日间，她独自在阶前竹下“挖心搜胆，耳不旁听，目不别视”地构思；夜间，依然对灯凝神思索着。多么可爱的香菱啊，她的魂儿都被诗勾走了。

至三更以后上床卧下，两眼鳏鳏，直到五更方才朦胧睡去了。一时天亮，宝钗醒了，听了一听，他安稳睡了，心下想：“他翻腾了一夜，不知可作成了？这会子乏了，且别叫他。”正想着，只见香菱从梦中笑道：“可是有了，难道这一首还不好？”宝钗听了，又是可叹，又是可笑，连忙唤醒了他，问他：“得了什么？你这诚心都通了仙了。学不成诗，还弄出病来呢。”……原来香菱苦志学诗，精血诚聚，日间做不出，忽于梦中得了八句。

……

精华欲掩料应难，影自娟娟魄自寒。

一片砧敲千里白，半轮鸡唱五更残。

绿蓑江上秋闻笛，红袖楼头夜倚栏。

博得嫦娥应借问，缘何不使永团圆！

“蓦然回首，那人却在灯火阑珊处！”殚精竭虑的苦思冥想，终于有了美丽灵感的瞬间迸发。香菱咏月的第三稿，大获成功，不但形式完美，而且诗中有景，景中有月，月下有人，情景交融。欣赏者从诗中仿佛看到了一个娇弱的少女，徘徊在清风月色下，她仰头望月、问月，低头思月、盼月。那清纯的眼眸里有多少无月之悲、盼月之苦，又有多少对月的缠绵悱恻的情怀啊！

难怪大家看了都称赞道："这首不但好，而且新巧有意趣。可知俗语说'天下无难事，只怕有心人'。社里一定请你了！"于是，海棠诗社向香菱发出了真诚的邀约。

"精华欲掩料应难，影自娟娟魄自寒"，香菱本就是一个冰清玉洁的少女，不幸的命运，使她名为小妾，实如婢女。但她的心中依然对生活充满热爱，燃烧着火热的诗情。贾宝玉曾经这样评价香菱的痴迷学诗："这正是'地灵人杰'，老天生人再不虚赋情性的。我们成日叹说可惜他这么个人竟俗了，谁知到底有今日。可见天地至公。"

是呀，上天赋予每个人一份灵性，只可惜有的人白白浪费了。上天赋予香菱灵性才情，她美丽聪颖，悟性极高。香菱学诗成功，得益于大观园为她创造了诗意的栖居，这里跟园外黑暗、污浊的环境形成强烈的对比，香菱来到这里，仿佛到了另一个世界，精神得到了解放；得益于她先天的禀性，对诗的执着追求，化作刻苦和痴迷的行动；得益于她遇见了一群亦师亦友的兄弟姐妹的帮助、引导与鼓励，黛玉和宝钗三言两语的点拨，让她逐步领悟诗中三昧，宝玉、探春等人对她的关爱和赞扬，更使她获得人间的温暖，花样年华重新绽放青春的美丽。

从此，大观园中又多了一个格调超凡、情趣高雅的诗性女子。

学生作文

身世悲凉　心若莲花

——《香菱学诗》读后感

厦门市观音山音乐学校　陈海铮

作诗从来都是高雅情操的体现，似乎永远是高雅文人的专属活动。我平时除了写写文章自娱，从来没想过要作诗，可是当我知晓一个人的学诗之路之后，才知道，诗是生活，诗是一趟美丽的心灵之旅。

大家都应该认识你，你活在《红楼梦》里，寄居在贾府，你身份低贱，却向往着诗的生活，贤惠灵巧的你让别人赞不绝口。你有一个清香扑鼻的名字——香菱。

我初闻你时，你多么需要怜悯。“根并荷花一茎香，平生遭际实堪伤”，这是命运之神对你的判词。你本是小家碧玉，像荷花一般灵秀与清纯，谁知命运不公，你年幼被拐，与亲人失联。当你重新走进我们视野的时候，已不知经过了几次转卖，受尽了多少屈辱，沦为“呆霸王”薛蟠的小妾寄居贾府。

尽管你身世悲惨，你却是世间最美丽的少女。脂砚斋曾评价你容貌不让凤、秦，端雅不让纨、钗，风流不让湘、黛……望着世间最美丽的女孩遭受着最深的苦难，我真想张开双臂把你拥入怀里，温暖着你，呵护着你。可是我又想起宝玉说过的“男孩是泥做的，女孩是水做的”，担心我这泥胎会污染了你的冰清玉洁。

今日的语文课堂上，我又一次看见了你。我再次走进你的世界，忽然发现你并不低贱，你不需要怜悯，取而代之的是对你内在的高雅、善良以及矢志学诗的崇敬与爱戴。

你谦虚求学，一到大观园就迫不及待请求林黛玉教你作诗，乐呵呵地说：“我这一进来了，也得了空儿，好歹教给我作诗，就是我的造化了！”你对知识如此渴望，让我心生爱意。善解人意的林黛玉诲人不倦，给你讲诗的格律，讲诗的立意，推荐你读王维、杜甫、李白的诗，读千家诗。你那双清纯的眼眸凝望着黛玉，仿佛久旱逢甘雨的禾苗，焕发出青春的活力。你不只津津有味地听着，还发表自己的感悟。你与黛玉讨论诗的浅与深，就“大漠孤烟直，长河落日圆”的“象”与“意”，发表了自己独特的见解，那得意的神情多么可爱。你认真阅读着律诗和绝句，钻研着其中的意义，不懂就问，常认真体会，和黛玉、宝玉等人讨论诗中的乐趣。无论多艰难，你从未放弃作诗，因为诗因你而留，因你而存在。

我依稀还记得你作第一首诗的情景，你秉烛夜读，只为体会诗的美丽意境。一直到天亮，你一直坐在木桌旁，油灯早已灭，你却一直思索着似乎还缺少了什么。你第一次写诗，体验创作的甘苦。你描写了月色的美丽、柔和，可当黛玉说“措词不雅”时，你没有觉得丧气，而是虚心接受。你二话没说，回到蘅芜苑，连房也不进，就在池边的树下写起来了。谁知这一次，虽有进步，但矫枉过正，又被批为“过于穿凿”。你该泄气了吧？没有，你不灰心，不气馁，相信成功只属于孜孜不倦、不畏艰难险阻、勇于攀登的人。你啊，“衣带渐宽终不悔，为伊消得人憔悴”！

在你的一次次尝试之后，最美的诗意终还是出现在你诗里。“众里寻他千百度，蓦然回首，那人却在灯火阑珊处。”你终于写出了佳句，得到了大家的赞同、肯定。

你的身世虽然不引人瞩目，可是你用莲花般的心灵创造出令人感动的诗。诗因人而面世，你因诗而精彩！

你成功了，成为大观园中与宝、黛、探、湘们平起平坐的诗友。成功的花不只惊羡于现时的明鲜，也感叹你昨日执着追求时的辛劳。

亲爱的香菱，之前把你认作邻家小妹，现在想来我自惭形秽。你是我生命成长中仰慕的偶像，羡你、爱你、敬你！

第十课　一曲旧词牵动百转愁肠

——向林黛玉学写“读后感”

写读后感（包括观后感、听后感）是语文教学中一项常见的作文训练内容。它要求学生联系自身的体会来表达读书的感受，有利于检验学生对文本的理解，促进学生对文本语言的内化，发展学生的语言表达能力，丰富学生的阅读情感体验。写读后感是一种有效的语言训练方式。然而，这项作业并不受欢迎，学生对写这类文章存在心理排斥现象，换言之，写读后感依然是学生的学习难点。作为教师的我们常常为此困惑。

翻开《红楼梦》，曹雪芹先生推荐我们向林黛玉学习，她可是一位写“读后感”的大家呢！于是，在一个落英如雪片般飞落的春天的早晨，翻开《红楼梦》第二十三回“西厢记妙词通戏语，牡丹亭艳曲警芳心”，我们又一次来到了大观园，虔诚地拜林黛玉为师，学写“读后感”。

一、入情入境，最是书香能醉人

大观园里沁芳闸桥旁，春风轻抚着绿柳红桃，花飞花落。鸟语婉转，如歌如乐，一泓溪水托着五颜六色的花瓣向园外缓缓流去。眼前的美景令人陶醉，令人心旷神怡。“花落水流红，闲愁万种，无语怨东风……”多么美妙的读书声，寻声望去，原来是贾宝玉与林黛玉在桃树下捧书而读呢。他们紧挨着，手捧着《西厢记》[5]，正聚精会神地读着。他们完全走进了书的世界，如痴如醉，忘记了自己，任由落红撒在身上、头上、书里，也不知道。他们沉浸在花香与书香中，沉醉在《西厢记》扣人心弦的故事里……两人是如何共读《西厢记》的呢?

宝玉听了喜不自禁，笑道："待我放下书，帮你来收拾。"黛玉道："什么书?"宝玉见问，慌的藏之不迭，便说道："不过是《中庸》《大学》。"黛玉笑道："你又在我跟前弄鬼。趁早儿给我瞧，好多着呢。"宝玉道："好妹妹，若论你，我是不怕的。你看了，好歹别告诉别人去。真真这是好书！你要看了，连饭也不想吃呢。"一面说，一面递了过去。黛玉把花具都且放下，接书来瞧，从头看去，越看越爱，不到一顿饭工夫，将十六出俱已看完，自觉词藻警人，余香满口。虽看完了书，却只管出神，心内还默默记诵。

宝玉笑道："妹妹，你说好不好?"林黛玉笑道："果然有趣。"宝玉笑道："我就是个'多愁多病身'，你就是那'倾国倾城貌'。"林黛玉听了，不觉带腮连耳通红，登时直竖起两道似蹙非蹙的眉，瞪了两只似睁非睁的眼，微腮带怒，薄面含嗔，指宝玉道："你这该死的胡说！好好的把这淫词艳曲弄了来，还学了这些混话来欺负我。我告诉舅舅舅母去……"

黛玉读《西厢记》的这种神情心态，"不到一顿饭工夫，将十六出俱已看完"，她是用她那多窍的心在读、在悟，读书不是为了成诵，而是把内容化成了她生命的一部分、心灵的一部分。这不单展现了她的才思，更体现了她身上的一种气质。可以想象，何止《西厢记》《牡丹亭》，摆在黛玉房中那满橱满架的诗书，不也是如此日夕滋润着她、养育着她么?"庄生蝶""陶令盟"的种种因子，潜移

⑤原书贾宝玉所读为《会真记》。

默化地进入她的血液之中，使得自幼聪颖的林黛玉获得了一种十分相宜的成长养分。

“眼前直下三千字，胸次全无一点尘。”林黛玉看得投入的样子形象地告诉我们，认真读书是写好读后感的前提。只有准确地把握书中的主要内容，细致地揣摩故事的情节，品味精妙的语言，走进角色的心灵世界，才能让书中的内容内化成读者的情感体验，从而引发读者心灵的共鸣，从而能情动辞发。

但并非所有的书都能引起学生的共鸣，林黛玉之所以读得“余香满口”，是因为她深深喜欢上了这本书，如同贾宝玉所言，“真真这是好书”。读着读着，竟到了“连饭也不想吃”的程度，那是一种相见恨晚的邂逅，在书中遇到了似曾相识的“陌生人”，或勾起她对往事的无尽回忆，或触动她对身世的不尽感叹，或引发了她的万千情思……总之，心灵中最脆弱的部分被触动了，发出经久不息的颤音。

试想，假如当时贾宝玉递给林黛玉的不是《西厢记》，而是他哄骗她的“四书五经”之类所谓“仕途经济”的书籍，林黛玉能如此投入地看吗？能深情地发出生命的感叹吗？可悲的是，在我们的日常教学中，教师们往往出于教育的“功利性”，或习惯于以成人的观点，布置学生写诸如读《大学》《中庸》之类的应试式的读后感。这背离了学生的读书兴趣与文学欣赏习惯，无力激发学生的真实情感，因而学生勉强写出的读后感总是让人觉得味同嚼蜡、无病呻吟。

我曾受林黛玉读《西厢记》的启示，组织学生看意大利伟大的插画家罗伯特·英诺森提创作的图画书《铁丝网上的小花》。这是以一个小女孩的视角，讲述“二战”时期发生在德国小镇上的一个有关战争和大屠杀的扣人心弦的故事，它让读者知道纯真、善良、爱心是人类不可或缺的美德。故事太精彩了，学生默读时入情入境，朗读时声情并茂。读后，我让学生合上书，做一道填空题“让我挥之不去的画面是________________”，并回答为什么。

学生形象思维的大门一下子敞开，有的说挥之不去的是书的封面，那上面画着坐在窗前的主人公布兰奇，撩开纱窗后那双忧郁的眼睛里尽是担忧和恐惧。一辆接着一辆满载士兵的军车从窗前驶过，士兵们扛着长枪短炮，开过的坦克在鹅卵石路面上击出了火花。不知他们从哪里来，也不知他们开往哪里……有的说，挥之不去的是一个小男孩从囚车里逃出来，却被荷枪实弹的士兵逮住了。小男孩举起双手，胆战心惊，目光里尽是惊恐。他是谁？士兵为什么要逮住他，要把押到哪里去？等待他的将是怎样的命运呢？有的说挥之不去的是布兰奇发现电网里面一群孩子呆呆地站着时那惊愕的眼神。他们都那么小，都那么瘦弱，可怜巴巴地望着电网外面的世界。他们为什么不在学校里读书？家人会来找他们吗？他们究竟犯了什么罪？为什么把他们关在这里？关他们的人又是谁呢……

叶圣陶先生说：“作者胸有境，入境始与亲。”教师选对了书，学生读对了书，他们如林黛玉读《西厢记》一样读得入情入境。书里的孩子与读书的孩子年龄相近，读起来有一种特别的亲切感，容易产生心理共鸣。可是，相同年龄的孩子为什么有着不一样的生活背景，不一样的生活方式？书中孩子的命运牵动着读书孩子的心，他们仿佛触摸到那个时代的脉搏。书中到处迷漫着恐怖的气息，到处都有死亡的危机，同样让读者几近窒息，震颤着读者的心弦，使读者情不自禁地为书中孩子的不幸命运掬一捧同情之泪。

二、触景而感，落花水面皆文章

读后感重在“感”字，为书的内容感动着、感染着、感慨着，并自然引发诸多的联想。我们再回到贾宝玉和林黛玉读《西厢记》的情景。他们痴迷地读着，情不自禁地议论起来。一个笑着说：“妹妹，你说好不好？”一个笑着回答：“果然有趣。”一个忍不住说：

“我就是个‘多愁多病身’，你就是那‘倾国倾城貌’。”一个听了，羞得满脸通红……张生与崔莺莺苦尽甘来的美丽爱情，撩拨着林黛玉朦胧的情思，使她又一次为心事而担忧，“早又把眼睛圈儿红了”。林黛玉满腔心事，离了沁芳闸桥往回走，但心还沉浸在书中。她心事重重地走到梨香院的墙角边，忽然，一阵悠扬的笛声从院墙内飘出，伴随着婉转的戏曲演唱声。她知道那是一群女孩子在学习戏文，排演节目，只是她平常不喜欢看戏文，对听戏也不感兴趣，所以也没留心过。可是今天听起来却是不一样的心情：

偶然两句吹到耳内，明明白白，一字不落，唱道是：“原来姹紫嫣红开遍，似这般都付与断井颓垣。”林黛玉听了，倒也十分感慨缠绵，便止住步侧耳细听，又听唱道是：“良辰美景奈何天，赏心乐事谁家院。”听了这两句，不觉点头自叹，心下自思道：“原来戏上也有好文章。可惜世人只知看戏，未必能领略这其中的趣味。”想毕，又后悔不该胡想，耽误了听曲子。又侧耳时，只听唱道：“则为你如花美眷，似水流年……”林黛玉听了这两句，不觉心动神摇。

走在落红满地的花径，心在书里，耳边又飘来了与自己心思相契的乐曲，让本来易感的心湿润得滴出泪来。“如花美眷，似水流年”“原来姹紫嫣红开遍，似这般都付与断井颓垣”，每一个字含在嘴里仿佛都能嚼出不尽的滋味来，落在心田里都能泛起阵阵涟漪，掀起层层波澜。这一声声戏文触发着这个早慧而又早熟的少女的心弦，跳动着爱的音符，呼唤她对青春的觉醒和爱情归宿的思考，这思考显然是痛苦的。

戏里的杜丽娘仿佛就是林黛玉的化身：天呀，春色如此美好，但自己的一腔春愁无处排遣，良辰美景尤在，赏心乐事却不知落在谁家院。满园春色，那花儿姹紫嫣红开遍，却无人欣赏，任由它们飘落在“断井颓垣”，无人怜惜，无人爱抚，这不就是自己孤独处境的写照吗？年华逝去，寄人篱下，何时有自己的家，何处是自己心灵的归宿？林黛玉不禁潸然落泪。曾经读过的反映相关心境的书籍中出现的伤时感怀的词句，又一次从脑海浮现出来。

落花流水皆文章，可是不同身份的人、不同处境的人，读出的是不一样的滋味。“流水落花春去也，天上人间”，这是失败皇帝李煜的亡国之痛。暮色苍茫中他凭栏远眺，花落了，春去了，雕栏玉砌还在，但江山易主，昔日的繁华也逐水而去。他成了阶下囚，可流不走的有多少留恋、多少惋惜、多少哀痛啊！“水流花谢两无情，送尽东风过楚城。蝴蝶梦中家万里，子规枝上月三更。”那是自称为“孤独异乡人”的诗人崔涂的感叹。春水远流，春花凋谢，春风无情不送我回到情牵梦绕的故乡，反是多情的我目送春天悄然归去。蝴蝶梦里，落花春晨，子规声声啼：不如归去，不如归去！游子的心何等凄楚与哀伤，谁不为异乡漂泊的人洒一捧同情之泪！“花落水流红，闲愁万种，无语怨东风”，那是青春少女崔莺莺悄然萌动的情思。她幽闭在高墙深院里，她独倚桃花树下，人面桃花相映红。蝶儿双双飞，蜂儿何处归？多少蝶儿为花死？多少蜂儿为花生？可是东风吹落了花儿，落花流水春去也，不知明年桃花还会开吗？蜂儿蝶儿几时还会来？

……

一本《西厢记》，一出《牡丹亭》，读罢，听罢，牵动着林黛玉的百转愁肠，勾起了她的种种联想。她由戏曲到诗词，由杜丽娘、柳梦梅，而想到崔涂、李煜，再想到崔莺莺，这一切交织在一起，使她心潮翻滚、感慨万千。黑格尔曾精辟地指出，如果说灵魂是通过眼睛才被人看出来的话，那么艺术也可以说是要把每一个形象的看得见的外表上的每一点，都化成眼睛或灵魂的住所，使它把心灵显现出来。是的，林黛玉就是用心灵去拥抱、感应“姹紫嫣红开遍，似这般都付与断井颓垣”“如花美眷，似水流年”，感受这些语句在当时情境中的意绪、情感和思想。如果把这一切写下来，不就是一篇绝妙的“读后感”吗？

那么，林黛玉的“读后感”又是怎么写的呢？

三、情动辞发，血泪凝成《葬花辞》

“姹紫嫣红开遍”，却“付与断井颓垣”……一连几天林黛玉嘴里念着这哀怨凄婉、缠绵悱恻的唱词，脑海中不断浮现出落红满地、流水夕阳的伤感画面。她思绪飞腾着，纠结着，这不正是自己身世的真实写照吗？往事涌上心头，她本有双亲呵护着，那是多么幸福的日子，可苦命的她连失父母，不得不寄居于贾府；如果说年少的她依然是“如花美眷”的话，可似水流年太无情，青春正一天一天地逝去。她没有“金锁”，她没有“金麒麟”，她相信“木石前盟”，可“金玉良缘”就像符咒一般无法撵去，像梦魇一样摆脱不掉、挣脱不开。“一年三百六十日，风刀霜剑严相逼。”多愁善感、孤独无援的她无望至极，不觉心痛神痴，心中哀伤。于是情感之门打开之后，就像放开闸门的水一泻千里，用心血凝成了《葬花辞》[6]。

花谢花飞花满天，红消香断有谁怜？
游丝软系飘春榭，落絮轻沾扑绣帘。
闺中女儿惜春暮，愁绪满怀无释处。
手把花锄出绣闺，忍踏落花来复去。
柳丝榆荚自芳菲，不管桃飘与李飞。
桃李明年能再发，明年闺中知有谁？
三月香巢已垒成，梁间燕子太无情！
明年花发虽可啄，却不道人去梁空巢也倾。
一年三百六十日，风刀霜剑严相逼。
明媚鲜妍能几时，一朝漂泊难寻觅。

⑥原书无此诗的标题，本书以《葬花辞》为标题。

花开易见落难寻，阶前愁杀葬花人。
独倚花锄泪暗洒，洒上空枝见血痕。
杜鹃无语正黄昏，荷锄归去掩重门。
青灯照壁人初睡，冷雨敲窗被未温。
怪奴底事倍伤神，半为怜春半恼春。
怜春忽至恼忽去，至又无言去不闻。
昨宵庭外悲歌发，知是花魂与鸟魂？
花魂鸟魂总难留，鸟自无言花自羞。
愿奴胁下生双翼，随花飞到天尽头。
天尽头，何处有香丘？
未若锦囊收艳骨，一抔净土掩风流。
质本洁来还洁去，强于污淖陷渠沟。
尔今死去侬收葬，未卜侬身何日丧？
侬今葬花人笑痴，他年葬侬知是谁？
试看春残花渐落，便是红颜老死时。
一朝春尽红颜老，花落人亡两不知！

有人说没有林黛玉就没有《红楼梦》，同时没有《葬花辞》也就没有林黛玉。大观园“千红一窟”，那里是花的世界，林黛玉是最美的一朵，她悄然地开放，又在狂风骤雨中被折磨得枝枯叶败，从世界上悄然消逝。诗是林黛玉特有的气质，诗魂总是时刻伴随着她，总是随时从她的心里和身上飘散出沁人心脾的清香。《葬花辞》如泣如诉，全方位展现了她多愁善感的性格、内心的矛盾与痛苦，声声倾诉她的生与死、爱与恨，这生命迷茫的感叹啊！一曲《葬花辞》，濡湿了满卷《红楼梦》，久久地回响在几百年来多少人的心灵深处！

有意思的是，出于教师职业的敏感，我一直认为《葬花辞》是一篇不折不扣的《西厢记》《牡丹亭》的“读后感”。假如林黛玉没有读《西厢记》，没有听《牡丹亭》，就可能没有创作《葬花辞》的动机，也许无法打开她情感的大门。这是斯文、斯曲与此景、此情偶然契合，刹那间点燃长久积压在她内心深处的情感，燃烧成一曲心灵的哀音、生命的悲歌。我们不妨做个粗浅的分析：全诗围绕“原来姹紫嫣红开遍，似这般都付与断井颓垣”一句唱词生发开来、铺陈开来。

1. 问花。诗以漫天花雨开头。花谢花飞，满地落红，它们也曾姹紫嫣红，转瞬间却飘离枝头，香消玉殒。美丽的生命呀，如今“红消香断”，能“有谁怜”？劈面而来的发问，让人为之颤抖！

2. 感花。林黛玉伫立于飞花中百感交集。她不知“落花”是自己，还是自己是“落花”。随风飘落的花儿啊，孤独无依，红颜薄命，她恨“柳丝榆荚自芳菲，不管桃飘与李飞”；她恨“梁间燕子太无情”；她恨“一年三百六十日，风刀霜剑严相逼”；她恨“明媚鲜妍能几时，一朝飘泊难寻觅”……这不知是落花的凄婉感叹，还是林黛玉的悲愤诉说。落花的命运，不就是林黛玉的命运吗？

3. 怜花。花儿都“付与断井颓垣”，无人怜惜，只有诗人与之同病相怜。她忧愁着花儿的忧愁，“独倚花锄泪暗洒”，却无人听见，无人理解，泪珠都风干成了斑斑血痕；她悲愤着花儿的悲愤，“怜春忽至恼忽去”，来时“无言”去也“不闻”，春天像小鸟一样一去无踪影；她担忧着落花的担忧，“冷雨敲窗被未温”，不知那声声冷雨是花魂的叹息，还是鸟魂的挽歌……林黛玉怜花怜得令人心痛，也让人看到那颗无时不在遭受摧残的无助而脆弱的心灵。

4. 葬花。“质本洁来还洁去，强于污淖陷渠沟。”作者甘做落花的代言人，倾诉着花儿难言的悲愤与凄切的追求，发出抗争命运的振聋发聩的呐喊。可是，尽管她为落花泣泪，却无人听见，无力回天，她唯有亲手掬一抔净土，埋葬这风流一时的“艳骨”，避免它们“付与断井颓垣”的结局。这岂止是葬花，分明是祭奠青春的生命！

两句旧词，触动她的百转柔肠，让她吟唱出一曲感天动地的

《葬花辞》。林黛玉借花抒情，抒写她一生的痛苦与希望，抒写她不懈的抗争与追求，抒写她的无助与悲愤，这与其说是文字的描写，倒不如说是心灵的倾吐、血泪的控诉。

四、慰语落红，化作春泥更护花

缀文者情动辞发，颦儿葬花一首吟得肝肠寸断。贾宝玉远远听来，披文入情，百感交集，“不觉恸倒山坡之上，怀里兜的落花撒了一地”。这是一种心碎胆裂的痛，他依稀看到大观园里的女儿们就像绽放在枝头的万紫千红，一朝春尽，落红随水而逝，到哪里去寻找她们的身影呢？到那时，这满园的花柳又有谁在欣赏？春色不知属于谁？宝玉与黛玉心心相印，情归一处。那么，我们的学生对《葬花辞》又有怎样的感受呢？换言之，我们是否可以引导学生走进《葬花辞》，感受林黛玉那颗受伤的心？

“作者胸有境，入境始与亲”，我组织学生把诗读到至熟，“其义自见”后，自然走进诗的意境。之后，掩卷思考、交流。

师：假如我们走进《葬花辞》的意境里，你见到葬花人了吗？她在哪里？

生：她扛着花锄，静静地站在花谢花飞中，花瓣像雪片一样纷纷扬扬地飘落下来。

师：多么美丽的场景呀！花香四溢，彩蝶纷飞，那一定像下了一场花雨。美丽的花瓣落在身上、头上，伸出手还能接到花瓣，地上仿佛铺了一层花瓣织的地毯。如此美景，她一定很高兴吧？

生：她不高兴，看到纷纷的落花，想到自己不幸的命运，也像落花不知飘向何方。她是紧锁着双眉。

师：触景生情。

生：她站在树下，倚着锄头，低着头悄悄流泪。泪水划过脸颊，她哭得多伤心呀！晶莹的泪花飞上空荡荡的枝头，化作了斑斑点点的血痕。

师：她哭得如此悲痛，她心中一定有——

生：恨。

师：恨什么？

生：恨岁月无情、春风无情，为什么要吹落枝头的鲜花。

生：恨“柳丝榆荚自芳菲，不管桃飘与李飞”！

生：恨“梁间燕子太无情”！

生：恨“一年三百六十日，风刀霜剑严相逼”！

师：是的，恨“柳丝榆荚”只求自保，见死不救，恨“梁间燕子”冷酷无情，恨风刀、霜剑狼狈为奸，助纣为虐。葬花人心中的悲痛是多么深沉，怎不叫人替她掬一捧同情的泪水？

生：我看见她拿着花锄回家去，躲在家里关紧了屋门，在伤心哭泣呢。

生：夜很深了，她辗转反侧，彻夜难眠。她心中依然牵挂着那一丛丛、一簇簇飘落枝头的花儿，牵挂着它们随波逐流，不知漂向何方。

师：青灯照壁，灯影朦胧，冷雨敲窗，如泣如诉，这是多么萧索落寞的时刻！再加上偶尔从屋外传来的几声鸟儿的悲鸣，更增添了她心中的忧愁。

生：我看见她正弯腰葬花，把一袋袋的鲜花埋进土里，又盖上泥土。她一边葬花一边流泪，泪也和花一起埋进了泥土里。

师：你能听懂她的哭泣吗？

生：她想花“质本洁来还洁去，强于污淖陷渠沟”，人与花一样，也要“质本洁来还洁去”，可是有朝一日，自己如花一样逝去，又是谁来埋葬呢？

……

鲁迅评《红楼梦》时说：“悲凉之雾，遍被华林。”就悲凉而言，林黛玉的感受是最深切的。她父母双亡，寄人篱下，身世本来就悲凉，加上她心思细敏，与贾宝玉情投意合，却无人为其做主，所以悲伤在所难免。鲁迅又说过“创作总根于爱”，那么林黛玉心中除了“恨”有爱吗？我的问题一抛出，教室里仿佛炸开了锅似的，学生七嘴八舌地争论起来，把教学推向又一个高潮……

原来林黛玉的爱更深于“恨”，她爱生活，像花儿一样留恋蜂喧蝶舞的枝头；她追求美好的人生，热爱写诗，喜欢音乐；她追求纯洁的爱情……只是孤苦的身世、孤傲的性格、孤独的处境，使得年纪轻轻的黛玉产生了深重的悲愤的情愫，而多病的身躯、周围人热情背后的冷漠，更使她悲戚难休、哀怨重重。我告诉学生林黛玉是“爱而哭之”的典型，爱而不得所爱，但又不能忘其所爱的悲哀，化成一首首美丽动人的诗篇，诗篇里交织回荡着她那深切悲痛的爱情心曲和疾愤抑郁的叛逆心声。

接着我因势利导：假如你真的置身于林黛玉葬花的现场，你会向她投去怎样的目光？假如愿意做她的知心朋友，你又会对她说些什么，以宽慰她孤寂的心，让她的心中洒满温暖的阳光？学生侃侃而谈，有的说会向她投去同情的目光，为她不幸的身世；有的说会向她投去怜悯的目光，为她无法排解的忧伤；有的说会向她投去敬佩的目光，为她不愿随波逐流的秉性，为她“质本洁来还洁去”的骨气……学生都愿意做林黛玉的朋友，那样可以向她学习写诗，向她学习关心别人的好品质，向她学习对美好事物执着的追求。于是，他们都想对她说：“亲爱的颦儿，落红不是无情物，化作春泥更护花。不必为花感伤，花儿有更高的追求!”

我顺水推舟，请学生写下读《葬花辞》的所思所感。学生情动辞发，思如泉涌，一气呵成!

学生作文

落红之殇

——读《葬花辞》有感

厦门市莲花中学　余承霖

春已逝，花已残……窗外俨然已被漫天落花所掩盖，如轻盈的红绸缎于空中飞舞，凄凉而又婉转。

闺中女儿如天仙下凡，不食人间烟火，翘首伫立于窗前，眼见着窗外如断线飞筝般无力凋落的桃红李白，一抹淡淡的惆怅浮现于眉间。半晌，她别过头去，轻叹一声，扛起花锄，拎起花袋，推开半掩的木门，莲步轻移，止步于树下。她抬头，望着那被风吹散、纷扬而落的残花，飘落玉簪、肩头、脚边，飘落心间……

她姓林，名黛玉，生来便美貌无双，长大后更是出落得非常水灵，可天妒红颜，年幼时母亲离世，九岁又没了父亲。还没来得及享受童年无忧无虑的快乐，便双亲逝去，只留她一人独自面对未知的世界。虽后来生活在贾府，外婆疼爱她，舅舅欣赏她，可她总觉得这里的一切少了什么、缺了什么，她觉得连仆人看她的眼光都那么诧异，她觉得这里的一切是那么陌生，她觉得这不是她心中的归属地，不是她心中的家。

她何尝不是那残花，花有花的殇，她亦有她的殇！她多想象那败落的花儿，乘着风儿飘荡、飘荡，去一个与世隔绝的地方，自居于其中。即使要历尽万千艰难险阻，历尽万千风霜雪雨，她也在所不辞。可现实总是与幻想背道而驰，世界如此浩瀚无边，她要怎样才能寻一个如此好的去处呢？林黛玉想到这里，不禁潸然泪下。呜咽中，又想起昨晚那一场暴雨——它不可谓不惊人！只望见窗外雷电交加，狂风肆虐，那雷声如千万匹烈马在嘶鸣，只叫人心惊胆战。她辗转反侧，终不能眠，只因她又想起了自己的悲惨身世。她轻咳几声，想起那花儿，“质本洁来还洁去”，还它们洁净的身体，送它们安心去吧！想罢，捡起片片落花，装进袋中，将之深埋于桃树下。她又有点恨，恨柳丝与榆荚，眼见着曾经的伙伴凋谢，却不管不问。它们本应像自己一样点缀在树梢啊。半晌，她又轻咳几声，眼见天色不晚，便转身离去，回到那幽静的闺房。

……

其实林黛玉大可不必如此伤感动情着去葬花，因为花儿也有自己的使命，那便是化为春泥去护别的花。花开花谢亦如一个人的一生，即使人生再怎么波澜起伏，最终也会归于尘土，化作历史长河里的一滴水，平淡而又无奇。既如此，又何必伤感太甚？

落红已随春归去

——读《葬花辞》有感

厦门市莲花中学　何哲勤

暮春，落红飘飘。

红的桃，白的李，如断线风筝，悠悠飘落。

窈窕之女，倩影幽幽，花篮在肩，花锄在手，轻移碎步而来。你面色惆怅，郁郁寡欢，可怜满地落红，你不忍践踏。在你的眼里，花飞花落都是生命，都是青春年华，凭由她们落在发梢，落满在衣襟。你无力拯救她们，唯有掬一捧泪水，以示同情，以示对逝去青春的祭奠。

你也本不是地上的荒草，而是树上的花，灿烂地开着，花枝摇曳，笑吟吟的，吐着芳香，唱着歌谣，春风吻着你，蜂蝶们呵护着你。可是，命运不济，你五岁丧母，九岁父逝，在豆蔻年华，早已是孤儿，心疼你的外祖母将你接到贾府。虽然有人疼爱，有人赏识，可为什么在偌大的贾府你依然感觉孤单寂寞、无依无靠？

燕子飞来衔走了落花，正如老天将你衔离了父母的怀抱。杨柳疯狂地绿着，而桃花李花成了流浪的孤儿，不知飘向何方。这鲜明的对比，令你愤愤不平、郁郁寡欢。你恨啊，恨老天，恨歧视你的人，也恨这不公的世界！

昨夜的冷雨仿佛还在敲打着你的窗，声声脆响还回荡在你的耳畔，那是什么？是鸟魂、花魂共谱的哀歌？是失翼的孤鸟阵阵哀鸣？是流浪的风与伤心的雨为春天送别而唱的挽歌？花儿无家可归，片片飘落不知终归何处……

你潸然落泪，想入非非，要是能胁生双翼，与花共舞，飞到天涯海角，那多好呀！但是，真的有那样的桃花源吗？未见天之尽头有香丘，却见落花随流水，落泥淖陷渠沟！

落红不是无情物，质本洁来还洁去！纯洁的开始，还需要纯洁的结束。善良的你，俯身屈膝，用自己瘦弱的双手，将落花收于锦囊之中，埋葬在纯洁的大地之上。

今日葬花，明日又将葬谁？

又是一年燕子衔泥杨柳吐绿，花谢花飞飞满天时，一株桃树还在，可是伊人又去哪里了？

第十一课 “精彩极了”和“糟糕透了”

——贾政教子的殷殷深情

红楼教师

贾政，字存周，《红楼梦》中主要人物之一，贾母和贾代善所生次子，贾宝玉的父亲，林黛玉的舅舅，薛宝钗的姨父。

人物形象：不苟言笑，是一个典型的封建家长形象；照儒家传统看来，他是一个标准的孔孟子弟。

文化背景：自幼喜欢读书，他的“主事之衔”是皇帝额外赏赐的，但他本来想通过科甲出仕。他的身上有读书人的谦虚和真性情，气质儒雅，正所谓“腹有诗书气自华”。书中借林如海之口评价他“谦恭厚道，有祖父遗风，非膏粱轻薄仕宦”。

经历评价：为人子的他是一个孝顺之人。他对母亲可谓恭恭敬敬，唯命是从。贾母爱护孙子，为了不违背母亲的意思，贾政经常放松对宝玉的要求。这体现出贾政对母亲的一片深情。

为人父的他是个完美主义者。贾宝玉是贾家尤其是贾母的命根子，是贾府唯一的希望，因此，贾政一心想把贾宝玉培养成贾家优秀的继承者。他不放弃任何机会对宝贝儿子实施教育，所谓爱之深，责之切。

“少年听雨歌楼上，红烛昏罗帐。壮年听雨客舟中，江阔云低、断雁叫西风。而今听雨僧庐下，鬓已星星也。悲欢离合总无情，一任阶前、点滴到天明。”这首《虞美人·听雨》为南宋词人蒋捷所作。

同样是雨，宋代人蒋捷在人生的不同时期听它，却听出了不一样的内容、不一样的心境、不一样的感悟。读《红楼梦》也一样，少年读它，读的是让人魂牵梦萦、泪雨湿人的爱情故事；长大后读它，读的是世态炎凉、人生百味。

对书中主要人物之一贾政的认识，也随着年龄和身份的变化而不断变化着。少年时读《红楼梦》，一想到贾政脑海里浮现的是一张严厉、死板、生硬的脸，浮现的是他思想僵滞、感情枯竭、假正经的样子，每每对其嗤之以鼻。后来，为人师，为人父，再读《红楼梦》，再遇贾政，渐渐纠正了认识上的偏差，印象发生了天翻地覆的变化。且不说他恪尽职守，勤于政事，是个好官，且不说他饱读诗书，是个儒雅的文化人，最令人感慨的是他作为一位父亲，面对青春叛逆的爱子，面对一个与社会主流传统文化格格不入的孩子，他忧心忡忡。但他不言弃，不放弃，对贾宝玉的一生进行了一番长远规划，时时用慈爱感化孩子的桀骜不驯，用严格的态度规范孩子的“另类”行为——尽管孩子的行为不断反复。贾政教子，其中的甘苦只有为人师、为人父的人才能感同身受。美国作家巴德·舒尔伯格回忆自己的学业成就时，曾写过一篇回忆性散文《“精彩极了”和“糟糕透了”》，被编入人版小学五年级语文教材。他在文中说，他的成功得益于自己有慈祥的母亲和严厉的父亲，母亲给了他创作的激情和毅力，而父亲则帮助他不断弥补写作方面的缺失。

贾政在家教中兼具了慈母和严父的双重角色。

一、携子“晒”诗，分享孩子的精彩

俗话说“数子十过，不如奖子一长”，对此，泰戈尔形象地说：

“不是槌的打击，乃是水的载歌载舞，使鹅卵石臻于完美。”教育是洞悉孩子心情的艺术，在心情愉快的情况下，孩子才愿意敞开求知的大门，兴高采烈地走进智慧的殿堂。贾政是一位非常懂教育的家长，他从来没有否定子女的聪明才智，善于利用一切机会为孩子搭建展示学习成果的平台，让孩子获得成功的体验。那天，贾代儒老师来家访，“称赞宝玉专能对对联，虽不喜读书，偏倒有些歪才情”。听罢，贾政喜出望外，他决定抓住机会，放大孩子身上的闪光点，好好地表扬宝玉一番，促进宝玉形成正确的学习动机。这时，恰逢元妃的省亲别院刚刚竣工，各处景点、院落还没命名，贾政马上做出一个重大的决定——由儿子贾宝玉来给大观园的亭台楼阁题名，并为景点撰写对联。

信任是最好的鼓励。贾政扶着宝玉的手，在一群清客的簇拥下，漫步亭台楼阁之间，那是多么温馨的一幕！贾宝玉移步换景，文思如泉涌：曲径通幽、沁芳亭、有凤来仪、杏帘在望……一处处美景的命名，妙手偶得，点化了风景，让高低错落的建筑物涂上一层文化的色彩，有了灵性。孩子的出色表现让贾政幸福满怀，他一改过去冰冷的样子，时而点头不语，时而面带微笑，心中尽是暖意融融。

无独有偶，金秋时节，一群文友邀约贾政赏秋。贾政欣然带上贾宝玉、贾环、贾兰赴约，在众人面前现场命题，让孩子们写诗——讴歌姽婳将军林四娘。孩子们又一次体验到成功的快乐，他也实实在在地又风光了一回。

贾兰和贾环先后作了一首七绝和五律，获得贾政幕宾们的一致好评。

轮到贾宝玉了。他满面春风，先对创作体裁、主题发表了一番妙论。众人听了眼前一亮，“都立身点头拍手”。贾政更是心花怒放，忍不住提笔要亲自为儿子抄录，笑道：“如此，你念我写，若不好了，我捶你那肉。谁许你先大言不惭了！”一向不苟言笑的贾政居然与爱子开了一个玩笑。

宝玉只得念了一句，道是：

恒王好武兼好色。

贾政写了看时，摇头道：“粗鄙。”一幕宾道：“要这样方古，究竟不粗。且看他底下的。”贾政道：“姑存之。”宝玉又道：

遂教美女习骑射。秾歌艳舞不成欢，列阵挽戈为自得。

贾政写出，众人都道：“只这第三句便古朴老健，极妙。这四句平叙出，也最得体。”贾政道：“休谬加奖誉，且看转的如何。”宝玉念道：

眼前不见尘沙起，将军俏影红灯里。

众人听了这两句，便都叫：“妙！好个‘不见尘沙起’！又承了一句‘俏影红灯里’，用字用句，皆入神化了。”宝玉道：

叱咤时闻口舌香，霜矛雪剑娇难举。

众人听了，便拍手笑道：“益发画出来了。当日敢是宝公也在座，见其娇且闻其香否？不然，何体贴至此。”宝玉笑道：“闺阁习武，任其勇悍，怎似男人。不问而可知娇怯之形的了。”贾政道：“还不快续，这又有你说嘴的了。”宝玉只得又想了一想，念道：

丁香结子芙蓉绦。

众人都道：“转‘绦’‘萧’韵，更妙，这才流利飘荡。而且这一句也绮靡秀媚的妙。”贾政写了，看道：“这一句不好。已写过‘口舌香’‘娇难举’，何必又如此。这是力量不加，故又用这些堆砌货来搪塞。”宝玉笑道：“长歌也须得要些词藻点缀点缀，不然，便觉萧索。”贾政道：“你只顾用这些，但这一句底下如何能转至武事？若再多说两句，岂不蛇足了。”宝玉道：“如此，底下一句转煞住，想亦可矣。”贾政冷笑道：“你有多大本领？上头说了一句大开门的散话，如今又要一句连转带煞，岂不心有余而力不足些。”宝玉听了，垂头想了一想，说了一句道：

不系明珠系宝刀。

忙问："这一句可还使得？"众人拍案叫绝。贾政写了，看着笑道："且放着，再续。"宝玉道："若使得，我便要一气下去了。若使不得，越性涂了，我再想别的意思出来，再另措词。"贾政听了，便喝道："多话！不好了再作，便作十篇百篇，还怕辛苦了不成！"

宝玉听了，只得想了一会，便念道：

战罢夜阑心力怯，脂痕粉渍污鲛鮹。

贾政道："又是一段了。底下怎样？"宝玉道：

明年流寇走山东，强吞虎豹势如蜂。

众人道："好个'走'字！便见得高低了。且通句转的也不板。"宝玉又念道：

王率天兵思剿灭，一战再战不成功。
腥风吹折陇中麦，日照旌旗虎帐空。
青山寂寂水澌澌，正是恒王战死时。
雨淋白骨血染草，月冷黄沙鬼守尸。

众人都道："妙极，妙极！布置，叙事，词藻，无不尽美。且看如何至四娘，必另有妙转奇句。"宝玉又念道：

纷纷将士只保身，青州眼见皆灰尘。
不期忠义明闺阁，愤起恒王得意人。

众人都道："铺叙得委婉。"贾政道："太多了，底下只怕累赘呢。"宝玉乃又念道：

恒王得意数谁行，姽婳将军林四娘，
号令秦姬驱赵女，艳李秾桃临战场。
……
天子惊慌恨失守，此时文武皆垂首。
何事文武立朝纲，不及闺中林四娘！
我为四娘长太息，歌成馀意尚傍徨！

念毕，众人都大赞不止，又都从头看了一遍。贾政笑道："虽然说了几句，到底不大恳切。"

子孙同赋诗，奇文共欣赏，这是多么温馨的场景，多么令人艳羡的画面！不管前人怎样评论贾政与儿孙们的关系，但从眼前发生的一切，我们分明感受到贾政骨子里是多么欣赏宝玉，孩子的精彩表现是他心中、眼中最美丽的风景，也是父亲真挚的爱点燃了宝玉的创作热情，使诗意如火山般喷发出来。

首先，这次的命题专为贾宝玉"量身定做"。

俗话说，知子莫若父，贾政知道他那多情的儿子对女子有特殊的感情。他不是有过一番"女儿是水做的骨肉，男子是泥做的骨肉，我见了女儿便清爽，见了男子便觉浊臭逼人"的奇谈怪论吗？那就投其所好，让他为一位传奇女将军写赞歌——这真是最好不过的命题，又可以"奉恩旨"完成"着察核前代以来应加褒奖而遗落"之英雄，以彰显当今皇帝的"旷典隆恩"的神圣使命。果然，这个诗题如一枚燧石点亮了贾宝的灵感，燃烧成一首刀光剑影、铁血柔肠的壮烈诗篇。

其次，看孩子的精彩表现是父亲最幸福的体验。

有这样一个故事，说的是法国文坛有一对父子文学家——大仲马和小仲马，曾经有人问大仲马："你一生中最得意的作品是哪部？"大仲马自豪地回答说："小仲马。"其实每一个孩子都是父亲要极力打造的"最得意的作品"，贾政亦然。他希望儿子能出人头地，光耀门楣，提升家族的地位，也提升自己的影响力。贾政终于看到了贾宝玉在众人面前从容、自信、博学、聪敏的出色表现；看到了他创作的《姽婳词》"布置，叙事，词藻，无不尽美"，铺叙委婉曲折，抒写诚恳深沉，叙事具体感人；看到他用空灵飘逸的文字塑造了一个忠义而深情、铁血而柔情的巾帼英豪形象……贾政喜不自禁，看到孩子的精彩表现，那是父亲最幸福的体验。更何况身边不时传来朋友们对宝玉的褒扬——虽不免言过其实，但都出自真心。试想在那样一个等级森严的社会，以父亲的身份亲自给儿子抄写诗句，这一举动实属难能可贵。

贾宝玉一面念，一面自我欣赏；贾政一面记，一面点头微笑。多么融洽的父子关系，多么幸福的天伦之乐！

第三，适切的点评给予儿子巧妙的指导。

贾政“自幼酷喜读书，祖父最疼，原欲以科甲出身的”，也是一个饱学之士。但他为人低调，曾自谦说“自幼于花鸟山水题咏上就平平，如今上了年纪，且案牍劳烦，于这怡情悦性文章上更生疏了”。在这次的活动中，贾政以父亲的身份给宝玉以独特的点评。

其一，正话反说，以“谦”代赏。贾宝玉起句开门见山，他连连摇头说“粗鄙”，这是他谦虚的说法。他知道宝玉“天性聪敏，每见一题，不拘难易，他便毫无费力之处”，他知道古风起句的特点，却让别人说出来，既尊重在场的客人，又表明自己的谦虚态度。果然，“粗鄙”之后“精巧”的诗句排空而来，新意迭出。

其二，以评点别人的评点来鼓励、提醒儿子。众人连夸宝玉的连句“古朴老健，极妙”时，贾政一句“休谬加奖誉，且看转的如何”，既认同众人对宝玉的表扬，又巧妙地提醒宝玉注意铺叙中的过渡和转折。

其三，随时指导，该出手时就出手。贾政对众人的表扬并不盲目地接受，他知道那样对儿子的成长没有好处。当众口称赞“这一句也绮靡秀媚”时，贾政力排众议，认为“这一句不好”，批评“这是力量不加”的表现；当众人赞赏“铺叙得委婉”时，他断然指出铺叙得“太多了”，并提醒宝玉“底下只怕累赘”。

好雨知时节，润物细无声，正是这一次次不着痕迹的指导与提醒，贾宝玉诗意的流淌时而飞流直下，时而峰回路转……终于吟成荡气回肠的凄美诗篇。

这就是贾政独具特色的指导儿子写诗的方式，“爱”在责备里，“导”在点评中。它自然如清茶般甘美，舒心如陈酒般醇香，含蓄如咖啡般耐人回味。

二、严厉惩戒，伤在我的心上

玉不琢，不成器。子不教，父之过。

教育学生是一个复杂的过程，教无定法，教育需不需要惩戒历来颇受争议。有人认为惩戒是一把利刃，会戳伤学生的自信心，也有人认为没有惩戒的教育是不完整的教育。苏联教育家马卡连柯就曾公开力挺惩戒教育，他说：“合理的惩罚制度不仅是合法的，而且是必要的。这种合理的惩罚制度有助于形成学生坚强的性格，能培养学生的责任感，能锻炼学生的意志和才能，能培养学生抵制引诱和战胜引诱的能力……适当的惩罚，不仅是一个教育者的权利，也是一个教育者的义务。”

1. 爱之深，也责之切。

《红楼梦》第三十三回“手足耽耽小动唇舌，不肖种种大承笞挞”中，出现了贾政打宝玉的场景：

那贾政喘吁吁直挺挺坐在椅子上，满面泪痕，一叠声“拿宝玉！拿大棍！拿索子捆上！把各门都关上！有人传信往里头去，立刻打死！”

天哪，这哪是打孩子？分明是提审犯人！而且是审罪大恶极的朝廷重犯。

贾政犹嫌打轻了，一脚踢开掌板的，自己夺过来，咬着牙狠命盖了三四十下。众门客见打的不祥了，忙上前夺劝。贾政那里肯听，说道：“你们问问他干的勾当可饶不可饶！素日皆是你们这些人把他酿坏了，到这步田地还来解劝。明日酿到他弑君杀父，你们才不劝不成！”

……

王夫人一进房来，贾政更如火上浇油一般，那板子越发下去的又狠又快。按宝玉的两个小厮忙松了手走开，宝玉早已动弹不得了。贾政还欲打时，早被王夫人抱住板子。贾政道："罢了，罢了！今日必定要气死我才罢！"王夫人哭道："宝玉虽然该打，老爷也要自重。况且炎天暑日的，老太太身上也不大好，打死宝玉事小，倘或老太太一时不自在了，岂不事大！"贾政冷笑道："倒休提这话。我养了这不肖的孽障，已不孝，教训他一番，又有众人护持；不如趁今日一发勒死了，以绝将来之患！"说着，便要绳索来勒死。王夫人连忙抱住哭道："老爷虽然应当管教儿子，也要看夫妻分上。我如今已将五十岁的人，只有这个孽障，必定苦苦的以他为法，我也不敢深劝。今日越发要他死，岂不是有意绝我。既要勒死他，快拿绳子来先勒死我，再勒死他。我们娘儿们不敢含怨，到底在阴司里得个依靠。"说毕，爬在宝玉身上大哭起来。贾政听了此话，不觉长叹一声，向椅上坐了，泪如雨下。王夫人抱着宝玉，只见他面白气弱，底下穿着一条绿纱小衣皆是血渍，禁不住解下汗巾看，由臀至胫，或青或紫，或整或破，竟无一点好处，不觉失声大哭起来，"苦命的儿吓！"因哭出"苦命儿"来，忽又想起贾珠来，便叫着贾珠哭道："若有你活着，便死一百个我也不管了。"此时里面的人闻得王夫人出来，那李宫裁王熙凤与迎春姊妹早已出来了。王夫人哭着贾珠的名字，别人还可，惟有宫裁禁不住也放声哭了。贾政听了，那泪珠更似滚瓜一般滚了下来。

小时候读这令人不寒而栗的文字，我的心中充满了对贾政的仇恨，这哪是打儿子，简直是打罪犯！甚至有评论家说贾政与贾宝玉的矛盾属于"阶级矛盾"，是不可调和的，是一个封建制度的维护者和叛逆者之间的你死我活的殊死斗争的折射。小时候，我真不喜欢贾政这个角色，甚至非常讨厌。

可是，这暴打的背后，是一颗怎样的父亲的心呢？

2. 责之切，只因爱之深。

可怜天下父母心，当我们从一个父亲的角度去审视这场令人惊心动魄的“打子”事件时，心中不由涌动着千番滋味。我们知道贾家宁、荣二公在马上得天下，建立了贾府的基业，贾家也曾经是“钟鸣鼎食之家，翰墨诗书之族”。可是贾府当时的第三代已经是扶不起的一辈了，贾敬妄求长生，服丹丧命；贾赦作威作福，沉于酒色。只有贾政是个正派人物，他想重振家风，可是独木难支，眼看着贾家的第四代贾珍、贾琏、贾环，以及第五代的贾蓉等堕落为一群聚赌嫖娼、淫欲放纵到了乱伦地步的“畜生”，他忧心如焚。他曾寄希望于爱子贾珠，谁知老天过早地夺走了爱子的生命。如今日渐老去，贾政遍观子侄辈，只有宝玉没有染上那些恶习，况且他“天分高，才情远”，北静王曾当着贾政的面夸他“言语清朗，谈吐有致”“令郎真乃龙驹凤雏，非小王在世翁前唐突，将来‘雏凤清于老凤声’，未可量也”。作为贾府继承人的贾政多么渴望宝玉能担起振兴家业的重任呀！可是宝玉的一些表现让贾政大失所望，他能不急吗？

他希望宝玉品行端正。

托尔斯泰有句名言：“全部教育，或者说千分之九百九十九的教育都归结到榜样上，归结到父母自己的端正和完善上。”贾政是子女们当之无愧的道德榜样，他忠于朝廷，孝敬母亲，为官清廉，他时时处处事事严格按照主流社会道德标准规范自己的行为，不越雷池一步。他身正为范，希望子孙们能忠君报国，一身正气，做时代的楷模。哪里知道他的宝贝儿子在幼时“抓周”，偏不抓笔砚书籍，独独喜欢脂粉钗环，他大失所望；长大后喜爱在女孩子堆里混着，他怎么也高兴不起来。他万万想不到，这个被自己寄予厚望的儿子居然做出了大逆不道的事，竟调戏起母亲的婢女金钏，闹出了人命

(他不知道这是贾环的诬陷)！人命关天，万恶淫为首，这种行为怎么能够原谅呢？

他希望宝玉学会交友，融入上流社会。

马克思说过，“人是社会关系的总和”。现代教育十分强调促进学生的社会性能力的发展，通过参与社会生活、与社会群体交往等途径丰富学生的社会情感，发展学生社会交往、社会适应的能力，使学生获得全面发展。贾政对宝玉的教育是很有前瞻性的，他善于利用自己的社会资源，让儿子能早些融入上流社会。不管是名流来访，还是去拜见权贵，细心的贾政总是让宝玉陪伴在身边，让他耳濡目染学会“仕途经济”之道。可是贾宝玉没有领会父亲的良苦用心，在官僚贾雨村来贾府时，贾政嘱咐宝玉来会客，用史湘云的话来说，也就是“谈谈讲讲些仕途经济的学问，也好将来应酬世务”。而宝玉一百个不愿意，贾政催了老半天，才姗姗来迟，哭丧着脸，一副极不情愿的样子。这怎不叫做父亲的贾政怒火中烧？

贾宝玉不喜欢与上流社会的人接触，他喜欢的又是什么人？在一次酒席上他与忠顺王府演戏的蒋玉菡一见如故，成了莫逆之交，居然还交换了汗巾以证友情。在封建社会“戏子”的地位是极其低下的，贾宝玉作为一个贵族公子，却去结交戏子，这是不求上进、不争气和自甘堕落的表现。更甚者，蒋玉菡擅自逃离忠顺王府，王府的人找到贾府里来要人，贾宝玉却谎说不知道，最后在证据面前又不得不供出了蒋玉菡的住处。要知道忠顺王府比贾家势力大，彼此之间还存有芥蒂，此次贾宝惹下如此大祸，贾政能不暴跳如雷吗？

他希望宝玉努力学习，金榜题名。

“学成文武艺，货与帝王家。”学好真本领，为社会做贡献是最荣耀的事。然而，贾府祖辈虽然建功立业，有世袭官位的特权，但也只有长子才有世袭官职的机会。贾政无缘世袭，“欲以科甲出身”，但他不曾金榜题名，是父亲贾代善临终上本，“皇上因恤先臣”，额外赐给一个“主事之衔”。这在科甲取仕的封建社会，是很没面子的事，是让同僚们看不起的，因而成了他内心永远的痛。他希望儿子不再重蹈覆辙，希望他够通过科考之路，堂堂正正地走进仕途，中兴贾府。

天下的父亲对孩子似乎都有相似的殷切期盼，然而宝玉的所作所为太伤父亲的心了。宝玉不思进取，对明人伦、济天下的儒家学说深恶痛绝，讥笑通过读书求取功名的人为沽名钓誉的“国贼禄鬼”。他对读书迎考大放厥词：“原非圣贤之制撰，焉能阐发圣贤之微奥，不过作后人饵名钓禄之阶！”当贾政被点学差，赴外任时，“宝玉每日在园中任意纵性的逛荡，真把光阴虚度，岁月空添”。直到有一天，家里收到贾政的书信，说六月进京，宝玉才临阵磨枪。可一数“书法”作业才写了聊聊几页，只能央请园里姐妹做“枪手”，替自己临摹了不少的字送来。随后贾政因公务在身，说是推迟到七月底才能回来。宝玉听了，又把读书习字的任务丢在一边，仍是照旧游荡。直到父亲回家的前夜，家奴告诉他贾政明日要检查“功课”时，他“便如孙大圣听见了紧箍咒一般，登时四肢五内一齐皆不自在起来。想来想去，别无他法，且理熟了书预备明儿盘考”。那么，他又是怎么临时抱佛脚的呢？他读了这一篇，忘了那一篇，温习《论语》，又担心父亲盘问《中庸》，一夜心烦意乱，焦躁不安，弄得整个怡红院鸡飞狗跳，丫鬟们彻夜不眠陪着受罪。晴雯心生怜悯，因见宝玉读书苦恼，“劳费一夜神思，明日也未必妥当，心下正要替宝玉想出一个主意来脱此难”，叫宝玉装病，并编了一个谎言，夜里被鬼吓着了！

3. 爱之深，也伤之愈深。

贾政望子成龙，宝玉回报他的却是种种“不肖”之举、“孽子”行为！他不思上进，以贵胄公子身份与下层社会的“戏子”交往密切，互赠私物；还“无故引逗他出来”，逃离忠顺王府，触怒了权贵；在家荒疏学业，淫辱母婢。贾政所有的希望都付诸东流，是可忍，孰不可忍！

贾政打孩子，打得孩子气弱声嘶、皮开肉绽。痛在贾宝玉的身上，却伤在他的心上，这位可怜的父亲也是泣不成声，让理解他的读者情不自禁地为他掬一捧同情的泪水。

看见了吗？“那贾政喘吁吁直挺挺坐在椅子上，满面泪痕”。

看见了吗？那贾政“长叹一声，向椅子上坐了，泪如雨下”。

看见了吗？那贾政“泪珠更似滚瓜一般滚了下来”……

男儿有泪不轻弹，只因未到伤心处！儿子虚度年华，一再辜负父亲的期盼，看着儿子一天天沦落，父亲的担忧与日俱增，虽心急如焚，却束手无策。贾政的哭是撕心裂肺的疼痛，贾政的泪流自心灵深处，这是希望落空的绝望和悲哀啊！

昊天罔极，恨铁不成钢，为天下父母一哭！

三、殷殷嘱托，为了你的明天

“俯首甘为孺子牛”是天下父亲的形象写照，有一首关于父亲的歌写得好，“父亲是那登天的梯，父亲是那拉车的牛”。也许父亲的爱不像母爱那样温柔，那般无微不至，有时甚至显得简单而粗暴，但父亲的爱时常不是宠爱，也绝对不是溺爱，它有时比母爱更长远，更具责任感。

《红楼梦》第九回“恋风流情友入家塾，起嫌疑顽童闹学堂”里写到贾政被钦点学差离京任职，但他临行前放心不下贾宝玉的学业，特地向李贵了解贾宝玉的学习情况，有这样一个情景：

因向他（李贵）道：“你们成日家跟他上学，他到底念了些什么书！倒念了些流言混语在肚子里，学了些精致的淘气。等我闲一闲，先揭了你的皮，再和那不长进的算帐！”吓的李贵忙双膝跪下，摘了帽子，碰头有声连连答应“是”，又回说：“哥儿已念到第三本《诗经》，什么‘呦呦鹿鸣，荷叶浮萍’，小的不敢撒谎。”说的满座哄然大笑起来。贾政也撑不住笑了。因说道：“那怕再念三十本《诗经》，也都是掩耳偷铃，哄人而已。你去请学里太爷的安，就说我说了：什么《诗经》、古文，一概不用虚应故事，只是先把《四书》一气讲明背熟，是最要紧的。”

把《四书》讲明背熟，这是古人学文明理的需要，是立德树人的需要，当然《四书》是科举考试用书，也是考取功名，立身立世的需要。这是一个家长对老师的嘱托，也是一个父亲对儿子的叮咛啊！

谁知这一去就是三年，官场上他兢兢业业，可谓是一帆风顺。然而当他回到家时，家中发生的变故让他忧心，王夫人告诉他，宝玉“自从老爷外任去了，他又常病，竟耽搁了好几年”。他发现寄托厚望的宝贝儿子，越发散漫，常常装病不读书，“天天在园子里和姊妹们顽顽笑笑，甚至和那些丫头们混闹，把自己的正经事，总丢在脑袋后头”。贾政忧心如焚，决定亲自送宝玉到学校。

《红楼梦》八十一回“占旺相四美钓游鱼，奉严词两番入家塾”里写到，有天一大早，贾政带着贾宝玉早早地来到了家塾，殷殷嘱托老师。

贾政站着，请代儒坐了，然后坐下。贾政道：“我今日自己送他来，因要求托一番。这孩子年纪也不小了，到底要学个成人的举业，才是终身立身成名之事。如今他在家中只是和些孩子们混闹，虽懂得几句诗词，也是胡诌乱道的；就是好了，也不过是风云月露，与一生的正事毫无关涉。”代儒道：“我看他相貌也还体面，灵性也还去得，为什么不念书，只是心野贪顽。诗词一道，不是学不得的，只要发达了以后，再学还不迟呢。”贾政道：“原是如此。目今只求叫他读书、讲书、作文章。倘或不听教训，还求太爷认真的管教管教他，才不至有名无实的白耽误了他的一世。”说毕，站起来又作了一个揖……

贾政——古今中外父亲的形象代表，在外顶天立地，任凭世态炎凉，担起一肩风雨；在内撑起一个家族，心系一家男女老少的冷暖。真不知为什么有那么多的人抨击贾政，说他有“恶子”情结，说他扭曲孩子的本性，追求应试教育，硬是要孩子走“仕途经济”之路，光宗耀祖，担当起天下的兴亡……真不知说这些话的人，在生命的长河中，是否扮演过父亲的角色？哪一个父亲不是望子成龙？哪一个父亲不希望孩子们读好圣贤之书，将来“蟾宫折桂”？哪一个父亲不愿儿子参加“高考”，金榜题名，将来成为栋梁之材呢？

贾政是一位父亲，他恨铁不成钢，却对青春期叛逆的儿子又有很多无奈之处。皇妃身份的大女儿元春时时带信对父母千叮咛万嘱咐：“千万好生扶养，不严不能成器，过严恐生不虞，且致父母之忧。”这对不爱读《四书》，抵触“高考”的贾宝玉而言简直是把“尚方宝剑”，解脱了他的苦闷，却使贾政左右为难，他不知怎么拿捏“严”与“不严”的尺度。在贾府里贾母溺爱着宝玉，王夫人呵护着宝玉，众姐妹袒护着宝玉，她们希望贾政能把宝玉变成有用之才，却又不愿看见宝玉有任何委屈。在这样对立的教育氛围中，要想把宝玉变成“禄鬼”是何其之难！

贾政只好求助于老师。一个朝廷的五品官员，亲自送孩子来，恭恭敬敬地先请老师坐下，自己才坐下，那诚心托嘱的一片真情，令人感叹不已。“要求托一番”“只求叫他读书、讲书、作文章”“还求太爷认真的管教管教”，言辞是那样庄重，态度是那样谦卑，语气是那样恳切，我们仿佛能触摸到他那一颗滚烫的爱子之心，也感受到一个父亲对儿子深深的担忧，以及对儿子殷切的期望。鲁迅说过“无情未必真豪杰，怜子如何不丈夫”，只是不知道天下的宝玉们是否能懂父亲的殷殷嘱托，深深期望！

四、课后辅导，灯影摇曳情深深

教学是一项系统工程，课后辅导是教学系统运行的补充环节，有利于教师了解学生情况、沟通师生情感、实行因材施教。然而，教师往往因为一个人要应对众多学生而顾此失彼，降低了课后辅导的有效性。贾政是一个细心的家长，更是一位负责任的家长，尽管为官任职，与现代人一样忙得像陀螺一样，但他依然抽出时间辅导孩子功课，弥补学校教学的不足。

《红楼梦》第八十四回中详细记录了贾政辅导贾宝玉的功课的过程。

一灯摇曳，父子俩偎依而坐。

桌面摆着贾代儒先生批阅过的宝玉的三篇作文——《吾十有五而志于学》《人不知而不愠》和《则归墨》。

首先，贾政引领孩子领会老师批改的用心。

贾政先看《吾十有五而志于学》，宝玉破题写的是“圣人有志于学，幼而已然矣”，老师将“幼”字直接改成了“十五”。贾政开门见山地肯定老师改得好，告诉宝玉这样改直接点明题旨，不含糊，不虚指，一字之改，画龙点睛。贾政再看宝玉的承题写的是“夫不志于学，人之常也”“圣人十五而志之，不亦难乎”……贾政连连摇头批评说：太孩子气了，真是本性贪玩，缺少远大的志向啊。他请宝玉仔细琢磨老师的批改的文字：“夫人孰不学，而志于学者卒鲜。此圣人所为自信于十五时欤。”他不停地问儿子：“（老师）改的懂得么?”贾宝玉认真品味一番，终于说“懂得”了。贾政紧锁的眉头渐渐舒展开来，脸上露出一丝笑容。

贾政不仅辅导宝玉作文，也引导孩子做人；他批评得严厉，但语重心长。代儒老师批改文字里蕴含的用意，也代表了贾政的良苦用心。

其次，贾政热情洋溢地称赏宝玉的作业。

我们不妨再听听贾政对《则归墨》的点评吧。

贾政看了题目，自己扬着头想了一想，因问宝玉道："你的书讲到这里了么?"宝玉道："师父说，《孟子》好懂些，所以倒先讲《孟子》，大前日才讲完了。如今讲'上论语'呢。"贾政因看这个破承，倒没大改。破题云："言于舍杨之外，若别无所归者焉。"贾政道："第二句倒难为你。""夫墨，非欲归者也；而墨之言已半天下矣，则舍杨之外，欲不归于墨，得乎?"贾政道："这是你做的么?"宝玉答应道："是。"贾政点点头儿，因说道："这也并没有什么出色处，但初试笔能如此，还算不离。前年我在任上时，还出过《惟士为能》这个题目。那些童生都读过前人这篇，不能自出心裁，每多抄袭。"

一个慈父的形象跃然纸上，贾政展现了他和蔼可亲的一面。如果说这灯下辅导也算是一个微课堂的话，这课堂洋溢着生命的暖色，流淌着亲情与爱。贾政温和地询问，了解儿子的学习内容与学习进度，父子之间完全是一种平等的交流，我们能从中感受到一种围炉夜话般的温馨和真诚。教育家陶行知先生说："教育是心心相印的活动，唯独从心里发出来的，才能打动心的深处。""倒难为你""点点头儿""初试笔能如此""那些童生都读过前人这篇，不能自出心裁，每多抄袭"……这真诚的赏识、幸福的分享、热情的鼓励，点点滴滴温暖人心，让学习者不断体验到学习的快乐和成功的欢愉。

第三，贾政布置作业巧妙点拨。

贾政因势利导，启发孩子写文章该如何立意。他告诉贾宝玉之前到外省担任"学差"，出了一道"惟士为能"的考题，可是那些考生虽然读过《孟子·梁惠王上》，却不能触类旁通，写出的文章抄袭的多，有创意的少之又少。当他了解到宝宝也读过《孟子·梁惠王上》时，布置了一道"微作业"。

贾政道："我要你另换个主意，不许雷同了前人，只做个破题也使得。"宝玉只得答应着，低头搜索枯肠。贾政背着手，也在门口站着作想。……（宝玉）便乍着胆子回道："破题倒作了一个，但不知是不是。”贾政道：“你念来我听。”宝玉念道：“天下不皆士也，能无产者亦仅矣。”贾政听了，点着头道：“也还使得。以后作文，总要把界限分清，把神理想明白了再去动笔。”

“天下不皆士也，能无产者亦仅矣”，宝玉的点题别出心裁！其意思是即天下并非都是读书人，即使在知识分子的队伍里，能做到“无恒产而有恒心”的，也是非常难得的呀。这是神来之笔，真是得之不易！曾记得苏霍姆林斯基批判低效的课堂教学时一针见血地指出：“教师忘了上课是师生的共同劳动。”在贾政的“微课堂”里，师生是“学习共同体”，贾政以“平等中的首席”的身份“背着手，也在门口站着作想”。正是父与子的共同参与，营造了积极、和谐的学习氛围，使学习者有了充分的思维空间，自然地敞开心扉，让新异的思想如一缕灿烂的阳光照亮思路。也因为经历了共同参与，贾政分外珍惜儿子的劳动成果，由衷地“点着头”赞赏，并进行了一番画龙点睛的知识引导。

灯下辅导，贾政充满爱心、智慧的牵引和评价，给儿子创造出一个认识自我、建立自信的良好空间，激发其内在发展的动力，让孩子看到自己努力的方向。舐犊情深，循循善诱，这是多么温馨的一幕！

马卡连柯说：“教育是最辩证最灵活的一种科学，也是最复杂、最多样化的一种艺术。”家庭教育又何尝不是如此呢？贾政深谙此道，他知道不以规矩，何以成方圆，所以他不时要扮演“狼爸”的角色，用严厉的教育，防止孩子误入歧途，把握前进的方向；他知道赏识是最好的教育，所以他更要当“慈母”的角色，不断对孩子施以爱，激起孩子学习的兴趣和创作的灵感，唤醒孩子沉睡的潜能，使其不断朝着理想的方向前行。正是有了贾政的苦心引导，在贾家走向没落的时候，贾宝玉与贾兰才能“兰桂齐芳”，给贾府带来一缕中兴的曙光。

第十二课 归去来兮，久违的传统教学

——观摩贾代儒先生的语文现场课

红楼教师

贾代儒，贾府中“代”字辈的长者，以儒学耆宿自称，没有考上举人，是一落魄书生，终生从教，是贾府私学里的专职教师。

人物形象：在《红楼梦》中是一个迂腐的人物。

人生经历：生活不幸，人生经历三大不幸：早年丧父，中年丧妻，晚年丧子。晚年的贾代儒只有一个不成器的嫡孙——贾瑞。贾代儒把心中唯一的希望寄托在孙子贾瑞身上，一心盼孙成龙，对他管教甚严。如果自己学校中有事，就叫贾瑞当“班长”，以锻炼他的管理能力。他知道贾府中纨绔子弟颇多，生怕贾瑞也和他们一样吃酒赌钱，有误学业，所以不许贾瑞在学业交往之外多走一步。

教育评价：在对孙子的教育上，贾代儒也是很失败的。但贾代儒在教学贾宝玉学《四书》、指导贾宝玉作文、批改作文的过程中，却折射出传统语文教师的教学魅力。

不知什么原因，每次课程改革，有些人总要对传统教育、传统教学抨击一番。踏进教师职业的大门后，我参加过不计其数的教学研讨、业务培训活动，每次聆听专家报告，他们大都要先把传统教学批个体无完肤，好像只有那样才能体现他的忧国忧民，然后再阐述自己的真知灼见，彰显自己的国际视野。我不明白，传统教学真是那样一文不值，腐朽不堪？如果真的如此，那些科学巨擘、文化大师、仁人志士又是怎样脱颖而出，烛照古今的？我真想追溯历史的长河，请逝去的师者还原传统的课堂，让我目睹他们教学的过程，以便解开心头疑惑。

在一个春风拂面的午后，沿着《红楼梦》情味隽永的语言，我走进了贾代儒老先生的课堂，观摩了一节传统语文课。有意思的是，贾代儒老先生的课非但不迂腐，还有着别样的审美意韵，焕发着鲜活的时代气息，达到了他教书育人的目标。屋外春意盎然，在教室内观摩贾代儒老先生的精彩教学，我的心扉同样如荡漾在春风里。

一、自主读书，文本最有效的感悟途径

课堂上学生琅琅的读书声是校园里最美丽的风景。孩子们在抑扬顿挫的朗读中，品味不同作品的独特韵味，感受作家丰富的艺术情感，触摸语言文字背后“悠然心会，妙处难与君说”的意境，那是一种多么美妙的读书享受！古人曾说“松声、涧声、禽声、夜虫声、鹤声……皆声之至清者，而读书声为最”。著名作家曹文轩曾深有感触地说：“汉语的音乐性、汉语的特有声调，所有这一切，都使得汉语成为一种在声音上优美绝伦的语言。朗读既可以帮助学生们加深对文本的理解，也可以帮助他们感受我们民族语言的声音之美，从而培养他们对母语的亲近感。”

贾代儒是深谙此道的语文老师。

那是开学的第一天，贾政带着儿子贾宝玉来到学校，请贾老先生一定要关照好这贪玩的孩子，他说：“目今只求叫他读书、讲书、作文章。倘或不听教训，还求太爷认真的管教管教他，才不至有名无实的白耽误了他的一世。”贾老师连连点头，明白家长的良苦用

心，把家长送到了门口。这时，宝玉已经坐在西南角靠窗户摆着的一张花梨小桌前，桌上堆着两套旧书、薄薄儿的一本文章。贾老先生先对贾宝玉进行一番入学教育："如今论起来，你可也该用功了。你父亲望你成人恳切的很。"接着，布置今天的学习内容，"且把从前念过的书，打头儿理一遍"，并告诉学生每天的课堂安排：每日早起理书，饭后写字，晌午讲书。

好个贾代儒，一个十足的"懒老师"！在开学的第一天他就把学习的主动权交给了学生，要求学生完全自主地完成学习任务，而教师不做任何指导、讲解之类的工作。贾宝玉当了一回好学生，认真地"把从前念过的书，打头儿理一遍"。他先把"两套旧书"读了一遍，再一次回味语言强大的表现力和美妙的神韵；接着将"两套旧书"从头梳理了一遍，重新回味书的内容大意，实现语言的内化。这就是贾宝玉这一天的学习过程，他通过读书、梳理，达到了复习旧课、内化知识，实现温故而知新的目的。从贾宝玉一天的学习活动中，我们未见贾代儒对学生学习的介入，只是在学习结束时，布置一道作业："明日要讲书了。但是你又不是很愚夯的，明日我倒要你先讲一两章书我听，试试你近来的工课何如，我才晓得你到怎么个分儿上头。"

也许是"开学恐惧症"的缘故吧，新学期的第一天晚上贾宝玉发了高烧。第二天早上，当贾宝玉急急忙忙赶到"学房"时，还是迟到了。贾老先生狠狠批评了他一顿："怪不得你老爷生气，说你没出息。第二天你就懒惰，这是什么时候才来！"但当宝玉向他说明原因后，老先生也不再深究，让他"原旧念书"。直到傍晚，贾老师才听学生"讲书"。然而，在"讲书"前，贾先生还是不忘要求学生先"朗朗地念了一遍"。

贾代儒老先生的课一点儿也不华丽。至此，我们没有看到他有多深厚的文化素养，没有看到他有多高超的教学技巧。面对新课，他没有慷慨激昂地揭示课题，也没有声情并茂地引入新课，更没有通过生动的多媒体课件提高学生的学习兴趣。贾代儒老先生所做的一切也许离现代教学追求的课堂景观相距十万八千里。然而，在这样朴实无华的课堂里，我们听到了琅琅的读书声，看到了学生在书声里摇头晃脑，“读书百遍，其义自见”，陶醉于书香中，快乐着。在这完全原生态的课堂里，我们看到了“先学后教”，看到了“自主学习”，看到了“学生是学习的主人”……这些闪耀着现代教学思想光芒的先进理念，都一一呈现出来了。贾代儒老先生的课，进一步印证了语文课堂最美的风景是读书声。这样的理论不仅新课程标准明确如是说，“阅读教学要重视朗读，要让学生充分地读，在读中整体感知，在读中培养语感，在读中受到情感的熏陶”，近代语文教育界的前辈们，如黎锦熙、魏建功、朱自清等早在二十世纪三四十年代就大力提倡诵读教学。朱自清先生先后写了《论百读不厌》《论朗读》《诵读教学》《诵读教学与“文学的国语”》《论诵读》等一系列文章，足见其用心之深，足见朗读教学之重要。

二、对话交流，课堂最本真的敞开状态

巴西教育家保罗·弗莱雷是当今颇有影响力的教育家之一，是自赫尔巴特、杜威以来，教育理论史的“第三次革命”的开创者和实施者。他的代表作《被压迫者教育学》提出了闻名于世的“解放教育思想”，其中最主要的是“对话式教学”。弗莱雷批判了“讲授式教学”与“储蓄教育观”。他发现“讲授”会导致学生机械地记忆所讲授的内容，把学生变成被教师“填塞”的“容器”，并将“讲授式教学”形象地比喻成一种“储蓄”行为，学生就像是银行里开的“户头”，教师则是“储户”。教师进行讲授，进行“存款”，而学生则被动地听讲、接受、记忆和重述，进行“储存”。在这种教学中，师生之间没有对话，没有交流，这种对话表明了教师与学生是一种

垂直的关系，而不是一种平行的关系，是一对单向的“输入”与“吸纳”关系，而不是互动、相长的关系。于是，他号召广大教师拿起“对话式教学”的武器来抨击“讲授式教学”，用“解放教育观”向“储蓄教育观”宣战。他说“没有了对话，就没有了交流；没有了交流，也就没有真正的教育”。弗莱雷的“对话式教学”如一声春雷炸响在二十世纪下半叶沉闷的课堂中，振聋发聩，发人深省给新课程改革带来一阵春风、一缕阳光。弗莱雷的“对话式教学”也直接影响着二十一世纪之初中国风起云涌的基础教育改革。《义务教育语文课程标准（2011 年版）》明确指出“语文教学应在师生平等对话的过程中进行”，《普通高中语文课程标准（实验）》对“对话教学”进行了更详尽的阐释：“阅读教学是学生、教师、教科书编者、文本之间的多重对话，是思想碰撞和心灵交流的动态过程。阅读中的对话和交流，应指向每一个学生的个体阅读。教师既是与学生平等的对话者之一，又是课堂阅读活动的组织者、学生阅读的促进者。”

然而，当我们回到贾代儒老师的课堂时，我们会惊喜地发现，我国传统语文课堂始终是敞开对话大门的。师生在对话中实现心灵的交流、思想的碰撞、情感的交融，促进学生身心的和谐发展。我们继续观摩贾代儒老先生的教学过程。

还是开学的第二天，贾宝玉读了一天的书，转眼到了黄昏。

到了下晚，代儒道：“宝玉，有一章书你来讲讲。”宝玉过来一看，却是后生可畏章，宝玉心上说：“这还好，幸亏不是‘学’‘庸’。”问道：“怎么讲呢？”代儒道：“你把节旨句子细细儿讲来。”宝玉把这章先朗朗的念了一遍，说：“这章书是圣人劝勉后生，教他及时努力，不要弄到……”说到这里，抬头向代儒一瞧。代儒觉得了，笑了一笑道：“你只管说，讲书是没有什么避忌的。《礼记》上说‘临文不讳’，只管说，‘不要弄到’什么？”宝玉道：“不要弄到老大无成。先将‘可畏’二字激发后生的志气，后把‘不足畏’二字警惕后生的将来。”说罢，看着代儒道：“也还罢了。串讲呢？”宝玉道：“圣人说，人生少时，心思才力，样样聪明能干，实在是可怕的。那里料得定他后来的日子不像我的今日。若是悠悠忽忽到了四十岁，又到五十岁，既不能够发达，这种人虽是他后生时象个有用的，到了那个时候，这一辈子就没有人怕他了。”代儒笑道：“你方才节旨讲的倒清楚，只是句子里有些孩子气。‘无闻’二字不是不能发达做官的话。‘闻’是实在自己能够明理见道，就不做官也是有‘闻’了。不然，古圣贤有遁世不见知的，岂不是不做官的人，难道也是‘无闻’么？‘不足畏’是使人料得定，方与‘焉知’的‘知’字对针，不是‘怕’的字眼。要从这里看出，方能入细。你懂得不懂得？”

这虽然是二百多年前的课堂，置身其间却如坐春风，明媚的阳光里散发着淡淡的花香，柔柳拂面，鸟语如歌，人感到舒心惬意，如一朵莲花在心中悄然绽放。

这是一次敞开心胸的对话。

弗莱雷指出，“只有建立在平等、爱、谦恭、相信他人的基础上，对话才是一种双方平等的关系”。众所周知，贾代儒作为旧时代的读书人，一辈子未曾获得任何功名，以封建社会的评价标准来评判，算是“老大无成”的人。这是他一辈子的痛。童言无忌的贾宝玉解释“后生可畏”时，回答说：“这章书是圣人劝勉后生，教他及时努力，不要弄到……”说到这里，他欲言又止，马上意识到触犯了师尊，一脸尴尬。然而贾老师不但没有立即让他住口，反而坦然一笑，热情鼓励学生“临文不讳”，“你只管说，讲书是没有什么避忌的”。这对有着特殊失败经历的贾代儒老先生来说，需要多么宽广的心胸啊！他真是一位令人尊敬的老师。为了学生能酣畅淋漓地抒发心中的感受，他以博大的情怀，宁愿让学生去揭自己的伤疤。

这是一次循循善诱的对话。

语文专家王尚文教授曾精辟地指出对话是“彼此倾听、彼此接纳、彼此敞开的基础上达成的双方视野的交融”。在语文教学中，学生不仅仅是认知主体，更重要的是生命个体。对话的意义在于实现学生与文体的沟通，唤起学生的生命意识，丰富学生的生命世界，促进学生生命自由活泼地生长。在贾老师的课堂上，我们不仅看到贾老师尊重学生的话语权，也看到了贾老师没有忘记教学的目的。换言之，贾老师牢牢把握对话的主动权，引领学生朝着教学的愿景前行。他先让学生讲“后生可畏”的“节旨”，再联系自己的理解进行“串讲”，不断拓宽对话的内容，把对话一步步引向预设的教育境界。当学生陷入迷途时，贾老师及时“拨乱反正”。例如，宝玉把“无闻”中的“闻”简单地理解为“出仕当官”，贾老师马上纠正其理解上的偏差，意味深长地告诉他，古代的圣贤人物一辈子做学问、追求真理，即使一生默默无闻不被人知道也从不后悔，他们的功业同样流芳百世。再如，当贾宝玉天真地理解“不足畏”是“怕”的意思时，贾老师断然否定，并教给宝玉联系上下文解读词语的方法，“不足畏”是“使人料得定”的意思，它承接前文“焉知”（怎么才能知道）而来。贾老师的引导不落世俗窠臼，解得句句在理、细致入微，在学生面前展开了引人入胜的课堂知识图景。

三、刚柔并用，学生发展性的课堂生态

教学是由教师的教和学生的学组成的双边活动。从课堂生态学的角度而言，教师和学生是两个最主要的生态要素。但由于教学活动的特殊性，课堂生态是一个人际互动的过程，是一个情感交流的过程。因而要充分发挥教师的主导作用，及时激发学生的学习兴趣，坚定学生的学习信心，表扬学生的学习热情，纠正学生的学习偏差，批评学生的学习错误。现代教育越来越重视课堂生态的建设，让学生在真实的教学环境中获得充分的发展。著名学者徐陶、彭文波在

他们撰写的《课堂生态论》中说："对课堂的审视不能仅仅从教师或者学生出发，而应该从生态化的角度进行，着眼于未来的发展，使课堂成为具有开放性、整体性和可持续发展的生态系统。"

在"老学究讲义警顽心"的课堂里，我们看到了洋溢着生命气息的课堂生态。贾老先生不是我们印象中道貌岸然的"腐儒"，而是一位慈爱的长者，是一位充满着人文关怀的好老师。贾宝玉在老先生人格魅力的感召下和学问修养的影响下，很好地完成了一次次学习任务。

我们不妨回放几个镜头。

镜头之一：

那是上学第一天。贾老先生迎接贾宝玉的到来，关切地问候"宝玉，我听见说你前儿有病，如今可大好了？"宝玉站起来道："大好了。"代儒道："如今论起来，你可也该用功了。你父亲望你成人恳切的很。"

傍晚放学。

代儒告诉宝玉道："今日头一天，早些放你家去罢。明日要讲书了。但是你又不是很愚夯的，明日我倒要你先讲一两章书我听，试试你近来的工课何如，我才晓得你到怎么个分儿上头。"

这是长者对晚辈的关怀，如春风拂过心头；这是长者对晚辈的殷殷嘱咐，语重而心长；这更是一位爱生如子的老师对学生的鼓励。尽管贾宝玉在大人的眼里是一个贪玩的孩子，但贾老先生深知"人性最深层的需要就是渴望得到别人的欣赏和赞美"的道理，他在布置学生学习任务的同时，毫不吝啬地肯定说学生并不"愚夯"，唤醒学生学习的潜能，让其信心满满地开始新的学习生活。

镜头之二：

贾宝玉串讲"后生可畏"后，贾老先生笑道："你方才节旨讲得倒清楚，只是句子里有些孩子气。"

老师的笑是课堂上最美丽的阳光，不仅能温暖学生的心灵，照亮学生智慧的大门，也能温暖自己的胸怀。贾老先生的课堂虽然古老，但不阴沉，遍布明媚的阳光，令人暖意融融。在这之前，贾老先生曾笑过一回。那是贾宝玉由“后生可畏”想到“老大无成”，无意冒犯师尊时，贾老先生只是“笑了一笑”，那“笑”如阳光般坦然，照出了贾老先生宽广的胸襟和高洁的人格。此处的“笑”，如春日阳光般温暖，是对学生正确解读文本的肯定，让学生体验到学习的快乐，同时，又透露着对学生天真、幼稚回答的一种善意的鼓励。

第斯多惠说：“教育的本质在于激励、鼓舞和唤醒。”然而，教师拿什么去激励学生行动，唤醒学生潜能，鼓舞学生的信心呢？苏联教育家马卡连柯说：“教育是最辩证、最灵活的一种科学，也是最复杂、最多样化的一种艺术。”新课程倡导课堂教学应是一个舒展轻松的过程，倡导阳光课堂、微笑教学，让学生愉快地投入学习。但众所周知，学生的学习过程是一个极其复杂的心理过程，也是一种个性化的行为，光凭“赞赏”“表扬”，或者只凭一味地赏析性评价，对所有学生未必都有用，或者说未必能产生持久的效果。正如一棵小树要长成参天大树，只有阳光的照耀、春风的轻抚是不够的，有时还需要惊雷唤醒它成长的愿望，狂风暴雨的鞭策它形成顽强向上的信念。贾老先生深知此中道理，在实施“微笑”教学的同时，也不忘对学生进行严格要求。我们不妨来回放两个镜头。

镜头之一：

代儒往前揭了一篇，指给宝玉。宝玉看是“吾未见好德如好色者也”。宝玉觉得这一章却有些刺心，便陪笑道：“这句话没有什么讲头。”代儒道：“胡说！譬如场中出了这个题目，也说没有做头么？”宝玉不得已，讲道：“是圣人看见人不肯好德，见了色便好的了不得。殊不想德是性中本有的东西，人偏都不肯好他。至于那个色呢，虽也是从先天中带来，无人不好的。但是德乃天理，色是人欲，人那里肯把天理好的象人欲似的。孔子虽是叹息的话，又是望人回转来的意思。并且见得人就有好德的好得终是浮浅，直要象色一样的好起来，那才是真好呢。”

是啊，我们不能只凭自己的喜好选择学习内容，因为成长是综合性的，需要各方面知识的滋养。贾老先生的批评是跳跃在教育情境中的燧火，是传统教学中另一道别样的风景。他的批评的确有点严厉，但苦口的往往是良药，忠言也许有些逆耳，但却是生命成长过程的指路明灯。不是吗？老师的批评点燃了他思想的火花，使他敞开心灵的大门，长篇大论地说出了一番对文本的理解，说得精辟入里，说得令人信服。

镜头之二：

在代儒老师的循循诱导下，贾宝玉对“后生可畏”和“吾未见好德如好色者也”，有了正解理解。

代儒道：“这也讲的罢了。我有句话问你：你既懂得圣人的话，为什么正犯着这两件病？我虽不在家中，你们老爷也不曾告诉我，其实你的毛病我却尽知的。做一个人，怎么不望长进？你这会儿正是‘后生可畏’的时候，‘有闻’‘不足畏’全在你自己做去了。我如今限你一个月，把念过的旧书全要理清，再念一个月文章。以后我要出题目叫你作文章了。如若懈怠，我是断乎不依的。自古道：‘成人不自在，自在不成人。’你好生记着我的话。”宝玉答应了，也只得天天按着功课干去。

贾老先生对学生的缺点直言不讳，批评时直指要害，他说话的口吻还带着点“恨铁不成钢”的味道。他的语重心长，说得令人信服，也令现代社会的我们叹服。第一，贾老先生善于因势利导。新课程倡导对学生进行情感、态度与价值观的教育，就是强调语文学科要担当起建设、完善人的精神世界的重任。巴金也说：“我们有一个丰富的文学宝库，那就是多少代作家留下的杰作，它们教育我们，鼓励我们，要我们变得更好、更纯洁、更善良，对别人更有用。文学的目的就是要人变得更好。”贾代儒就是通过层层深入地引导学生领会经典作品中蕴含的“精神养分”，顺理成章地转化贾宝玉，激励他做一个知行统一的学生。第二，贾老先生善于唤醒学生的内驱力，指出“你这会儿正是‘后生可畏’的时候”，引导学生正视自己的缺点，鼓舞学生靠自己的努力实现“有闻”“不足畏”的目标。第三，贾老先生适时使用“训诫”的方式教育学生，“如若懈怠，我是断乎不依的”。那口气斩钉截铁，没有任何商量的余地，如一记重锤敲在学生的心上，发出长久的回响，让学生时时记着。末了还加上一句“成人不自在，自在不成人”的俗语来诫勉学生，正所谓谆谆教诲，用心良苦。

这就是贾老先生的语文课，刚柔相济，宽严有度，有阳光，也有风雨，有赞赏的笑声，也有善意的批评。我想，这才是最真实的课堂，这才是真正良好的课堂生态样貌。

四、作业批改，教师责任心的真实写照

我们今天耳熟能详的“课程”一词，是从拉丁语“Currere”一词派生出来的，原意为“跑道”，因此，后现代课程研究者把“课程”定义为为不同学生设计的不同轨道。在贾老先生的课堂上，教师以“后生可畏”“吾未见好德如好色者也”等为内容，对学生施以教育，这好比为贾宝玉铺设了“跑道”——但如果学生奔跑不起来，“跑道”就失去了意义。

作业就是让学生在“跑道”上奔跑的动力。它是学生实现学科知识内化成文化素养、学习兴趣转化为学习动机、预设的学习目标转变为具体的学习结果的主要途径。没有作业，教学就沦为空洞的说教，学习也不过是一种浪费教育资源的行为，而不是为了完成人的发展而投入的主体活动。作业如此重要，因此贾老先生很大方地

给贾宝玉一个月的时间“把念过的旧书全要理清”，再“念一个月文章”，然后又布置了三篇作文：《吾十有五而志于学》《人不知而不愠》和《则归墨》。

作业如此重要，因而作业批改就成了教师一项重要的工作，甚至有人认为，“批改作业是教师与学生不见面的交流，是一种无声的教育”。贾老先生不正是这样做的吗？他对宝玉的作业的精心批改，让我们窥见他的工作态度以及业务功底。他对宝玉的习作或删或添或换，可谓字斟句酌，煞费苦心，令人尊敬。让我们翻开宝玉的作文本，抄录几个片段与大家一起鉴赏鉴赏。

片段之一：

作文《吾十有五而志于学》

例句	贾宝玉原文	贾代儒改文
句 1	圣人志于学，幼而已然矣。	圣人志于学，十五已然矣。
句 2	夫不志于学，人之常也。	被删除。
句 3	圣人十五而志之，不亦难乎？	夫人孰不学，而志于学者卒鲜。此圣人所为自信于十五时欤。

这是一道考查学生策论经义功底的作文，即从书中挑一两句做题目，然后让学生就这个题目发挥成一篇文章，颇类似于我们现在的命题作文。

作文第一句属于古人写作时的“破题”句，贾老先生将“幼而”改为“十五”，化虚为实，更切合题意。“幼”者，没有确定的年龄，十六岁之前都算是“幼”。贾老先生的一字之改，使文章有开门见山、一锤定音之势——子曰：“吾十有五而志于学！”古代令人仰慕的圣人树立远大的志向，在十五岁的时候已经昭然如日月行天了。

第二句、第三句属于“承题”句，贾宝玉带着稚气却写得也甚坦诚，说的都是真心话。但话中明显带着消极的色彩，言下之意分明是在感叹：不爱念书是人之常情，要做到“十有五而志于学”，那太难了！果真是文如其人。贾老先生深知教书即育人，他大笔一挥抹去第二句，俨然在告诫学生：这种想法是错误的！然后，为学生传递正能量：人本好学，圣人尤甚——要成就一番大事业，离不开十五岁立下的志向呀。读着这些改文，贾老先生的形象仿佛就在眼前，满脸慈祥，和颜悦色地看着学生，与学生促膝而谈。

片段之二：

作文《人不知而不愠》

例句	贾宝玉原文	贾代儒改文
句 1	能无愠人之心，纯乎学者。	不以不知而愠者，终无改其说乐矣。
句 2	夫不知，未有不愠者也。而竟不然，非纯学者乎？	夫不知，未有不愠者也，而竟不然。是非由说而乐者，曷克臻此。

文道统一，批文如育人，是贾老先生一以贯之的教学原则。

培养学生立大志向，向着大目标前行，这是家长贾政对教师贾代儒的殷殷嘱托。贾老先生始终记着，他要在学生的血脉里植入树立远大理想的因子，所以不能放过任何的教育机会。年幼的学生宝玉天真地“承题”说“被人误解能不产生怨恨，那只有正人君子能做到罢了”，说得多么坦率，言下之意：我非君子，如果被人误会、误解，表现出一点儿不高兴是难免的。贾老先生借题发挥，循循善诱：君子坚守自己的志向，不因别人不了解而怨恨，不因别人不理解而改变。君子朝着自己确定的方向努力，且行且快乐。如果不是乐而忘忧，哪能达到这种境界？

……

这仅是贾老先生批阅学生习作的两个片段而已。然而，一滴水能反映太阳的光辉。从这点点朱砂墨迹、句句良言，我们感受到了贾老先生忠于职守的敬业精神，丰厚渊深的文化底蕴，以及高超精湛的教育教学艺术才华。我们不由向他投去仰慕的目光，他不仅用经典文化为学生文学素养的培育和良好品行的发展铺设了一条康庄大道，而且时时鞭策、引领学生，让学生朝着阳光灿烂的前方飞奔。

古老的课堂，却焕发着新时代的风采。从二百多年前充满书香的课堂回到阳光灿烂的21世纪，我们的心依然沉醉在书香里，脑海里依然浮现着贾老先生慈祥的音容笑貌。诚然，贾老先生的课没有多媒体设备，没有令人眼花缭乱的各种课件，以引发学生缤纷的思绪，碰撞出智慧的火花，呈现出现代化教学中五彩缤纷的景观。然而，在这古朴却不古板的课堂里，不绝于耳的琅琅读书声，幽幽的墨香，让学习充溢着文化的芬芳。在这里，学生读《论语》，读《墨子》，读千古雄文，读诗词美文，让心灵浸润智慧的芳醇，让灵魂养育浩然正气；在这里，学生无拘无束地向老师“讲书”“串讲”，交流自己的读书感受，也聆听老师的娓娓点评，心胸豁然敞亮……师者，所以传道、授业、解惑也；师者，为了学生的成长，而不断激励他、唤醒他、鼓舞他。在贾老先生的课上，我们真真切切地领略了传统语文教学的魅力。

1. 尊重话语权，让学生张扬个性。

新课改倡导张扬学生的个性，鼓励学生对文本有个性化的解读。课堂上，贾宝玉对“后生可畏”“吾未见好德如好色者也”等章节的解读就有点“另类”，但贾老先生却能尊重贾宝玉的个性化理解。特别是贾宝玉讲到“不要弄到——”时，贾宝玉知道下面这番话可能会有点出格，所以欲言又止，话到嘴边又哽住了。但贾代儒却没有生硬地让他住口，反而鼓励他大胆地说下去：《礼记》上说‘临文不讳’，只管说，‘不要弄到’什么？”这是老师对学生话语权的保护和尊重。只有有贾代儒这样开明的老师，学生贾宝玉才能酣畅淋漓地把自己的心底所思所想表达出来——你看他平时遇到父亲贾政时，总是畏畏缩缩，说话中规中矩的。这给我们教师一个启示，学生是各不相同的，每个学生都会有自己个性的想法与见解，在课堂上，我们要尊重学生的话语权。

2. 字斟句酌，让学生感受到语言的无穷魅力。

叶圣陶先生说："语文教学的根本任务就是教学生学会运用语言文字。"新课标也好，传统教学也好，这一点一直被认为是语文教学的"重头戏"，只有把语文课上成"语言课"，才更具有"语文味"。贾代儒在这方面的做法就值得我们借鉴。贾宝玉串讲了"后生可畏"一章后，贾代儒就对他在词句理解上的偏颇进行指正，如指出贾宝玉对"无闻"中的"闻"理解有偏差，还有"不足畏"是"使人料得定"，并教给贾宝玉一些解读词语的方法："要从这里看出，方能入细。"而纵观我们的一些语文观摩课，却让人不敢恭维：滥用多媒体进行教学，声光影像粉墨登场，对语文学习内容却不屑一顾，诗意般的语言被一幅幅画面所替代，学生无法真正品味到语言文字的无限魅力。

3. 文以载道，让学生受到人文洗礼。

新课程三维目标之一的"情感态度与价值观"，就是强调语文学科有培育人的精神世界的重任。巴金也说："我们有一个丰富的文学宝库，那就是多少代作家留下的杰作，它们教育我们，鼓励我们，要我们变得更好、更纯洁、更善良，对别人更有用。文学的目的就是要人变得更好。"贾代儒就很好地通过古典文学作品中的"精神养分"去感化贾宝玉。讲完两章后，贾代儒就顺势教育了贾宝玉不喜听圣人教训的毛病，警醒他："做一个人，怎么不望长进？"激励他要发愤读书，把思想教育渗透在了语文教学中。语文教学，不仅要"授业解惑"，还要"传道"，让学生在学习祖国语言文字的同时，也受到一次深刻的人文精神洗礼。

4. 评价适"度"，让学生茁壮成长。

表扬激励与批评指正是一对有矛盾关系的教育手段，一味地赏识学生，只会让学生"夜郎自大"；一味地批评学生，则会让学生"破罐子破摔"。因而，如何把握评价体系中的"度"，也是新课标的一个重要理念。贾代儒在贾宝玉讲完“后生可畏”后，说他“你方才节旨讲的倒清楚，只是句子有些孩子气”，并对其中一些被误解的字词进行指正。对学生的思考，既中肯地加以肯定，又指出其中的瑕疵，对于贾宝玉这样的官家子弟，贾代儒没有曲意逢迎，连声说“非常好”“太棒了”之类的话，而是敢于指出其“不足点”，让贾宝玉正视自己的缺点，激励他明得失。新课改亦然，合理的评价能让学生知其得失，反思自己的行为，改正自己的缺点。赏识，能让学生获得信心，从成功走向成功；批评指正，能给学生指明方向和道路。二者都不可或缺。

归去来兮，贾代儒历久弥新的传统教学……

第十三课　家是孩子的第一所学校

——贾府的家庭教育

贾府的第一代，以显赫的功勋立身、立业，被皇帝封为宁国公和荣国公，光宗耀祖，荫庇子孙。他们以军功受封，但贾家不似一般的暴发户，更不似一般的武夫之家。贾家是一直有着深厚的文化传统的，用冷子兴的话说一直是“钟鸣鼎食之家，翰墨诗书之族”。贾府的第一代显然是儒将，文武双全，他们知道文化知识的价值，也明白对后代实施文化教育的重要性。贾雨村曾感叹贾府对子女教育的重视：

这样诗礼之家，岂有不善教育之理？别门不知，只说这宁、荣二宅，是最教子有方的。

贾雨村的话并不夸张，《红楼梦》有一条主线就是围绕对子女的教育展开的。子孙勤奋学习，一朝高中，光耀门楣是贾府长辈们的教育愿景。荣国府里的人从元春、迎春、探春、惜春四姐妹，到贾宝玉、贾环、贾兰三叔侄都诗书满腹，才华横溢。第三回写林黛玉抛父进京都，贾母见到黛玉，两人有过一段关于“读书”的对话。

贾母因问黛玉念何书。黛玉道：“只刚念了《四书》。”黛玉又问姊妹们读何书。贾母道：“读的是什么书，不过是认得两个字，不是睁眼的瞎子罢了！”

显然，了解晚辈的读书情况如现代人一样是贾府大人们最关心的事。对比外甥女与自家孙女们读的书，老人更满意黛玉所读的书。

无独有偶，宝黛第一次相见，竟然也交流起了各自所读的书目。书香飘溢，读书、学习是贾府里少男少女重要的生活内容！

这是一个书香家族，几代贾家人不仅重视教育，也懂教育。贾政作为贾府的管理者，居官勤勉谨慎，兢兢业业，“人品端方，风声清肃”，虽然不是科甲出身，也被皇帝钦点为学差，主持科举选拔人才的工作。在清朝，学差又称为提督学政，是皇帝选派到各省专门监督管理学校和科举考试的官员。这是和一个省的提督、巡抚齐肩的官职，享受钦差待遇，直接受皇帝领导，不受当地督抚节制。如果贾政对教育工作不内行，不清正廉洁，又怎么能担当起如此重任呢？

那么，贾家对子弟的教育有哪些独到之处？对今天的教育又有怎样的启示作用呢？

一、诗词歌赋，识字为重

文字是学习文化的工具，郭沫若先生曾说：“识字是一切探求之第一步。”识字、认字是古今中外母语教学的重中之重。近代以来，不少教育工作者对识字教学更是做了大量有益的探索与实践，不断总结、丰富着语文教学的经验。诸如集中识字、随文识字、注音识字、提前读写、部件识字、听读识字、猜认识字、循环识字等方法，宛如一朵朵艳丽的识字经验之花，曾在语文教学的百花园里竞相绽放。然而，随着社会的不断进步，不少经验已不能满足课程发展的需求，人们仍在不断探索、创新着新的识字教学的途径与方法。

然而，当我们翻开《红楼梦》，欣赏贾家人的语文教学经验时，会有一种耳目一新的感觉。第十八回写到贾元春回贾府省亲，看到贾宝玉为大观园各处题写的匾额，十分欣慰。曹雪芹交代贾宝玉的学业情况时，有过这样一段话：

那宝玉未入学堂之先，三四岁时，已得贾妃口传教授了几本书，识了数千字在腹中了。

这是贾元春创造的“听读经典大量识字”法，它的理论意义与实践价值有以下几点。

1. 识字时间要早。

识字的早与晚直接影响着人的智商发育。生理学家告诉我们，成人的大脑约重1500克，婴儿出生时大脑约重350克，到了两岁左右就发育到约1000克，八岁以前80%的大脑已经发育完成，这是大脑发育最快的时期。心理学家认为，大脑发育最快的时期，就是儿童学习的最佳时期，错过了，学同样内容就得事倍功半。日本东京多所幼儿园从1967年开始进行了一项幼儿识字研究，他们得出的结论是，五岁开始学部分汉字的孩子智商可达95，四岁时开始学的可达120，而三岁开始学的可达130。在我国古代私塾中，儿童四、五岁就识字的并不少见。《三字经》上就说“莹八岁，能咏诗；泌七岁，能赋棋”“唐刘晏，方七岁，举神童，作正字”。

贾元春带着贾宝玉从三四岁时就开始识字，这正遵循了儿童的生理与心理发展规律，自然能取得可喜的教学成果。

2. 科学的识字方法。

识字重要，可是字难教啊，多少老师为此苦恼，多少家长为幼儿识字效果不佳影响学习成绩而担忧。我们为贾元春的口耳相授，在听读中识字的做法“点赞”！这是一种绝妙的幼儿识字教学法，它与现代教育学成功的识字教育理念不谋而合！

美国教育家杰姆·特来里斯提倡父母每天为孩子朗读20分钟。他用实践证明，听读可以集中儿童的注意力，丰富儿童的词汇量，激发儿童认字、识字的欲望，为其今后开展广泛阅读打下基础。他的一句经典名言是“听读是引诱孩子阅读的‘有声广告’”。不少家长在他的影响下，从孩子三四岁时就让他们开始听读，到五六岁时，孩子已成为一个词汇量极其丰富的书迷了。

如果说杰姆·特来里斯创造的是“听”中“识字学词”的优秀方法的话，我国著名教育专家斯霞探索出的“随文识字”则是“读”中“识字学词”的好方法了。20世纪50年代，斯霞老师以语文教学为中心，把识字、阅读、写话三者结合起来，大面积、高效率地提高了识字教学的质量，至今依然影响着我国小学语文的教学。

贾元春对三四岁的弟弟“口传教授了几本书”的启蒙教育法，是寓“识字学词”于“听”中与“读”中的综合方法。它创造性地继承了我国优秀的识字教学传统经验，丰富了识字教学的内涵，提升了识字教学的价值，闪烁着现代语文教学改革的光芒。

3. 丰硕的识字成果。

教学得法必然能产生良好的教学效果。在贾元春的精心“口传教授”下，小宝玉听读了“几本书”，小小年纪居然“识了数千字在腹中了”！第三回中写贾宝玉与林妹妹初次见面就“秀”了一下才气。当他了解到林黛玉还不曾有表字时，立马抓住炫耀才气的机会，“我送妹妹一妙字，莫若‘颦颦’二字极妙”，且引经据典，“《古今人物通考》上说：‘西方有石名黛，可代画眉之墨。’况这林妹妹眉尖若蹙，用取这两个字，岂不两妙”！因为有了“数千字在腹中”，在“大观园试才题对额”中，他大展才情，令所有的清客刮目相看，连一向不苟言笑的贾政也大展欢颜。因为有了这“数千字在腹中”，第二十三回中贾宝玉的四首感时、感怀诗作传到了社会上，引起了轰动，被人“抄录出来各处称颂”，或者“写在扇头壁上，不时吟哦赏赞”。贾宝玉俨然成了当时诗坛升起的一颗璀璨的明星，成为一些人崇拜的“偶像”，拥有万千“粉丝”，“寻诗觅字，倩画求题”的蜂拥而来。

二、琴棋书画，特长发展

现代教育认为艺术能够感染人，并能让人以非功利的审美态度对待世界，还有助于净化人的心灵，提升人的文化品位，塑造完美的人格。琴棋书画是我国古老而又最具代表性的艺术形式，是中华传统文化孕育的四朵奇葩。曹雪芹笔下的贾府里洋溢着浓郁的艺术气息，彰显着长辈对孩子艺术教育的重视。

我们不说大观园第一才女林黛玉的闺房满架诗书，笔砚铺排，让刘姥姥感慨万端，说这房间不像个小姐的绣房，“竟比那上等的书房还好”；也不说林黛玉的一番“论琴”，让人茅塞顿开，她手落琴声扬，一曲弹来是怎样地动人心魄；也不说薛宝钗一番精辟入里的“画论”，令多少人为之折服。我们只从贾家四位小姐身边的四个大丫鬟的名字，就能窥见这个家族对艺术的青睐，以及少男少女们的艺术气质。

曹雪芹以“琴、棋、书、画”命名丫鬟，在文学史是一种创新。元春的大丫鬟叫抱琴，迎春的大丫鬟叫司棋，探春的大丫鬟叫待书，惜春的大丫鬟叫入画。抱琴、司棋、待书、入画，衬托了四位小姐的艺术修养与情趣爱好。

在《红楼梦》里，我们虽然没有直接聆听到元春美妙的琴声，但从省亲过程中几次肝肠寸断的痛哭流涕，离别时的难分难舍，不难想象，深居后宫的她怎样以琴声诉说心中的幽怨，怎样以琴声打发幽深漫长的后宫寂寞。当然，我们也不难想象，才貌双全的她被遴选为皇妃时，又是怎样一曲琴音惊四座，折服了皇帝。

迎春性情安静，温柔贤淑，美丽可人。虽然说她是贾府里一位懦弱怕事的小姐，但她长于棋艺，两个丫鬟司棋和绣橘组合起来就是一个“棋局”。在《红楼梦》里，我们多次见到迎春与人对弈的身影。第七回中写周瑞家的送来宫花，迎春和探春正在窗前下围棋。“二人忙住了棋，都欠身道谢，命丫鬟们收了。”两位小姐出于礼貌欠身致谢，但心还在棋盘上，心思还沉醉在棋盘的风云世界里。第七十九回，迎春出嫁，搬出了大观园。一个秋风萧瑟的日子，贾宝玉徘徊于紫菱洲，望着眼前凋落的蓼花苇叶和寒塘败荷，与迎春在对弈中度过的美好时光又重回眼前。棋枰尤在，但燕泥点点，人去楼空，宝玉不由惆怅万端，一片诗情涌上心头：

池塘一夜秋风冷，吹散芰荷红玉影。
蓼花菱叶不胜愁，重露繁霜压纤梗。
不闻永昼敲棋声，燕泥点点污棋枰。
古人惜别怜朋友，况我今当手足情！

探春工于书法，堪称《红楼梦》里的第一书法家。我们走进她的居处秋爽斋可见一斑。

……当地放着一张花梨大理石大案，案上磊着各种名人法帖，并数十方宝砚，各色笔筒，笔海内插的笔如同树林一般。那一边设着斗大的一个汝窑花囊，插着满满的一囊水晶球儿的白菊。西墙上当中挂着一大幅米襄阳《烟雨图》，左右挂着一副对联，乃是颜鲁公墨迹，其词云：

烟霞闲骨格　泉石野生涯。

案上设着大鼎。左边紫檀架上放着一个大观窑的大盘，盘内盛着数十个娇黄玲珑大佛手。右边洋漆架上悬着一个白玉比目磬，旁边挂着小锤。

墨香飘溢而来，一个儒雅气质的知识女性的形象跃然纸上。这是一个对书法艺术多么钟爱的少女啊，“各种名人法帖”，一定少不了有钟、张、羲、献、智、虞、褚、柳、欧、颜、怀、旭、苏、黄、米、蔡、赵、管等大师的法帖。她日日目览神驰，沉醉其间，博采众长。曹雪芹在描写中突出米襄阳《烟雨图》、颜鲁公的墨迹，表明探春临摹有重点，艺术有专攻，在融会贯通中，创新自己的特色。她尤其仰慕颜真卿的风骨，不但学其书，更学其人，更秉其志！不愧是一个“才自精明气自高”的女中翘楚！

探春是一个学有所成、出类拔萃的女书法家。《红楼梦》第十八回写元妃省亲时，元春对探春的书法赞赏有加，她单单请探春将宝玉和众姊妹的十数首诗以锦笺誊出，令太监传到外厢，让大家分享、品读。省亲结束后，元春又请三妹妹将那日少男少女们所有的题咏依次抄录妥协，留下永久纪念。

惜春喜爱绘画。《红楼梦》第四十回，刘姥姥进大观园，看园中美景比画儿还强十倍，希望有人照着园子画一张，让她带回乡下让乡亲也见识见识。贾母大喜过望，指着惜春笑道："你瞧我这个小孙女儿，她就会画，等明儿叫她画一张如何？"惜春接受任务，在薛宝钗等人的帮助下，告假海棠诗社，全身心投入画《大观园行乐图》这项浩大的文化工程中。在《红楼梦》第四十二回、四十五回、四十八回中，我们均能看到惜春绘大观园图的身影。

贾府，不愧是书香门第，在"女子无才便是德"的腐朽传统观念横行之际，贾家人却反其道而行之，引导每一个女儿在特长方面有所发展，做一个有文化素养的人，这是难能可贵的。千年之前的智者柏拉图说过："像为了保持健康需要体操一样，为了保持精神的健全，也需要艺术的教训。"现代教育把艺术教育与德育、智育、体育、劳动教育并列，把发展学生的审美素养纳入提高学生的文化素质的内涵中。可是，我们学校的艺术课开齐了吗？我们的每一个学生都学会一项艺术技能了吗？

三、姐妹叔侄，皆为老师

家长是孩子的第一任老师。《红楼梦》里，我们看到在这个大家族里，每一个人都可以成为老师，也都愿意做老师，以传播知识、启发智慧为乐。林黛玉对香菱学诗请教义不容辞，薛宝钗毛遂自荐指点惜春绘制大观园图。元春对宝玉的启蒙教育，更是令人感动不已。曹雪芹如此描写：

那宝玉未入学之先，三四岁时，已得元妃口传，教授了几本书、数千字在腹中。其名分虽系姊弟，其情状有如母子。自入宫后，时时带信出来与父兄说：“千万好生扶养，不严不能成器，过严恐生不虞，且致父母之忧。”

这是一个多么可亲可爱的大姐，多么称职的老师啊！在家时言传身教，为师方法得当，让学生学有所成；深居皇宫时，对学生的成长依然殷殷眷念，时刻不忘。

其实，贾宝玉也是一位很优秀的老师。《红楼梦》第九十二回“评女传巧姐慕贤良，玩母珠贾政参聚散”中，写少男少女们相聚在贾母房中过“消寒会”。风姐的独生女儿巧姐跟着奶妈也来了，叔侄问安后，续书作者高鹗详细地记叙了贾宝玉指导侄女学习的精彩教学片段。

巧姐儿道：“我妈妈说，跟着李妈认了几年字，不知道我认得不认得。我说都认得，我认给妈妈瞧。妈妈说我瞎认，不信，说我一天尽子顽，那里认得。我瞧着那些字也不要紧，就是那《女孝经》也是容易念的。妈妈说我哄他，要请二叔叔得空儿的时候给我理理。”贾母听了，笑道：“好孩子，你妈妈是不认得字的，所以说你哄他。明儿叫你二叔叔理给他瞧瞧，他就信了。”宝玉道：“你认了多少字了？”巧姐儿道：“认了三千多字，念了一本《女孝经》，半个月头里又上了《列女传》。”宝玉道：“你念了懂得吗？你要不懂，我倒是讲讲这个你听罢。”贾母道：“做叔叔的也该讲究给侄女听听。”宝玉道：“那文王后妃是不必说了，想来是知道的。那姜后脱簪待罪，齐国的无盐虽丑，能安邦定国，是后妃里头的贤能的。若说有才的，是曹大姑、班婕妤、蔡文姬、谢道韫诸人。孟光的荆钗布裙，鲍宣妻的提瓮出汲，陶侃母的截发留宾，还有画荻教子的，这是不厌贫的。那苦的里头，有乐昌公主破镜重圆，苏蕙的回文感主。那孝的是更多了，木兰代父从军，曹娥投水寻父的尸首等类也多，我也说不得许多。那个曹氏的引刀割鼻，是魏国的故事。那守节的更多了，只好慢慢的讲。若是那些艳的，王嫱、西子、樊素、小蛮、绛仙等。妒的是秃妾发、怨洛神等类，也少。文君、红拂是女中的……”贾母听到这里，说：“够了，不用说了。你讲的太多，他那里还记得呢。”巧姐儿道：“二叔叔才说的，也有念过的，也有没念过的。念过的二叔叔一讲，我更知道了好些。”宝玉道：“那字是自然认得的了，不用再理。明儿我还上学去呢。”

这是一个融丰厚的文化素养与科学的教学方法于一体的教学片段。这个“愚顽怕读文章”“天下无能第一，古今不肖无双”的二叔叔并非不学无术，他只是讨厌科举考试，讨厌仕途经济。你瞧他博览群书，学富五车，对历朝历代的才女、烈女、孝女、节女了如指掌，侃侃说来。一个个生动的女儿故事，唤醒了小巧姐的知识记忆，于是识过的字一个个再现于脑海中，进行了一次有意义的复习。

当下我们在课堂上又是怎样检查学生的识字效果的呢？老师们广泛采用的是卡片检查法，即出示一张张生字卡片，检查学生是否认识。贾宝玉摒弃这种做法，他于故事中检查学生的认字情况。当学生现场反馈“念过的二叔叔一讲，我更知道了好些”时，这位高明的二叔叔肯定她的识字成绩：“那字是自然认得的了，不用再理。”美国著名心理学家奥苏贝尔在教育心理学研究中提出一个重要的理论，即“有意义学习”理论，这是一个和“机械学习”相对立的概念。贾宝玉不以“字”检测生字，却以“故事”了解学生的认字情况，进一步验证了有意义学习才是有价值的。

学高为师。李妈只是巧姐的奶妈，凤姐居然请她教自己的独女识字、学文，可以看出，贾府选择孩子的启蒙老师不重出生，不重学历，重的是他（她）的真才实学。这在一个皇族之家实在是难能可贵！

第十四课　一个美丽的教育梦

——曹雪芹教育梦实践研究报告

红楼教师

曹雪芹，清代小说家，名霑，字梦阮，号雪芹、芹圃、芹溪。满族正白旗人。

人物形象：据清人裕瑞撰写的《枣窗闲笔》对曹雪芹的描写，他“身胖头广而色黑，善谈吐，风雅游戏，触景生春”。他的老朋友敦敏《佩刀质酒歌》的诗句描写他“知君诗胆昔如铁，堪与刀颖交寒光”，可以想象曹雪芹这位大文豪的性格神韵、文采诗胆和气节风骨。

人生经历：曹雪芹的曾祖父、祖父、伯父和父亲三代四人先后在金陵担任江宁织造的要职达 59 年之久，他的曾祖母还做过康熙皇帝玄烨的乳母。曹家权势显赫，深受皇帝的信任。曹雪芹自幼就是在“秦淮风月”的繁华生活中长大的，接受过良好的教育。然而，雍正初年，由于封建统治阶级内部政治斗争的牵连，曹家遭受一系列打击，家产被抄没。曹雪芹随着全家迁回北京居住，经历了生活的重大转折，曹雪芹深感世态炎凉，饱尝了人生的辛酸。他蔑视权贵，远离官场，过着贫困如洗的艰难日子。晚年，曹雪芹移居北京西郊，生活更加穷苦，到了“满径蓬蒿”“举家食粥”的地步。他以坚韧不拔的毅力，专心致志地从事《红楼梦》的写作和修订工作。《红楼梦》内容丰富、情节曲折、思想认识深刻、艺术手法精湛，是中国古典小说中最伟大的现实主义作品。

主要教育思想：曹雪芹是一位具有鲜明的民主启蒙思想的教育改革家。他的教育改革观集中体现在大观园里以贾宝玉为代表的少男少女们的学习活动中，有“有教无类”的平等教育观，有选编精品的教材观，有因材施教的教学原则，有在活动中学习的教学方法，以及创设宽松自由的学习氛围的教育主张。

红楼之梦是少男少女的成长之梦，他们在人生的豆蔻年华，渴望生命如花绽放。花木生长需要肥沃的土壤、明媚的阳光、适宜的温度、充足的雨水，少年的成长也需要人文的关怀、知识的养育、宽松的环境以及适切的教育干预。然而，当时社会的种种“清规戒律”制约了他们成长的主动权，让他们不能如愿按自己生命发展的规律快乐地成长。大观园里的美丽少年与21世纪的学生一样，有着千姿百态的个性特质，有着丰富多彩的兴趣爱好，有着不同的出身背景；他们同样面临着是自主发展还是被动成长，是完成个人的生命梦想还是担负家族重任等诸多矛盾。他们走在成长的路上迷茫着，迷惑着，迷惘着……

曹雪芹站在少年们生命成长的十字路口，看到他们迷茫的神情，蹒跚的脚步，投去了深情的目光。他以一个伟大思想家的情怀，深深地爱着大观园里那群少男少女，遵从他们的身心发展规律，从教育学的视角为他们构筑起充满诗情画意的教育梦想。悲天悯人的曹雪芹让每一个身处其间的少男少女都绽放出生命的光彩。

一、梦想的起点，让教育主体回归原始家园

苍茫大地，浩渺星空，是因为有了人，才如此美丽，也因为有了人，才如此神秘。

然而，“开辟鸿蒙，谁为情种？”哲学家一遍又一遍追问：“我是谁？我从哪里来？我又去向何方？”教育家承接哲学家的命题，怀着一种美好的心愿，把每一个“我”作为教育主体，为每一个“我”规划出美好的蓝图，并以“灵魂工程师”自居，努力使“我”达到所期盼的目标，让每一个“我”担当起“开辟鸿蒙”的重任。

《红楼梦》中曹雪芹提出一个大胆的命题，即让人回到原始家园，从人的原始本性出发，施以各种教育来探求生命发展规律。从这个维度出发，曹雪芹无疑是在进行一次关于“人”的发展的专项教育课题研究。在这里，我们不妨把他称为“研究者”。

1. 原始的自然家园。

我们可敬的研究者一开始就挥动如椽大笔，开天辟地打开一扇天窗，把我们带到宇宙鸿蒙的“大荒山无稽崖青埂峰”下。好悠远的时间，好遥远的空间，好荒凉的意象啊！这儿虚无缥缈，混沌初成，空无一物。就在如此背景下，研究者听到了一块“石头”在“自怨自叹，日夜悲号惭愧”，经询问，才知道这儿曾经是女娲补天的地方。之前女娲氏炼就了三万六千五百零一块“高经十二丈，方经二十四丈”的顽石，但只用了三万六千五百块补天，单剩下一块未用，便弃在此山青埂峰下。想必这块石头资质比较平常吧。

在这超现实的原始自然家园里，贾宝玉以“石头”的身份悄悄出场，走进研究者的“实验室”。曹先生的用意独具匠心，其试图要彻底跳出当时生命成长的世俗土壤，重新回到生命的起点，回到生命诞生的原始自然之中，去探寻人的发展规律，以求得教育精神的重建。教育从远古洪荒开始，教育的对象是一块补天未成的顽石。他本身不好不坏，本该与大家一样“补天”，女娲娘娘不知是有意还是无意，竟把他遗忘于青埂峰下。他还有机缘“补天”吗？他还有信心“补天”吗？他还能“补天”吗？

2. 人性的精神家园。

人之初，性本善。这是人性中最原始的精神状态。“性本善”，为人的精神提升与个性发展提供了可能。“亚圣”孟子在《孟子·告子上》中曾说过：“人性之善也，犹水之就下也。人无有不善，水无有不下。”追溯到人性的源头，它原来是如此的纯净。人性不但本来是善的，而且是向善的。就像水向下流一样，是很自然的事情，是永恒不变的规律。只因为人的环境的改变，才使水改变了流向。

现在让我们看看《红楼梦》另一个主角林黛玉的原始生命状态。

西方灵河岸上三生石畔，有绛珠草一株，时有赤瑕宫神瑛侍者，日以甘露灌溉，这绛珠草始得久延岁月。

这是一个纤尘不染的世外桃源。晴空丽日，碧水清流潺然东去。河岸碧草青青，三生石青苔斑驳。石畔一株绛珠仙草，舒展着柔软的腰肢，枝头红珍珠似的果实在风中频频点头。神瑛侍者出于怜花惜草的本能，每天以清泉甘露灌溉着她，使她招展着生命的美丽。谁说草木无情，她因为不能报答神瑛侍者的滴水滋润之恩，心中郁结着一股缠绵不尽的情意。当她听说侍者“凡心偶炽，乘此昌明太平朝世，意欲下凡造历幻缘”，便也有了“去下世为人，但把我一生所有的眼泪还他”的念头。这是一个多么善良的生命啊！那么，缤纷的世界能否让善良的仙草继续绽放人性的美丽？人间冷暖无常，能否成全她这段美丽的感恩之旅呢？

教育是使人成为人的过程，是鲜活生命的成长历程。一块补天时被遗忘的顽石，一株丽质纯情的绛珠仙草，他们诞生于宇宙洪荒初始时期的混沌天地间。如今他们带着人类最本初的混沌天性，带着生命之初的迷茫，也带着生命之初的质朴来到了这多姿多彩的人间，走进曹雪芹为他们设计的生命成长环境，开始了一次富有诗情画意的生命之旅。曹雪芹建构的全方位的课程体系对其进行“补天”教育，能点石成玉，唤醒他“补天”的梦想吗？能激发他“补天”的雄心壮志吗？同时，那株含情脉脉的绛珠仙草，又将怎样实现情感的升华？生命的完美呢？

二、梦想的理论假设，玄妙缥缈的正邪两赋说

那是贾雨村先生在林如海家当私塾老师的时候。一天，小黛玉身体怯弱没来上学，贾雨村闲居无事，趁着风日晴和到郊外闲步。他信步来到一家乡村酒店，邂逅从京城回家的老朋友冷子兴。冷子兴和贾雨村谈起京城贾府兴衰成败的事时，贾雨村感慨万端，情不自禁地纵论古今，旁征博引，对人的善恶、禀赋、成长经历进行了一番评议。

有人认为，曹雪芹借贾雨村之口所发表的正邪两赋说是其创作《红楼梦》的哲学总纲，彰显了其创作的哲学思想。正邪两赋说吸收了中国哲学“气论”的精华，认为人禀气而生，气有正邪，有阴阳，则人有善恶，有美丑。同时，随着外部环境的改变，“气”的性质也会发生相应的改变。这一理论的创新点在于，其与传统哲学片面强调正邪善恶的矛盾对立不同，而是发掘出了第三种人性，同时塑造了以贾宝玉和金陵十二钗为中心的正邪两赋人物群像。

杜威说过“哲学是教育的普通原理，教育是哲学的实验室。教育须根据普通原理而实施，而普通原理则须根据教育实施的结果来考核”。正邪两赋说是曹雪芹对人的生命成长过程的评价，折射出他怎样的教育思想呢？

1. 贾府里有个可怜的丑小鸭。

唐宋八大家之一的柳宗元在《种树郭橐驼传》里讲述了这样一个故事：郭驼背以种树出名，种的树无不成活，而且每一棵都长得高大茂盛，春天繁花似锦，秋天硕果累累。附近村民很是羡慕，纷纷效仿郭驼背种树，可是谁也比不上他。有人大胆向他请教他为什么能种得这么好，郭驼背回答说他没有什么特别的本领，也没有什么诀窍，只不过“能顺木之天，以致其性焉尔”，即顺应树木的本性，让它自由自在地生长罢了。

人的生命成长、素质形成也是这样吗？

贾雨村的正邪两赋说开篇说道："天地生人，除大仁大恶两种，余者皆无大异。若大仁者，则应运而生，大恶者，则应劫而生。"

如果说这"大仁"者就是教育过程中那些品学兼优的好学生，无疑"大恶"者就是"双差生"了。这两种孩子在学生中属于极少数，美国当代教育家布卢姆在长期的教育考察中发现："除了占学生总数约5%的超常学生与低常学生之外，其余95%左右的学生在学习能力、学习速度、学习动机方面并无大的差异……只要提供适当的先前与现实的条件，几乎所有的人都能学会一个人在世界上所能学会的东西。"显然，人犹树也，按照人的向上、向善的天性养育人，照以阳光，沐以雨露，好学生就应运而生。那么，"双差生"又是怎么形成的呢？雨村答曰："应劫而生。"

《红楼梦》里，还真有这样一个"坏孩子"——贾环。

贾环这个与贾宝玉同父异母的孩子，其外貌、心地与贾宝玉有着天壤之别。《红楼梦》第二十三回写道："贾政一举目，见宝玉站在眼前，神彩飘逸，秀色夺人；看看贾环，人物委琐，举止荒疏……""夺人"对"委琐"，"飘逸"对"荒疏"，一个是"高富帅"，一个是"屌丝男"。贾环，俨然是我们教室里那个人见人嫌的讨厌鬼。贾环的讨人嫌还不仅表现在他的举止荒疏上，更在于他的诡计多端、心术不正。他赌钱时与丫鬟莺儿撒泼耍赖，他忌恨其兄贾宝玉，想方设法陷害宝玉，他拉着贾政的袍襟贴膝跪着诬告宝玉"淫辱母婢"，他还故意碰翻灯油，想用热油将宝玉眼睛烫瞎，置哥哥于死地而后生……一句话，贾环是"正邪两赋"里"残忍乖僻"的恶人。

人之初，性本善，同为荣国公后人的贾环为什么与贾宝玉有着如此不同的个性特质呢？同为"玉"，为什么一块光彩照人，一块黯然失色呢？

冰冻三尺，非一日之寒。

贾环，这是一个“劫运而生”的孩子。偌大一个贾府，没有一个人爱他，就连他的亲生母亲赵姨娘也没有真正爱他！赵姨娘把对王夫人、对王熙凤、对贾宝玉的仇恨情绪带到了对儿子贾环的教育当中，时时刻刻挑拨和煽动孩子去惹事，在孩子本该纯净的心田种下仇恨的种子。

花红柳绿仿若仙境的大观园，哥哥宝玉、姐姐探春、寡嫂李纨可以住，黛玉、湘云、宝钗等表姐可以住，唯独贾环不能住，他显然不被贾府统治者重视。

贾宝玉集万千宠爱在一身，锦衣玉食，动则前呼后拥，而贾环却如同孤魂野鬼，无人嘘寒问暖。贾环几乎成了贾府遗弃的孤儿。

元春省亲，鲜花着锦，烈火烹油，好不热闹繁华，纵然极幼的贾兰，也可随母依序行礼，可贾环以“年内染病未痊”为由，被晾在一边。赏赐时，宝玉和姐妹们一样得第一等的礼物，侄子贾兰次一等，贾环的赏赐竟在最末一等。

贾母对宝玉是“含在口里怕化了，捧在手里怕飞了”，可是她的心肝宝贝。老祖宗一向怜贫惜老，关怀下人，即便是对远房来拜寿的客人，她也细心照顾，无微不至。可对贾环这个亲孙子却从来没正眼瞧过，有好东西从来没赏过他，连去庙里打醮都不带他玩。

还有亲姐姐探春对贾环的漠视，她飞针走线只给宝玉做鞋，却从不过问他的冷暖；王夫人骂贾环是“黑心不知道理下流种子”；当家人王熙凤一不高兴就喝骂他像个“燎毛的小冻猫子”；丫鬟们素日也爱理不理，厌恶他……

可怜的贾环啊，“史太君两宴大观园”没有他的座位，众姐妹“秋爽斋偶结海棠社”见不到他的身影，“暖香坞雅制春灯谜”听不到他的笑声……

小小的贾环，正是身体发育、生命成长的关键时期，却没有一个美丽童年。他像《安徒生童话》里的那只丑小鸭，在最需要关心、养育的时候，哥哥、姐姐咬它，公鸡啄它，猫吓唬它，连喂鸡鸭的那个女佣人也用脚踢它。丑小鸭感到非常孤单，非常伤心。所幸丑小鸭还有母亲爱它，而我们的贾环呢？他的母亲却不断用复仇的情绪扭曲他的心理，使他承受、遭遇的是傲慢的怒视、冷漠的忽视，还有恶毒的轻视啊！他本该洒满阳光的心灵一步步冰结成块，滑向恶的深渊。如果贾府里那些呵护宝玉的手，肯在指缝间漏下一点点光给角落里的贾环，或许就会驱散他心中的阴影，让他心胸宽广起来，也许他也能像丑小鸭一样成为白天鹅。可惜，没有。

于是，一个坏孩子就“应劫而生”……

2.“坏孩子”，众人欠你一个“赞”。

可怜、可憎的贾环真的恶贯满盈吗？真的一无是处吗？

《红楼梦》的正邪两赋说对人的个性品格的形成提出了一个创新的观点，即每一个人都是“正能量”与“负能量”的矛盾统一体，是“正气”与“邪气”“搏击掀发”所结的果。还记得在《红楼梦》三十一回，史湘云向丫鬟翠缕讲了一番万物生成的道理：“天地间都赋阴阳二气所生，或正或邪，或奇或怪，千变万化，都是阴阳顺逆。”她又说：“阴阳可有什么样儿，不过是个气，器物赋了成形。”

在正邪两赋说里，曹雪芹借贾雨村之口对比做了更形象的描述，他先歌颂当下国情“运隆祚永之朝，太平无为之世”。这难逢的盛世里，到处充溢着正能量，“清明灵秀之气所秉者，上至朝廷，下及草野，比比皆是”。太平盛世带来的恩泽不仅惠及人民，也化作甘露沐浴万物，“洽然溉及四海”。然而，正如世界有日月阴阳、黑白交融一样，光明因黑暗而存在，正义因邪恶而光彩。那些残忍乖僻之邪气，虽然在光天化日之下化作一缕轻雾，但却“凝结充塞于深沟大壑之内”。偶然遇到风吹草动，这残忍乖僻邪气一丝半缕飘然而出，恰好遇到清明灵秀的正气路过，“正不容邪，邪复妒正，两不相下，亦如风水雷电，地中既遇，既不能消，又不能让，必至搏击掀发后始尽”。世界由“正气”与“邪气”形成，人的生命又何尝不是如此呢？

（雨村）故其气亦必赋人，发泄一尽始散。使男女偶秉此气而生者，在上则不能成仁人君子，下亦不能为大凶大恶。置之于万万人中，其聪俊灵秀之气，则在万万人之上；其乖僻邪谬不近人情之态，又在万万人之下。

原来世上没有绝对的好人，也没有绝对的坏人。每个人的生命基因里都充盈着“正气”，也蕴藏着“邪气”，如果什么时候“聪俊灵秀之气”战胜“乖僻邪谬”，那么，他就是好人。反之则成为“坏”人。

再把目光投向贾环，请大家用欣赏的目光来看他。

就从《红楼梦》第七十八回“老学士闲征姽婳词，痴公子杜撰芙蓉诔”说起吧！

那天贾府里高朋满座。

贾政书房。一帮文人雅士举行一场别开生面的“茶话会”，贾政谈起一位女中豪杰林四娘，不由心血来潮，提议让幕友们作一首挽诗《姽婳词》纪念林四娘。这时贾宝玉、贾环、贾兰叔侄三人也赶到，贾政要求他们各作一首。

……贾环贾兰二人近日当着多人皆作过几首了，胆量愈壮，今看了题，遂自去思索。一时，贾兰先有了。贾环生恐落后也就有了。二人皆已录出，宝玉尚出神。贾政与众人且看他二人的二首。贾兰的是一首七言绝，写道是：

姽婳将军林四娘，玉为肌骨铁为肠，

捐躯自报恒王后，此日青州土亦香。

众幕宾看了，便皆大赞：“小哥儿十三岁的人就如此，可知家学渊源，真不诬矣。”贾政笑道：“稚子口角，也还难为他。”又看贾环的，是首五言律，写道是：

红粉不知愁，将军意未休。

掩啼离绣幕，抱恨出青州。

自谓酬王德，讵能复寇仇。

谁题忠义墓，千古独风流。

众人道："更佳。倒是大几岁年纪，立意又自不同。"贾政道："还不甚大错，终不恳切。"众人道："这就罢了。三爷才大不多两岁，在未冠之时如此，用了工夫，再过几年，怕不是大阮小阮了。"贾政道："过奖了。只是不肯读书过失。"

这是整部《红楼梦》中，贾环得到的一次最为善意的肯定。他的诗作反映了他扎实的文学基本功，全诗平仄协调，对仗工整。诗歌活灵活现地写出了巾帼英雄面临强敌的心理活动，读起来慷慨悲壮。这是贾环童年里最阳光灿烂的一幕。听了大家的表扬，他一定心花怒放，心中的阴影会烟消云散。显然，贾环并非孬种，贾环的生命基因里也曾有亮丽的一面，有同样值得我们"点赞"的"正气"。可恨的是贾府里的人们对贾环存在的偏见，一次次扼杀了他追求进步的意念，使他生命里"聪俊灵秀"的才气屡屡被"乖僻邪谬"的邪气所斗败。

可怜可叹的贾环啊，贾府的大人们欠你一个温暖的拥抱，欠你一个善意的生命"点赞"！

元宵节，元春请弟妹们猜灯谜、写灯谜，贾环也写了一个递进去。元春连猜都懒得猜就退回来了，她直接让太监传话："三爷说的这个不通。"居高临下的嘲讽，冰冷的不耐烦，浇灭了贾环好学上进的热情。

中秋月朗，同样是叔侄三人写咏月诗。宝玉的诗尽管"词句不雅"，老祖母不吝啬表扬："这就罢了。他能多大，定要他做才子不成！这就该奖励他，以后越发上心了。"对贾兰的诗老祖宗同样"十分喜欢"，慷慨奖励。贾环见宝玉和贾兰受到表扬奖励，他手心痒痒的，心也痒痒的，写了一首，想得到同样的奖励。但众人似乎依然对他冷漠处之，幸好有贾赦连声赞好：“这诗据我看甚是有骨气。……我爱他这诗，竟不失咱们侯门的气概。”然而，贾母老人家居然吝啬得一句鼓励的话都没有！这让一个渴望进步的孩子能不失望吗？

冬季，大观园里突然海棠开花。贾母来了兴致，摆下酒宴庆贺，又把贾宝玉、贾环和贾兰这爷仨叫来，各作一首贺诗。贾母依然带着偏见评价三人的“海棠诗”：“我不大懂诗，听去倒是兰儿的好，环儿做得不好。”

……

美国心理学家威廉·詹姆斯曾深刻指出：“人性最深层的需要就是渴望得到别人的欣赏和赞美。”是的，无论年龄大小、地位高低，人们都不会拒绝别人的赞扬，来自别人的赞扬或奖励，能令人产生愉悦的情绪体验。尤其是生命成长中的学生，在赞美之下，他一定会朝着你引导的方向前进。在贾府自惭形秽的贾环与同龄人一样，也渴望进步，渴望表现，更需要来自人们的鼓励与肯定，以振奋他的精神，唤醒他的聪俊敏锐的灵性。可是，荣国府里上上下下一次次的冷嘲热讽宛若风刀霜剑，无情地摧残他不断滋长的希望与梦想，直至梦想毁灭，直至他走向堕落！每个孩子原本都是纯洁的天使，却因为成长环境的畸形，正不压邪，邪复妒正，终究折断了一个孩子飞翔的翅膀。别人对他的偏见与恶意复活了他内心的丑恶，他也将变异成魔鬼，多么可怕呀！

每次想起贾环，想起他屡次表现优秀却得不到肯定时的窘态，看到他咬着嘴唇，噙着泪花的可怜相，都让人心生不忍。我真想走进书里，张开双臂上前拥抱这个孩子，并向他竖起拇指，真诚地给予一个“赞”，告诉他：“你其实也是很棒的！”

亲爱的老师，你能做到吗？

3. 生命因个性而精彩。

纤纤小草，点点野花，还有婀娜的树木，相互交织构成了美丽的风景。不同的你、我、他构成了丰富多彩的世界。

生命的成长也许因环境的不一样而呈现出不一样的情态，纵然每一个生命体里的“正邪两赋”的内容有所不同，但只要“清明灵秀”的“正气”战胜“残忍乖僻”的“邪气”，那么，其生命都是精彩的。对此，贾雨村有一段精辟之辞：

……若生于公侯富贵之家，则为情痴情种；若生于诗书清贫之族，则为逸士高人；纵再偶生于薄祚寒门，断不能为走卒健仆，甘遭庸人驱制驾驭，必属奇优名倡。如前代之许由、陶潜、阮籍、嵇康、刘伶、王谢二族、顾虎头、陈后主、唐明皇、宋徽宗、刘庭芝、温飞卿、米南宫、石曼卿、柳耆卿、秦少游，近日之倪云林、唐伯虎、祝枝山，再如李龟年、黄幡绰、敬新磨、卓文君、红拂、薛涛、崔莺、朝云之流，此皆易地则同之人也。

每个人都可能是“正邪两赋”的人，但处于不同的环境，则成为不一样的人。曹雪芹借贾雨村之口列举了情痴情种、逸士高人、奇优名娼三类人。他们虽然地位不同，身份不同，虽然成王败寇，但他们都拥有“清明灵秀”的生命基因，同时，“残忍乖僻”的“邪气”也隐匿于生命的阴影中，那是他们生命成长中天性的一部分。

走进《红楼梦》，我们看到了一个个光彩照人的人物，同时也隐隐约约为他们的生命“邪气”被隐而惋惜，但这并不影响我们对他们的喜欢。好像他们就在我们身边，在我们生活里。

那是贾宝玉，我们赞赏他的风流倜傥，对友情、对爱情情深意长，同时又为他的愤世嫉俗、青春叛逆而担忧。

那是林黛玉，我们仰慕她的内慧外秀、才学横溢，又为她的体弱多病、多愁善感而怜惜。

那是史湘云，我们喜欢她的英豪之气、侠女风范，又担心她冒失轻率、心直口快而遭人误会。

那是薛宝钗，我们喜欢她的品格端方，“任是无情也动人”的淑女风采，却不喜欢她过分人情练达，“随分从时”的处世哲学。

那是贾探春，我们为她的精明能干、勇于担当的气魄喝彩，也为她对生母赵姨娘的冷酷无情而叹惜。

那是尤三姐，我们敬佩她有胆有识，出淤泥而不染，却同情她因刚烈性格而导致的悲剧下场。

那是晴雯，我们欣赏她的风流灵巧，心比天高，却为她尖酸刻薄、孤高气傲而扼腕叹息。

那是袭人，我们喜欢她温柔和顺的性格，喜欢她恪尽职守的敬业精神，却为她难以掩饰的奴性，她从来没有真正为自己活过而悲哀。

那是王熙凤，少男少女们亲切地称她为凤姐，《红楼梦》里最耀眼的金钗。她以一个女子的身份主持整个家族的日常事务，肩负着家族的荣辱兴衰的重任，给日薄西山的贾府带来一股强悍的生命力，一扫贾家男人们的萎靡不振。人们称她为贾府里的“铁腕女总管”一点也不过。好一个凤姐，不少人认为她是反面人物，可是当我们真正走进《红楼梦》，会有别样的认识。我们折服于她的精明能干，却畏惧她的心狠手辣；我们敬重她的永不言败，却厌恶她的视财如命；我们仰慕她的风华绝代，却担心她的笑里藏刀；我们钦佩她的左右逢源，却悲悯她未遇真爱……

这就是善恶交织、美丑共存的凤姐，多少男子欲恨不能，爱她爱得神魂颠倒，心甘情愿拜倒在她的石榴裙下！

……

人性是文学作品要表现的永恒的主题。什么是人性呢？托尔斯泰说：“所有的人，正像我一样，都是黑白相间的花斑马——好坏相间，好好坏坏，亦好亦坏。”文学反映生活，《红楼梦》里这一群集美与丑于一身的诸多角色，也许就是我们生活中的人，就是我们学校里的学生。他们都具有“清明灵秀”的生命基因，也因不同的家庭文化、经济背景呈现出不一样的个性特征，存在着不同的性格缺陷。但恰恰因为不一样的他们，才形成了千姿百态的世界，才有了我们眼前这群天真活泼，有时不免淘气顽皮，令你生气的孩子。他们不会因为存在这样那样的缺陷而影响他们生命的美丽。

教育的意义在于，扬长避短，长善救失，让每一个学生“清明灵秀”的生命基因发扬光大，让生命的大树万古长青。

三、重建梦想课程，让生命诗意栖居

众所周知，教育的本源是为人的发展服务。可是人为什么要发展呢？人的生命又有什么意义与价值呢？

记得有一则新闻故事。20 世纪 90 年代京九铁路开工建设，记者沿线采访当地人民，有这样一个采访场景。

荒郊山野，一个小孩在放羊。

记者：“你在干什么呀？”

牧童：“放羊。”

记者：“放羊干什么呀？”

牧童：“攒钱。”

记者：“攒钱干什么呀？”

牧童：“娶媳妇。”

记者：“娶媳妇干什么呀？”

牧童：“生娃。”

记者：“生娃干什么呀？”

牧童：“放羊。”

个体生命如此循环，生生不息。如果说这就是人的生命意义，那么，人的生命与动物的生命就没有本质的不同了。或者说，这不是生命的全部意义与价值。

探寻生命的价值是古今中外哲人和优秀文学家都在思考的重要命题。人不同于动物的地方在于人有灵魂，有精神，有情感。《红楼梦》以其对人的灵魂的深切关注诠释了曹雪芹的人生价值观，被曹雪芹肯定的人不仅有血有肉，有七情六欲，更有高贵的人格、清明的思想、丰沛的情感世界。他一定不同于灵魂失落的尘世俗人，也不同于沉醉于腐朽的传统世俗、陷入功名利禄的泥潭而不能自拔的泥人木偶。实现人在尘世中的诗意栖居，是大观园里那群青春少年的生命追求。为此，天才的作者为他们设置了一门门不同于传统教育的文化课程。

1. 海棠诗社，我的青春我做主。

诗是照在心田上的太阳，金色的阳光能融化人们的一切烦恼、苦难、忧愁和不幸，甚至还能把它们转化为美丽的风景。当代著名诗人席慕蓉写过一首题为《诗的价值》的诗：

若你忽然问我
为什么要写诗
为什么　不去做些
别的有用的事
那么　我也不知道
该怎样回答
我如金匠
日夜捶击敲打
只为把痛苦延展成
薄如蝉翼的金饰
不知道这样努力地
把忧伤的来源转化成
光泽细柔的词句
是不是　也有一种

美丽的价值

《红楼梦》中，作者用最美丽的文字对海棠诗社的各种活动进行了精彩的描写。

“天上人间诸景备，芳园应赐大观名。”大观园是自然美的艺术化身，是《红楼梦》中的“伊甸园”。元春省亲后，通情达理的曹雪芹特意安排贾政赴外任当“学差”，借元春之权让贾宝玉他们住进了大观园。于是，这群花季少年有了一个美丽的家园。他们自发组建海棠诗社，赞美海棠，讴歌菊花，吟咏螃蟹，借雪抒怀……从而放飞心灵，感怀生命，用他们的诗情画意点亮了大观园的每一处风景。

诗社里没有功名利禄，没有森严等级，没有亲疏远近，只有平等的身份，只有自由的学术氛围，只有感受生命成长的快乐。诗歌像太阳一样照亮了少男少女们的青春年华。“槁木死灰”般的寡嫂李纨，喷涌着灼热丰富的情感，评点诗歌时神采飞扬；多愁善感的林黛玉，点点泪花化为澎湃的诗情，美好的氛围把弱柳扶风般的林妹妹滋养得才情万般，光彩照人；那个从小就与父母失联的香菱，竟然也诗心萌动，学诗、写诗，心醉神迷；还有那投亲寄居于大观园的李绮、邢岫烟、薛宝琴们，在诗的世界里觅到了知音，找到了精神的归依……多么神奇、美妙的诗啊！大观园里这群有着不同生命缺陷的青春少年，在充满诗意的阳光下重塑生命，升华生命的价值，绽放出了生命的美丽。

也许这样介绍有点抽象，我们还是从他们热闹的诗社生活中，采撷一个诗意的片段吧。

《红楼梦》第六十二回“憨湘云醉眠芍药裀，呆香菱情解石榴裙”中写道：

……一个小丫头笑嘻嘻的走来：“姑娘们快瞧云姑娘去，吃醉了图凉快，在山子后头一块青板石凳上睡着了。”众人听说，都笑道：“快别吵嚷。”说着，都走来看时，果见湘云卧于山石僻处一个石凳

子上，业经香梦沉酣，四面芍药花飞了一身，满头脸衣襟上皆是红香散乱，手中的扇子在地下，也半被落花埋了，一群蜜蜂蝴蝶闹穰穰的围着他，又用鲛帕包了一包芍药花瓣枕着。众人看了，又是爱，又是笑，忙上来推唤搀扶。湘云口内犹作睡语说酒令，嘟嘟囔囔说：

泉香而酒冽，玉碗盛来琥珀光，直饮到梅梢月上，醉扶归，却为宜会亲友。

这就是大观园里那个纯真、美丽、憨态可掬的少女史湘云。她自幼父母双亡，由叔叔婶婶抚养长大，偶尔来贾府小住。她的诗思不逊于林妹妹，她的苦难也不亚于林黛玉。然而，在诗的王国里，灿烂的阳光驱除了她不幸身世带来的愁苦，让她涅槃成绚丽的彩霞。诗的国度，是花的王国。美丽的湘云，醉卧在花香编织的摇篮里，枕着花囊，缤纷的花瓣飞落一身，蜂喧蝶舞在她耳边抒情地吟唱。花的世界，是诗的国度。多情的湘云，醉卧在花的王国里，梦里吟诗一片美好，做着酒的梦，做着梅的梦，做着月光的梦，做着亲情友情的梦，做着诗的梦……

2. 节日课程，以文化的名义欢庆。

传统节日是我们不能忘却的文化符号。

中国传统节日从远古走向现代，从中国走向世界，有着许多精彩的文化内容。它包括饮食文化、民间艺术文化、诗词文化、戏曲文化等，是弥足珍贵的历史文化遗产。就教育教学的角度而言，传统节日是一份取之不尽的富有学习价值的课程资源。

在《红楼梦》里，作者不止一次再现了几乎所有中国传统节日的习俗，包括除夕、春节、元宵、端午、七夕、中秋、重阳，等等。从这一角度而言，《红楼梦》也是一部节日文化巨著。令人羡慕的是，大观园里的少男少女们珍视每一个节日文化生活，不仅过得热热闹闹，而且让它充满诗情画意。

仅元宵节《红楼梦》中就出现了四次，前两次与大观园关系不大。第三次是第十八回中写贾元春归省庆元宵，这是最热闹的一次。贾府里张灯结彩，喜气洋洋，这是所有富贵人家都会有的庆祝场面，但贾府的庆祝活动还不止这些。大观园落成，元春省亲恰逢元宵灯节，她因时因地制宜，组织了一场歌赞大观园落成的“赛诗会”。“名园筑何处，仙境别红尘。借得山川秀，添来景物新。”贾宝玉和他的姐妹们用自己的诗歌自觉地进行了一次“我爱我家”的赛诗大会。聪明的元春大姐通过“赛诗会”不露声色地对弟弟妹妹们的学习成绩进行了一次“摸底测试”。

还是元宵节，在大姐元春提议下，贾府里还举办了一场情趣盎然的灯谜会。贾母为了给少男少女们一个宽松的环境，想把一向在子女面前太过严肃的贾政支走，没想到贾政却不愿被家人排除于节日之外，满脸笑呵呵地说：“今日原听见老太太这里大设春灯雅谜，故也备了彩礼酒席，特来入会。何疼孙子孙女之心，便不略赐以儿子半点?”这老男人，在老母亲面前居然撒起娇来。我们难得看到了贾政温柔的一面，贾母也乐得贾政参加，于是有了这样一场别样的灯谜会。

贾母笑道：“你在这里，他们都不敢说笑，没的倒叫我闷。你要猜谜时，我便说一个你猜，猜不着是要罚的。”贾政忙笑道：“自然要罚。若猜着了，也是要领赏的。”贾母道：“这个自然。”说着便念道：

猴子身轻站树梢。

——打一果名。

贾政已知是荔枝，便故意乱猜别的，罚了许多东西，然后方猜着，也得了贾母的东西。

多么可爱的贾老爹，热闹的节日活动让他童心未泯，仿佛又回到了天真无邪的童年。他“故意乱猜”，只为了讨母亲的欢心；“方猜着”，只为了也能得到母亲的奖赏。

好温馨的一幕！贾政心血来潮，也编了一个谜语。

身自端方，体自坚硬。

虽不能言，有言必应。

——打一用物。

说毕，便悄悄的说与宝玉。宝玉意会，又悄悄的告诉了贾母。贾母想了想，果然不差，便说：“是砚台。”贾政笑道：“到底是老太太，一猜就是。”回头说：“快把贺彩送上来。”地下妇女答应一声，大盘小盘一齐捧上。贾母逐件看去，都是灯节下所用所顽新巧之物，甚喜，遂命：“给你老爷斟酒。”宝玉执壶，迎春送酒。

真正的文化活动能把人带到一个超越时空、超越物欲的精神世界。在这样一个世界里，猜谜、制谜，猜着、被猜着，分享、被分享，都是一种快乐。在这样一个世界里，贾政老爷忘却了身处官场的世态炎凉，重新找回了原始人性中那份天真与质朴的本性。

我们继续观赏他们的灯谜会。

贾母因说：“你瞧瞧那屏上，都是他姊妹们做的，再猜一猜我听。”贾政答应，起身走至屏前，只见头一个写道是：

能使妖魔胆尽摧，身如束帛气如雷。

一声震得人方恐，回首相看已化灰。

贾政道：“这是炮竹嗄。”宝玉答道：“是。”贾政又看道：

天运人功理不穷，有功无运也难逢。

因何镇日纷纷乱，只为阴阳数不同。

贾政道：“是算盘。”迎春笑道：“是。”又往下看是：

阶下儿童仰面时，清明妆点最堪宜。

游丝一断浑无力，莫向东风怨别离。

贾政道：“这是风筝。”探春笑道：“是。”又看道是：

前身色相总无成，不听菱歌听佛经。

莫道此生沉黑海，性中自有大光明。

贾政道：“这是佛前海灯嗄。”惜春笑答道：“是海灯。”

……

灯谜是一项雅俗共赏的文娱活动，是中华民族特有的传统语言文字艺术。多么难忘的元宵灯谜会呀！少男少女们在大观园里，不仅猜别人的谜语，感受语言文字的魅力，也制作谜语给别人猜，通过灯谜交流思想，感受智力活动的快乐。

传统节日是最具象的民族文化符号。

《红楼梦》里的每一个节日，贾府人都过得有文化味。曹雪芹写第四次元宵节是在第五十三回“宁国府除夕祭宗祠，荣国府元宵开夜宴”，贾母带着一府男女老少在大观园里看戏，放炮仗，观烟火，热闹非凡。第五十四回写此次节日活动中，直至深夜贾母他们依然玩兴不减，又玩起了“击鼓传梅”的游戏。鼓声点点，梅花传递，笑语声声，贾母的一个“巧嘴媳妇喝猴尿”的笑话乐翻了所有人。而凤姐儿的笑话“聋子点炮仗”把元宵活动推向了高潮。

中秋节在《红楼梦》中也多次出现，第七十五回“开夜宴异兆发悲音，赏中秋新词得佳谶”，月朗星稀，清风轻抚，凸碧堂前笛声悠扬。贾母领着男男女女又开展了一次“鼓击传桂”的游戏，他们说酒令，讲笑话，吟诗作对，笑语频传，那是多么惬意的画面。而凹晶馆前“天上一轮皓月，池中一轮水月，上下争辉，如置身于晶宫鲛室之内”。林黛玉与史湘云还沉醉在明月清风里，诗兴勃发，又展开了一次别开生面的联诗对吟活动，她俩妙手偶得，一联“寒塘渡鹤影，冷月葬花魂”流传千古。

3. 旅行课程，看千姿百态的世界。

古罗马智者奥古斯狄尼斯说过：“世界是一本书，而不旅行的人们只读了其中的一页。”中华先哲也不止一次谆谆教导后人不仅要“读万卷书”，更要“行万里路”。山川湖泊、天涯海角、异国他乡都是一本本读之不完、学之不厌的自然之书、文化之书、生命之书。对于《红楼梦》里那些极其羡慕能读到生命之书的人，曹雪芹更是赞美有加。

《红楼梦》第四十九回“琉璃世界白雪红梅，脂粉香娃割腥啖膻”写到薛宝琴仿佛九天仙女飘然而至，大观园里增色无比，海棠诗社更是锦上添花。这是一个集天地精华、灵秀于一身的少女，一下子俘虏了贾府上下所有人的心，贾母对薛宝琴的喜爱简直是无以复加，又是逼着王夫人认了干女儿，又是留她同住，又是送衣送裳，还似乎有意给贾宝玉提亲。

薛宝琴的颜值超凡脱俗，她的才气更是令人刮目相看。芦雪庵争联诗会，薛宝琴初试身手，就令人折服。她以敏捷的才思，连赋佳句，战得湘云只有招架之力。联诗结束的“延时赛”咏梅花，她以梅写人，以人比梅，赞一树红梅“疏是枝条艳是花，春妆儿女竞奢华”。好清朗的意境，好明艳的形象！浓艳的《咏红梅花》诗力压群芳，独占鳌头。

第五十一回中写薛宝琴新编十首怀古诗当众展示，把一个才华横溢的才女的形象塑造得近乎完美。她的《赤壁怀古》《交趾怀古》《钟山怀古》《淮阴怀古》《广陵怀古》以独特的视角评点不同时代的风云人物，力透纸背，真知灼见振聋发聩！她在《桃叶渡怀古》中感叹王献之与桃叶的别离：“桃枝桃叶总分离”；她在《青冢怀古》中为王昭君和亲远嫁，发出一声声悲叹：“汉家制度诚堪叹”！她住《马嵬怀古》中哀伤着杨玉环的哀伤：“寂寞脂痕渍汗光，温柔一旦付东洋。”……薛小妹对一个个无辜美人不幸命运的别样解读，透出对女人命运的悲悯与哀伤，彰显着她的才情之蕴深，思辨之敏锐。

以诗论史，以诗论人，鞭辟入里，不由人不称奇道妙，好一个薛宝琴！难怪有人评价说海棠诗社因薛宝琴的加盟而注入新鲜的血液，大观园因她的到来，把《红楼梦》推向又一座新的文化高峰。问渠哪得清如许？这内外兼惠、清纯可爱的美人坯子，上天是怎么把她造就的呢？

在《红楼梦》第五十回里薛姨妈的一番话让我们恍然大悟。

他从小儿见的世面倒多，跟他父母四山五岳都走遍了。他父亲是好乐的，各处因有买卖，带着家眷，这一省逛一年，明年又往那一省逛半年，所以天下十停走了有五六停了。

薛宝琴是大观园唯一一个既“读万卷书”又“行万里路”的闺阁少女，这个美人坯子是集日月之精华、汇山川之秀气凝聚而成的。子曰“知者乐水，仁者乐山”，崎岖的路途，远方的诱惑，把一个娇弱少女打造得体魄强健、文思飞扬。薛宝琴惊世骇俗的美貌缘于她快乐活泼的青春气息，这是大观园其他少女所少有的。薛宝琴的美是一种清雅高洁的志趣美，她写诗不是为了炫耀自我，而是为了寻求一种乐趣，抒发对生活的热爱和内心的感受。她的诗可以是风花雪月，可以是铁马秋风，可以是三山五岳的曼妙风景，可以是敞开了的闺阁少女的心灵世界。薛宝琴的美是一种聪颖敏捷的才情美。是天南地北的风土人情、他乡异水的名胜古迹丰富了她的阅历，涵养了她的精神世界。薛宝琴是贾府女子中最有故事的人，每个人都能从她身上发现新奇的东西。她写的十首新编怀古诗，以其浓郁的地域特色，让人耳目一新。其中所隐藏的十个谜语，不仅难倒了大观园里那群才华横溢的姐妹们，也令百年之后的人们心醉神迷。而第五十二回宝琴讲述年仅八岁的她跟随父亲到海外做买卖的难忘经历更令多少人钦羡与惊叹。神秘的真真国，“披着黄头发，打着联垂，满头带的都是珊瑚、猫儿眼、祖母绿这些宝石”的异域美人，还有会做诗、通中文的异域才女……薛宝琴娓娓道来，让听者如临其境，眼界大开，着实陶醉了一番。

薛宝琴是《红楼梦》中全面发展、综合素质最高的少女。她丰富的性格特质体现了曹雪芹关于至善至美的人的最高体悟。黑格尔说过：“每个人都是一个整体，本身就是一个世界。”薛宝琴不仅“腹有诗书气自华”，更因为“胸有丘壑万千”，使她的晶莹闪光的内在美与外在美完美结合起来。

旅行，就是这么一门无法替代的成长课程。亲爱的老师，亲爱的家长，从薛宝琴的成长经历中，你们参悟到什么了吗？俄国教育家乌申斯基说过：“美丽的城郭，馥郁的山谷，凹凸起伏的原野，蔷薇色的春天和金黄色的秋天，难道不是我们的教师吗？”带着孩子去旅行吧，让高山的雄壮涵养孩子的坚毅，让大海的磅礴博大孩子的胸怀，让山光物态愉悦孩子的身心，让名胜古迹丰盈孩子的文化素养……

4. 即时课程，让生活燃烧诗意。

世界是一本读不完的书，生活是一首写不尽的诗。大观园里的少男少女们虽然不能像薛宝琴那样冲出深宅大院的沉沉大门，走进大千世界，饱览秀丽山川，尽阅人间春色，但他们凭着对生活的无限热爱，用自己的心，将有限的生活燃烧成一首首激情澎湃的诗。

《红楼梦》第十七回，那么多诗意的场景。景色秀美的大观园，灯海烟花满天的元宵节，灵秀的少年们不愿错过良辰美景，欣然决定举办元宵诗会，以他们曼妙的才思点燃一园的诗情。

第三十七回，大观园诗社成立，恰遇贾芸给贾宝玉送来两盆白海棠花，大嫂李纨马上提议：“方才我来时，看见他们抬进两盆白海棠来，倒是好花。你们何不就咏起他来？”于是，海棠花拉开了诗社第一次活动的大幕。他们并以花命名诗社为“海棠诗社”，可谓妙手偶得。

第三十八回，秋高气爽，菊黄蟹肥，海棠诗社的“菊花诗会”“螃蟹诗会”，相继闪亮登场。美酒、肥蟹、黄花，还有从心灵深处流泻而出的美丽诗情，多么惬意的生活啊。大观园简直成了人间天堂。

第五十回，大雪飘飘，天寒地冻，大观园里的诗友们却欢喜于漫天飞雪。诗友们锦心绣口，争联即景，争先恐后，诗思如雪花飞舞。“欲志今朝乐，凭诗祝舜尧”，他们片片诗情，硬是把芦雪庵烘托得温暖如春，喜气洋洋。

第七十回，春到人间，桃花灼灼，柳絮翻飞。少年们触景生情，一场“桃花柳絮词会”在飞扬的柳絮中拉开帷幕。诗友们的诗思也如柳絮般飘洒，潇湘妃子的缠绵悲戚，枕霞旧友的情致妩媚，各人都尽显才情。薛宝钗的《临江仙》，凭借一句“好风凭借力，送我入青云”，令人拍案叫绝，也给日渐颓败的贾府传递着满满的正能量。

……

“教育即生活”是杜威对教育的重要定义。曹雪芹的教育思想超前于杜威，时时注意引导大观园里的少男少女们珍视生活，及时发现生活的美，学习运用自己的语言反映生活。高鹗续写的第九十四回“宴海棠贾母赏花妖，失宝玉通灵知奇祸”中，大观园里发生一件奇异的事：本是阳春三月盛开的海棠竟然在冬季十一月开放，这反季节规律的异象引发了贾府众人不一样的猜测。贾母不管人们怎么议论，她有自己的看法。只见她喜出望外，又是吩咐厨房“快快预备酒席”，又是召集儿孙们赏花。大家来了，贾母不放过这次不期而至的教学机会，安排了这样一场别有情趣的学习场景。

（贾母）叫：“宝玉、环儿、兰儿各人做一首诗志喜。林姑娘的病才好，不要他费心，若高兴，给你们改改。”对着李纨道：“你们都陪我喝酒。”李纨答应了“是”，便笑对探春笑道：“都是你闹的。”探春道：“饶不叫我们做诗，怎么我们闹的？”李纨道：“海棠社不是你起的么，如今那棵海棠也要来入社了。”大家听着都笑了。一时摆上酒菜，一面喝着，彼此都要讨老太太的欢喜，大家说些兴头话。宝玉上来，斟了酒，便立成了四句诗，写出来念与贾母听道：

海棠何事忽摧隤，今日繁花为底开？
应是北堂增寿考，一阳旋复占先梅。

贾环也写了来念道：

草木逢春当茁芽，海棠未发候偏差。
人间奇事知多少，冬月开花独我家。

贾兰恭楷誊正，呈与贾母，贾母命李纨念道：

烟凝媚色春前萎，霜浥微红雪后开。

莫道此花知识浅，欣荣预佐合欢杯。

著名教育学家陶行知指出：“全部的课程包括全部的生活，一切课程都是生活，一切生活都是课程。”从课程论的角度而言，曹雪芹和高鹗都深谙此道，因此，大观园发生的每一件奇怪或新鲜的事件都被少男少女们写成了诗。正因为如此，大观园成了诗的花园，诗点燃了这些少男少女们的青春生活。

四、美丽的教育梦想，尊重每一个生命个体

教师是人类灵魂的工程师，这是对教育工作者最崇高的评价。有意思的是，据说这“灵魂的工程师”美称，最初是苏联领导人斯大林送给作家的桂冠，后来被教育家加里宁引用到人民教师的头上。如果说教育与文学有个共同主题的话，那就是为了生命的发展，两者从事的都是塑造“人的灵魂”的工作。《红楼梦》是一部拥有大视野的文学巨著，它寓含着曹雪芹对于生命发展的探寻。

1. 三次葬花，生命的有情与无情。

佛说：“万物皆有灵性。”

作家吉米·哈利说：“万物有灵且美。”

诗人张九龄说：“草木有本心，何求美人折。”

一次读书时，先哲庄子的一句名言偶然跳进我的眼帘：“与人为善，与物为春。”我的心刹那间为之敞亮，一股暖流倏然间流遍全身。心底存善，善心泽披于人者，也一定会以春天般的温暖温暖着万物，滋养着花草，呵护着一切的生灵。“千红一窟”的大观园，是花的天堂，然而，花开一季，时光无情，怎样对待这即将逝去的生命呢？我把《红楼梦》三次葬花的相关内容节选出来，组织学生品读赏析，从一而再，再而三的“葬花”中了解少男少女们的生命历程。

第一次葬花。

《红楼梦》第二十三回“西厢记妙词通戏语，牡丹亭艳曲警芳心”。那是三月中旬，春暖花开的时节。

那一日正当三月中浣，早饭后，宝玉携了一套《会真记》，走到沁芳闸桥边桃花底下一块石上坐着，展开《会真记》，从头细玩。正看到“落红成阵”，只见一阵风过，把树头上桃花吹下一大半来，落的满身满书满地皆是。宝玉要抖将下来，恐怕脚步践踏了，只得兜了那花瓣，来至池边，抖在池内。那花瓣浮在水面，飘飘荡荡，竟流出沁芳闸去了。

回来只见地下还有许多，宝玉正踟蹰间，只听背后有人说道：“你在这里作什么?”宝玉一回头，却是林黛玉来了，肩上担着花锄，锄上挂着花囊，手内拿着花帚。宝玉笑道：“好，好，来把这个花扫起来，撂在那水里。我才撂了好些在那里呢。”林黛玉道：“撂在水里不好。你看这里的水干净，只一流出去，有人家的地方脏的臭的混倒，仍旧把花遭塌了。那畸角上我有一个花冢，如今把他扫了，装在这绢袋里，拿土埋上，日久不过随土化了，岂不干净。”

宝玉听了喜不自禁，笑道：“待我放下书，帮你来收拾。”

好温情的一幕啊！亲爱的同学，从中我们读到了什么呢?

学生说，两个葬花人不期而遇，心有灵犀。

学生说，两个少年都有诗人的气质，悲伤着落花的悲伤，怜惜着落红的怜惜。

学生说，两颗青春的心，都燃烧着对生命的爱。花木有情，花草有爱，他们一起葬花，为爱建造美丽的天堂。

学生说，与物为春，落花为媒。两个豆蔻年华的少年都有一颗善良的心，他们从“乱红阵阵”中看到了“多愁多病身”，看到了那“倾城倾国貌”。他们怜香惜玉，爱花如人，埋下了落红，种下爱的种子，开启了一段爱的生命旅程。

却原来“落红不是无情物，化作春泥更护花”啊。

第二次葬花。

《红楼梦》第二十八回“蒋玉菡情赠茜香罗，薛宝钗羞笼红麝串”中道：

> 可巧遇见饯花之期，（黛玉）正是一腔无明正未发泄，又勾起伤春愁思，因把些残花落瓣去掩埋，由不得感花伤己，哭了几声，便随口念了几句。不想宝玉在山坡上听见，先不过点头感叹；次后听到“侬今葬花人笑痴，他年葬侬知是谁”，“一朝春尽红颜老，花落人亡两不知”等句，不觉恸倒山坡之上，怀里兜的落花撒了一地。试想林黛玉的花颜月貌，将来亦到无可寻觅之时，宁不心碎肠断！既黛玉终归无可寻觅之时，推之于他人，如宝钗、香菱、袭人等，亦可到无可寻觅之时矣。宝钗等终归无可寻觅之时，则自己又安在哉？且自身尚不知何在何往，则斯处、斯园、斯花、斯柳，又不知当属谁姓矣！

……

落英缤纷。

花雨中林黛玉弱柳扶风，花锄慢举，娇喘微微，声声悲泣。好一个令人肝肠寸断的葬花场面，人们的目光一下都聚焦到林黛玉的身上，忍不住为其掬一捧同情泪。可是，我们关注过看葬花的人吗？当我把这个问题抛出来的时候，学生们仿佛醍醐灌顶，目光不约而同地转向了贾宝玉——“恸倒山坡之上，怀里兜的落花撒了一地”。恸者，极其悲痛也。昔有“颜回死，子哭之恸”，有柳宗元哭连州凌员外司马：“我歌诚自恸，非独为君悲。”

请问，此地，此时，贾宝玉又为谁“恸”呢？

学生说，一定是为林妹妹，片片花瓣飞离枝头触动着她那根易感的心弦，青春易逝，年华不再。贾宝玉悲恸着林妹妹的悲恸！

学生说，不只为林妹妹，也为大观园里的所有姐妹们。花无百日红，天下没有不散的筵席。“千红一窟”，总有一日千红一枯，随风飘去，随水漂流，空留一树枯枝，在悲伤的季节战栗。贾宝玉悲恸着一树枯枝的悲恸，悲恸着姐妹们红颜老去、不知归向何方的悲恸。

学生说，不止为林黛玉和众姐妹们，也为自己辜负了大好青春，抱负不成，心事不着而伤心。大观园里千红一枯，飞红随流水而逝，而自己的梦想却如“落花片片逐水去”。贾宝玉悲恸着光阴不再、生命无常的悲恸，悲恸着沧海桑田、梦想难圆的悲恸。

……

却原来，片片飞红，飞扬的是贾宝玉对生命的挚爱与留恋。

第三次葬花。

《红楼梦》第六十二回“憨湘云醉眠芍药裀，呆香菱情解石榴裙”有这样一个情节。

那是清明节后的一天，正值贾宝玉的生日，同一天生日的还有薛宝琴、邢岫烟和凤姐的贴身丫头平儿。这一天是大观园众儿女们最肆无忌惮的、最开心的一次狂欢，从此之后再也没有这样的欢聚时刻了。少男少女们喝酒、射覆、行令、划拳，随意取乐，满园红飞翠舞，玉动珠摇，十分热闹。活动之后，香菱、芳官等人余兴未尽，又在花园里玩起了“斗草”游戏。只听这一个说：“我有观音柳。”那一个对：“我有罗汉松”……后来荳官说：“我有姐妹花。”众人都没了。忽然，香菱变戏法似的拿出了一枝并头开花的兰花说：“我有夫妻蕙。”荳官不甘失败，取笑香菱因为薛蟠去了大半年，想夫君了，“便扯上蕙也有夫妻”。香菱不依，俩人扭成一团滚到草地上。这时，宝玉拿出了一枝“并蒂菱”对上香菱的“夫妻蕙”……

接着书中写道：

香菱见宝玉蹲在地上，将方才的夫妻蕙和并蒂菱用树枝儿抠了一个坑，先抓些落花来铺垫了，将这菱蕙安放好，又将些落花来掩了，方撮土掩埋平服。香菱拉他的手，笑道：“这又叫做什么？怪道人人说你惯会鬼鬼祟祟使人肉麻的事。你瞧瞧，你这手弄得泥乌苔滑的，还不快洗洗去。”

好个痴情的贾宝玉啊。

《红楼梦》第五回，贾宝玉梦中来到太虚幻境，警幻仙姑评价贾宝玉：“吾所爱汝者，乃天下古今第一淫人也。”宝玉连忙申辩说自己因为不爱读书，已经被父亲责备了，无论如何是不敢再冒“淫”字的，请教警幻仙姑“淫”为何物。警幻仙姑连说贾宝玉误会了，解释说贾宝玉的“淫”是超越世上凡夫俗子“悦容貌，喜歌舞，调笑无厌，云雨无时”的“皮肉之淫”的，是对女儿美及天地间一切美好事物怀抱一颗普遍无私的喜爱、关怀、体贴、赞美、呵护、崇敬之心。这是一种令人敬重的“意淫”，是《红楼梦》至高无上的主题。在宝玉葬花的情景中，你看见了他对世间万物那份极端痴迷的爱了吗？

是的，这绝不是简简单单的一场葬花，更像在安放一个逝去的人，充满了无限的温情、怜惜和呵护。你瞧他，先“抠了一个坑”，接着铺垫上鲜艳的落花，再把菱蕙轻轻放好，又撒上落花，最后才“撮土掩埋平服”。我们不难想见，他的神情是那样凝重，动作是那样轻柔，心情是那样沉重。葬花的整个过程是何等的圣洁！显然，他埋葬的不是花，而是心中最美丽的生命。

对花草有情，是因为心中有爱。宝玉认为“凡天下之物，皆是有情有理的。也和人一样，得了知己，便极有灵验的”，他有葬花举动也正因为如此。

第十九回，热闹的元宵节，宝玉却想起了小书房里挂着的那幅画得极有神的美女图，“今日这般热闹，想那里自然无人，那美人也自然是寂寞的，须得我去望慰他一回”。

第二十三回，贾宝玉坐在在沁芳闸桥边读《会真记》，一阵风吹来，桃花“落得满身满书满地皆是”。他“恐怕脚步践踏了，只得兜了那些花瓣，来至池边，抖在池内”，让花瓣“流出沁芳闸区”。

第三十五回，人们时常看见贾宝玉在没人的时候，“自哭自笑的，看见燕子，就和燕子说话，河里看见了鱼，就和鱼说话，见了星星月亮，不是长吁短叹，就是咕咕哝哝的……”

鲁迅先生说：“悲凉之雾，遍被华林，然呼吸而领会之者，独宝玉而已。”宝玉就是这样，世上的一草一木、一禽一兽，他都以满腔的热情去关怀之、体贴之，并为之伤心落泪，为之悲慨缠绵。这是一份多么圣洁的“意淫”，对世间万物他爱得至真、至情、至性。他为情所困，无法解脱，爱得令人回肠荡气，回味无穷。

2. 一篇诔文，生命的高贵与贫贱。

如果说《红楼梦》是曹雪芹运用了我国书法、绘画、诗词、歌赋、音乐等类文学艺术建造的文化王国的话，那么黛玉葬花、宝钗扑蝶、晴雯补裘、宝琴立雪、宝玉夜吊晴雯则是矗立于王国大地最具特色的形象工程，是最亮丽的标志性风景。

《芙蓉女儿诔》是《红楼梦》诗文辞赋中篇幅最长的篇章，代表着贾宝玉创作水平的最高峰，彰显着作者曹雪芹的不世文才。曹雪芹借贾宝玉之口把这最美丽的文字献给不幸的晴雯，我们从中参悟到什么呢？一个高贵为“王子”，一个卑贱为丫鬟，一个是贾家未来的当权者，一个是终生的奴隶。在一次教学中，我先投影《芙蓉女儿诔》中贾宝玉评价晴雯的文字。

其为质则金玉不足喻其贵，其为性则冰雪不足喻其洁，其为神则星日不足喻其精，其为貌则花月不足喻其色……

晴雯的容貌、品质、操行、气质光彩照人，世上还有比这更完美的人儿吗？言为心声，试想贾宝玉在如此咏叹的时候，脑海里会再现晴雯身前哪些感人的画面呢？我继续问学生。

学生想到了晴雯撕扇。

宝玉笑道："……那扇子原是扇的，你要撕着玩也可以使得，只是不可生气时拿他出气。就如杯盘，原是盛东西的，你喜听那一声响，就故意的碎了也可以使得，只是别在生气时拿他出气。这就是爱物了。"晴雯听了，笑道："既这么说，你就拿了扇子来我撕。我最喜欢撕的。"宝玉听了，便笑着递与他。晴雯果然接过来，嗤的一声，撕了两半，接着嗤嗤又听几声。宝玉在旁笑着说："响的好，再撕响些！"正说着，只见麝月走过来，笑道："少作些孽罢。"宝玉赶上来，一把将他手里的扇子也夺了递与晴雯。晴雯接了，也撕了几半子，二人都大笑。麝月道："这是怎么说，拿我的东西开心儿？"宝玉笑道："打开扇子匣子你拣去，什么好东西！"麝月道："既这么说，就把匣子搬了出来，让他尽力的撕，岂不好？"宝玉笑道："你就搬去。"……晴雯笑着，倚在床上说道："我也乏了，明儿再撕罢。"宝玉笑道："古人云，'千金难买一笑'，几把扇子能值几何！"

晴雯撕扇，撕得酣畅淋漓，看得读者直呼过瘾。好个率真、泼辣、娇憨、妩媚、傲慢、纯情、任性、俏皮的女儿啊！她身为下贱，但不愿下贱，珍惜女儿的纯洁之身；她身为下贱，但心比天高，追求生命的平等、灵魂的自由。这不正是贾宝玉说的"女儿是水做的骨肉"吗？古人千金难买一笑，但贾宝玉几把扇子就换得美人开心。

宝二爷与晴雯之前的芥蒂借由撕扇子一笑泯之，一个笑得俏皮，一个笑得坦然。然而，他们笑了些什么呢？在那遥远的过去，丫鬟不是"人"而是"物"，她们大都是可以买来的，不喜欢了可以给人，可以随意出卖，病了老了可以送回家，她们是用来使唤的"物"啊。行为"乖张"的贾宝玉让晴雯肆无忌惮、堂堂正正地当了一回"人"，她可以纵情地释放心中的喜怒哀乐，能不笑得灿烂吗？

月色朦胧，芙蓉花上，冰鲛縠为帛，楷字写成的《芙蓉女儿诔》在凄清的晚风中飘着。贾宝玉泣涕而念，他又会想到什么呢？我继续追问。

学生想到了《红楼梦》第五十二回中晴雯补裘的情节。

（晴雯）一面说，一面坐起来，挽了一挽头发，披了衣裳，只觉头重身轻，满眼金星乱迸，实实撑不住。若不做，又怕宝玉着急，少不得恨命咬牙捱着。便命麝月只帮着拈线。晴雯先拿了一根比一比，笑道："这虽不很象，到补上，也不很显。"宝玉道："这就很好，那里又找哦啰嘶国的裁缝去？"晴雯先将里子拆开，用茶杯口大的一个竹弓钉牢在背面，再将破口四边用金刀刮的散松松的，然后用针纫了两条，分出经纬，亦如界线之法，先界出地子后，依本纹来回织补。补两针，又看看，织补两针，又端详端详。无奈头晕眼黑，气喘神虚，补不上三五针，伏在枕上歇一会。宝玉在旁，一时又问："吃些滚水不吃？"一时又命："歇一歇。"一时又拿一件灰鼠斗篷替他披在背上，一时又命拿个拐枕给他靠着。急的晴雯央道："小祖宗！你只管睡罢。再熬上半夜，明儿把眼睛抠搂了，怎么处！"宝玉见他着急，只得胡乱睡下，仍睡不着。一时只听自鸣钟已敲了四下，刚刚补完，又用小牙刷慢慢的剔出绒毛来。麝月道："这就好了，若不留心，再看不出的。"宝玉忙要了瞧瞧，说道："真真一样了。"晴雯已咳了几阵，好容易补完了，说了一声："补虽补了，到底不象，我也再不能了！"嗳哟了一声，便身不由主倒下。

晴雯抱病缝补金雀裘，补得惊心动魄，看得人又心疼又敬重。好一个勇敢、有担当、敬业、能干、心灵手巧的女子啊。她虽说身为下贱，但心志不下贱，才干不下贱，聪慧不下贱。漫漫长夜，冷冷霜寒，病体恹恹，她依然一丝不苟、坚持不懈飞针走线。风流灵巧的晴雯在逆境中展露出她的非凡技艺，一丝一线出自那灵秀之心，再难的活计在她的手中也做得完好如初，所补之物依然光亮和鲜艳。

在这一幕中我们看到贾宝玉了吗？危难之时见真情！他对勇敢忠心的丫头晴雯怜之、爱之、护之、敬之。好可爱的人儿啊！贵为公子的他极尽殷勤，又是端茶，又是披衣，又是送枕头让晴雯倚靠。

这是对高贵生命的敬重，这是对劳动者的敬重！

“天何如是之苍苍兮，乘玉虬以游乎穹窿耶？地何如是之茫茫兮，驾瑶象以降乎泉壤耶？望缴盖之陆离兮，抑箕尾之光耶？列羽葆而为前导兮……”是的，高贵的生命不会死亡。“心比天高，身为下贱”，美丽的晴雯化作了芙蓉女神飞上了天堂。她驾着玉龙，乘着瑶象，她身披香花缀串成的彩带，戴着明月镂刻的耳环。月神为她驾车，奔驰的雷神为她护驾，身边招展着五色的旌旗，鸟羽拼接的华盖在前方导引，一路上，神仙赶来为她奏乐，百兽群集为她起舞……

生命没有高贵与卑贱，只有丑陋与美丽。美丽的生命永恒！

3. 无心科考，教育的“为己”与“为人”。

《红楼梦》一开始就把视野置于开天辟地的宇宙鸿蒙之中，让人重新回到生命的起点，回到生命诞生的原始状态之中，以求得教育精神的重建。教育的对象就是一块补天未成的“顽石”，它本该去“补天”，却阴差阳错，被弃在大荒山无稽崖青埂峰下。如顽石般的贾宝玉，他还能“补天”吗？曹雪芹让其“枉入红尘若许年”，接受一次“补天”教育。

自从人类发明了教育，教育目的的“正邪两赋”就应运而生。教育是“为己”还是“为人”？是“成人”还是“成才”？是“素质教育”还是“应试教育”？生命发展始终面临着不同教育命题的考验。

眼看着曾经鲜花着锦、烈火烹油的贾府日薄西山，而一个个子孙尽是不肖之种，身为一家之主的贾政好着急呀！他希望“衔玉而生”的贾宝玉能担当起复兴家业的重任，让贾家再度辉煌。于是，贾政为贾宝玉精心规划一条“中状元，着红袍”的人生发展路线图，并为之编排了“留意于孔孟之间，委身于经济之道”的课程体系。甚至在他外任学差时，也不忘列一张长长的书单给宝玉，希望宝玉能好好读书，步入仕途……

然而，事与愿违。

贾宝玉就是不愿按贾政规划的人生路线发展，他对功名科考之事极为反感，并戏称那些读书上进以求功名之人为“禄鬼”。第三十二回，心直口快的史湘云劝他“也该常常的会会这些为官做宰的人们，谈谈讲讲些仕途经济的学问”，没想到贾宝玉一点面子也不给，且反唇相讥：“姑娘请到别的姐妹屋里坐坐，我这里仔细污了你这知仕途经济的!”第三十六回，薛宝钗劝他用心读书，也惹得他勃然大怒：“好好的一个清净洁白女儿，也学的这样钓名沽誉，入了国贼禄鬼之流!”

孩子的想法与父亲的愿望背道而驰！他只钟情于诗词歌赋，大观园试才题对额，他才思敏捷，引经据典，令“饱学之士”叹为观止；一阕《姽婳词》，挥洒自如，刻画的形象栩栩如生，感人肺腑，语惊四座，令清客们赞叹不已；一篇《芙蓉女儿诔》，情深意长，催人泪下。他杂学旁通，和宝黛共读“西厢”如痴如醉；他对飞燕、合德、武则天、杨贵妃的外传与那传奇脚本读得废寝忘食；他写诗时《诗经》《庄子》《离骚》等典故随手拈来，任意发挥……

好个满腹诗书的孩子呀！他究竟还读了哪些书呢?《红楼梦》第七十三回，写贾宝玉听说父亲要检查功课时，他将读过的书进行了一番整理。书中写道：

如今打算打算，肚子内现可背诵的，不过只有“学”“庸”“二论”是带注背得出的。至上本《孟子》，就有一半是夹生的，若凭空提一句，断不能接背的；至“下孟子”，就有一大半忘了。算起五经来，因近来作诗，常把《诗经》读些，虽不甚精阐，还可塞责。别的虽不记得，素日贾政也幸未吩咐过读的，纵不知，也还不妨。至于古文，这是那几年所读过的几篇，连“左传”“国策”“公羊”“谷梁”汉唐等文……

然而，贾政却不满意！

这不，第九回，当从李贵的口中得知宝玉已念到第三本《诗经》时，贾政却语带讥讽：“那怕再念三十本《诗经》，也都是掩耳偷铃，哄人而已。你去请学里太爷的安，就说我说了：什么《诗经》古文，一概不用虚应故事，只是先把《四书》一气讲明背熟，是最要紧的。”

这不，第九回，当贾宝玉对父亲说要“上学里去”时，父亲却冷笑道：“你如果再提‘上学’两个字，连我也羞死了。依我的话，你竟顽你的去是正理。仔细站脏了我这地，靠脏了我的门!”

这不，第九十七回，贾政即将离家赴江西粮道任时，千叮万嘱王夫人管教儿子，断不可如前娇纵。明年乡试，务必叫他下场。

这不，第八十一回，贾政亲自送子上学，对贾代儒言辞恳切地托咐：“这孩子年纪也不小了，到底要学个成人的举业，才是终身立身成名之事。”

这不，还是第八十一回，宝玉被叫到书房，贾政下了最后通牒：“我可嘱咐你：自今日起，再不许做诗做对的了，单要学习八股文章。限你一年，若毫无长进，你也不用念书了，我也不愿有你这样的儿子了。”

这不，第八十三回，袭人说：“宝二爷这两天上了学了，老爷天天要查功课。”

这不，第八十四回，贾政终于亲自当起老师，辅导起孩子的功课来了。

……

不肖之子不顺自己的期盼成长，严父爱之、恨之、叹之、怒之、怜之，却又无可奈何，可怜天下父母心。望着眼前令人揪心的一幕幕，一个恨铁不成钢的父亲形象跃然纸上，这也不正是身处二十一世纪，为孩子高考担心、着急的万千父母的真实写照吗？当然，处于应试教育生态圈里的孩子总是教育环节中的弱者。贾宝玉纵然再追求个性解放，再喜欢吟诗作对，面对贾政如山的压力，也别无他路，不敢再看“闲书”，只好选择向“考取功名”的应试教育投降。他被父亲送回到了学堂，开始备考，肩负着家族的使命走进考场。

在这一场追求“应试”与发展“素质”，学习是“为己”与“为人”的教育的博弈中，贾政赢了。经过一番“头悬梁，锥刺股”的努力，贾宝玉终于金榜题名，“中了第七名举人”。老父亲松了口气，宝玉并非孬种，总算成“才”了，成“器”了，取得官场的“入场券”。可是“人”呢？急流津觉迷渡口，父子匆匆而别。从此，贾宝玉不再是“人”，重新变成一块石头，回到了茫茫大荒，回到了青埂峰下。

可怜的贾宝玉，一个博古通今、心地善良、深爱着生命世界的花季少年，他本该是自由天空即将升起的新星，却因难以承受传统与世俗价值观的重重打压，过早地陨落了，在漆黑的星空划过一道令人心疼的伤痕。他的刚刚破土而出的新思想的萌芽，却遭遇“风刀霜剑严相逼”，使他无法绽放生命的美丽，枯萎在多少人期盼的目光里。

《红楼梦》所展现的教育意义不仅仅是曹雪芹生活的时代，更是超时代、跨时空的大教育概念。如今多少人担忧教育走得太快，使灵魂跟不上时，我们从贾宝玉的成长经历中又该汲取怎样血与泪的教训？

中华先圣孔子谆谆教导我们：“古之学者为己。”

荀子也说：“君子之学也，以美其身；小人之学也，以为禽犊。”

古希腊先圣柏拉图也说：“教育非他，乃心灵的转向。”

西方文艺复兴时期人文主义思想家蒙田说：“教育不是为了适应外界，而是为了自己内心的丰富。”

我们叩问苍茫大地，你听见了吗？

附录

素心如何天上月

——观摩林黛玉的古琴教学课

那一天，贾宝玉无所事事。袭人提醒他莫辜负了大好时光，不如静静读点书，做一个知书达理的人，她说“就是心爱的人来了，也叫他瞧着喜欢尊敬啊”。袭人的话一时触动了贾宝玉的心弦，他便径直向林黛玉的住处走去。

他来到了潇湘馆，只见黛玉正在聚精会神地看书。而书上的字，他一个也不认得。

有的像“芍”字，有的像“茫”字，也有一个“大”字旁边“九”字加上一勾，中间又添个“五”字，看着又奇怪，又纳闷，便说：“妹妹近日愈发长进了，看起天书来了。”林黛玉嗤一声笑道：“好个念书的人，连个琴谱都没有见过。”

见贾宝玉一头雾水，于是，林黛玉便给他上了一堂古琴知识普及课。

在这个秋风明月之夜，捧一本《红楼梦》，翻到第八十六回，静静地阅读，“寄闲情淑女解琴书”，我们仿佛也来到了潇湘馆，聆听到林妹妹教学古琴的独特艺术。

一、从故事说琴，感受古琴历史之悠远

林黛玉的一席话让贾宝玉想起了书房里挂着的古琴，想起了曾经来过一个叫嵇好古的琴师。那时，父亲请他弹一曲，谁知嵇好古

取下琴来时却遗憾地告诉他们，这琴不能弹了，如果想欣赏古琴，他愿意下次带琴来专门弹给他们听。嵇好古虽然这么说，却始终不见他再来过，贾宝玉想也许是他嫌父亲不懂琴，不愿“对牛弹琴”。所以，贾宝玉这次便趁机虚心地向林黛玉请教古琴知识。

林黛玉说古琴是“古人静心养性的工夫。我在扬州也听得讲究过，也曾学过，只是不弄了，就没有了。这果真是‘三日不弹，手生荆棘’，前日看这几篇没有曲文，只有操名。我又到别处找了一本有曲文的来看着，才有意思，究竟怎么弹得好，实在也难”。接着，她给贾宝玉提到了三个有关古琴的故事。其一是“师旷鼓琴”，其二是“孔子师襄”，其三是“高山流水”。

贾宝玉听得如痴如醉，仰慕不已。捧书而读的我们也沉醉于书中，一首首古琴曲穿过千年风云，回响在耳旁，激荡在心间。那是《清徽》《清角》，令人荡气回肠；那是《文王操》，仿佛排山倒海而来；那是《高山流水》，那样缠绵悱恻、绕梁不绝……林黛玉所讲述的故事让我们感受到了中华古琴悠远的历史和它那神奇的艺术魅力。古琴，这又被称为绿绮、丝桐、瑶琴、玉琴的古老乐器，从伏羲神农氏“削桐为琴，绳丝为弦”诞生以来，经过不断的演变，经过博大精深的传统文化的不断浸润，孕育出它独领风骚的艺术魅力。从林黛玉所讲述的故事中，我们感受到了古琴文化符号的象征意义，感受到了其空灵深邃的哲学意境。在这样的意境里，我们领悟到了古琴文化折射出的艺术思维方式及其博大、厚重的文化底蕴。

爱听故事是人的本性，不仅孩子，成人亦然。美国故事家吉姆·科恩告诉我们，听故事能够打开那些直接教育无法触及的区域，无论是成人还是儿童，都可以从故事中找到解决自己问题的稳妥办法。林黛玉一连讲了三个神奇的古琴故事，听众贾宝玉始终兴致盎然。因为三个故事新意迭出，让人真真切切地感受到它折射出的宇宙观、生命观与道德观。这如同唐代诗人常建《江上琴兴》诗所言：

"江上调玉琴，一弦清一心。泠泠七弦遍，万木澄幽阴。能使江月白，又令江水深。始知枯桐枝，可以徽黄金。"韵味隽永的泠泠古琴乐，使得万物和谐，天人合一。

讲故事是中国传统教育艺术中的瑰宝。对于形象思维占优势的孩子们来说，听故事，是他们最为享受的精神盛宴。故事，能令抽象的道理形象起来，令干瘪的知识立体起来，令枯燥的教材生动起来。在听故事的时候，他们的眼睛里闪烁着智慧之光，心智之门悄然打开，潜能得到极大的激发，进入最佳的学习状态。

故事教学法如此神奇，然而，自从有了现代教育媒体，教学手段发生了革命性的变化，我们的课堂呈现出声音、影像等纷至沓来的图景，令学生目不暇接。故事教学法像一位乡下老人，虽为智者，却悄然淡出了我们的课堂。当学生对眼花缭乱的多媒体教学形式逐渐失去兴趣后，教师们偶然也会用一用故事教学法，但也仅限于把故事投影在屏幕上，或者让学生读故事，或者教师自己读故事，其产生的教学效应明显会大打折扣。于是，不少教育界的有识之士大声疾呼：让"故事"回到课堂！

我们应做一个像林黛玉那样善于讲故事的老师，把学生引入到故事世界里。亲爱的老师，你做到了吗？你一定要明白，一个会讲故事的教师，才能走进学生的生活，走进学生的心里，成为智慧教师，成为有魅力的教师。

二、大旨谈情，领会古琴弹奏之清雅

古人云："养君中和之正性，禁尔忿欲之邪心。""颐天地之和，莫先于乐，穷乐之趣，莫近于琴。"毋庸置疑，古琴是中国古代地位最高的乐器之一，唐人顾况把古琴尊为乐器的王者，极其形象地评价说："众乐，琴之臣妾也。"前人对古琴如此崇拜，让古琴俨然成了圣洁的文化偶像。但生活在大观园里的贾宝玉对它并没有多少了解，生活在现代社会的我们能了解古琴及古琴艺术的人大概也不多。

贾宝玉听完三个神奇的古琴故事后，便兴致勃勃地请林黛玉现场抚琴一曲，却遭到林妹妹的婉言拒绝。林黛玉以一个十分专业的“教师”身份，对贾宝玉进行了一番意味深长的谆谆教导。

琴者，禁也。古人制下，原以治身，涵养性情。抑其淫荡，去其奢侈。若要抚琴，必择静室高斋，或在层楼的上头，或在林石的里面，或是山巅上，或是水涯上。再遇着那天地清和的时候，风清月朗，焚香静坐，心不外想，气血和平，才能与神合灵，与道合妙。所以古人说“知音难遇”。若无知音，宁可独对那清风明月，苍松怪石，野猿老鹤，抚弄一番，以寄兴趣，方为不负了这琴。还有一层，又要指法好，取音好。若必要抚琴，先须衣冠整齐，或鹤氅，或深衣，要如古人的像表，那才能称圣人之器，然后盥了手，焚上香，方才将身就在榻边，把琴放在案上，坐在第五徽的地方儿，对着自己的当心，双手从容抬起，这才身心俱正。还要知道轻重疾徐，卷舒自如，体态尊重方好。

好一番琴论！古琴之韵律深邃高远，空灵清雅，林黛玉说得明白晓畅，宁静致远，真个是“听君一席话，胜读十年书”。贾宝玉，还有置身书中的我们都茅塞顿开，仿佛洞见了古琴乐曲的神圣的艺术殿堂，心中油然升腾起一股无以言表的景仰之情。原来任何随意拨弄琴弦，都是对“圣人之器”的亵渎啊。

林黛玉告诉我们，“琴者，禁也”，琴的作用与价值在于禁邪归正，以和人心。这与音乐课程标准倡导的音乐的“审美性”，简直是一脉相承。音乐课程标准指出，音乐的审美作用是音乐教育的核心内容，要求我们在音乐教学过程以美悦情，以美冶心，以美励志，以美导行，引导学生在音乐中涵养品格，启迪智慧，净化心灵，陶冶情操，张扬精神。

林黛玉告诉我们，抚琴要选择“天地清和”时，在“高山流水”

处，怀揣一份美丽的心情。林黛玉这种“天人合一”的音乐理论，使我不由想起了苏霍姆林斯基的音乐教育思想。他认为“音乐美的源泉在于周围世界的美”，在他的“快乐学校”里，孩子们经常来到大自然之中，欣赏大自然的音乐，欣赏大自然的美，在大自然里创造音乐，表达心中的喜悦。这时不妨举几个例子供大家品味。

其一，清晨，美丽的学校，一片寂静。季娜坐在草地上，全神贯注地吹着笛子。她眼睛饱含温存的柔情，笛子似乎已变成她本身的一部分，玫瑰花在悄悄地开放。苏霍姆林斯基说，女孩吹奏的是美丽的花朵，是春天的碧蓝天空。

其二，雷雨过后，天空挂出彩虹来。科斯佳坐在家乡的山坡上吹奏自制的笛子。苏霍姆林斯基说，在乐声中响起潺潺溪流声，忽而转为令人惊骇的隆隆声，雷雨前的乌云愈来愈近，远处响起雷鸣……科斯佳已忘记人们在听他吹奏，一心沉浸在创作中。

其三，初秋，阳光明媚的日子，苏霍姆林斯基把学生带到了橡树林，聆听柴可夫斯基的《秋歌》。在悠扬的乐曲中孩子们感受到从未察觉到的大自然中无与伦比的美，橡树的黄叶在微微颤动，清新的空气散发着馨香，小鸟在歌唱，雁群在晴朗的碧空中列队南归……

也许有人认为把林黛玉的“与山水自然合契”的古琴论与苏霍姆林斯基的“大自然是音乐的源泉”理念联系起来有点牵强，但从音乐教育的角度论之，我确信他们的理论有异曲同工之妙。

林黛玉告诉我们，抚琴还必须“衣冠整齐”“身心俱正”，心无旁骛，放下心里所有的杂念，让心灵获得一份无与伦比的闲适；然后双手从容抬起，指法轻重徐疾，琴声舒卷自如。这是中国古琴独有的抚琴意境，我不由想起《三国演义》中“武侯弹琴退仲达”的故事。马谡街亭失守，蜀军兵败如山倒，魏军势如破竹。忽然飞马来报：司马懿引十五万大军蜂拥杀来。这时孔明身边已无大将，只有二千五百多名守城兵卒及一班文官。军情十万火急，官兵们大惊失色。孔明不慌不忙地传令：将旌旗藏匿，城门大开，兵卒们打扮成老百姓的模样扫街、浇花。他自己则“披鹤氅，戴纶巾，引二小童携琴一张，于城上敌楼前，凭栏而坐，焚香操琴”。司马懿带兵飞奔而来，看到一座空城，又看到孔明稳坐在城楼之上，笑容可掬，焚香操琴，旁若无人，琴声悠悠。司马懿心中大疑，顷刻间，带大军退去。

林语堂说过：“文化的艺术就是悠闲的艺术。在中国人心目中，凡是用他的智慧来享受悠闲的人，也便是受教化最深的人。”瑶琴三尺胜雄师，缘于孔明的大智慧，虽然兵临城下，他操琴时依然神态闲适自若，身心超尘脱俗，心境幽美娴雅，琴声如江上清风与山间明月般天然纯洁、清雅飘逸。这不正是林黛玉推崇的“身心俱正”的抚琴境界吗？

林黛玉大旨谈琴，从教学论的角度评析主要采用的是“讲授法”。这是一种常被人批判的教学法，殊不知“讲授法”是最古老的教学法，也是信息含量最大，传达信息最便捷的教学方法，更是对教师的专业素养要求最高的一种教学方法。在今天的课堂上，林黛玉以渊深的古琴知识，缜密的逻辑思维，高超的语言组织能力和生动形象的词汇，为我们打开一扇窥见“圣人之器”的窗口，一睹古琴那圣洁的芳姿。

三、以琴抒情，体验声声琴语之幽怨

“士无故不彻琴瑟。”从林黛玉的“课堂”里，我们知道了古琴在中国古代乐器中有着至高无上的地位，是文人士子文化修养的象征。然而，它毕竟只是乐器，如果没有人弹奏，它是没有生命的。这就像贾政书房里挂着的几架古琴，长久没弹，当主人请清客嵇好古抚一曲时，却“都使不得”了。宋代苏轼曾题诗：“若言琴上有琴声，放在匣中何不鸣？若言声在指头上，何不于君指上听？”显然，弹琴，使之鸣，是琴的核心价值。

尽管紫娟和贾宝玉担心林黛玉“只是讲究劳神了”，黛玉却笑着说：“说这些倒也开心，也没什么劳神的。”那神情，那口吻，显而易见她已沉醉在当老师的幸福中。我们与贾宝玉一样是“顿开茅塞”“越听越爱听”，多么希望林黛玉能亲自抚琴，让我们感受一下古琴的魅力啊。

正巧，秋纹带着小丫头给黛玉送来一盆兰花，贾宝玉迫不及待地请求林黛玉弹一曲《猗兰操》。然而，林黛玉看到花鲜叶茂的兰花，却触景生情，“想我年纪尚小，便象三秋蒲柳。若是果能随愿，或者渐渐的好起来，不然，只恐似那花柳残春，怎禁得风催雨送。”这样想着，不由得潸然泪下。她凝望着那些“双朵儿”的花枝，怦然心动，百感交集。花能双朵，人何时能成双？花有知音，我的知音又在何方？林黛玉心中的琴弦在悄然颤动。

一波未平一波又起，薛宝钗的“来书”又一次触动了林黛玉的心思。薛、林二人虽同为寄居贾府，但境遇截然不同。薛宝钗有母亲，有兄长，有堂妹，而林黛玉孑然一身，孤苦无依。有家的宝钗尚且发出深深感叹：“惟鲔有潭兮，惟鹤有梁。鳞甲潜伏兮，羽毛何长！搔首问兮茫茫，高天厚地兮，谁知余永伤。”无家的林黛玉又情何以堪！薛宝钗的信又触到了她的痛处，她无依无靠，宛若一朵暮春的残花，在风雨中不知飘零到何方！她在诘问：茫茫人海，谁是我一个弱女子的依靠？何处是我生命的港湾？林黛玉的心弦发出了阵阵颤音。

这时，一群姐妹来到了潇湘馆。她们一番北方、南方的谈话，雪上加霜，增添了林黛玉无尽的愁绪，勾起了她对家乡的回忆。她想：“父母若在，南边的景致，春花秋月，水秀山明，二十四桥，六朝遗迹。不少下人伏侍，诸事可以任意，言语亦可不避。香车画舫，红杏青帘，惟我独尊。今日寄人篱下，纵有许多照应，自己无处不要留心。不知前生作了什么罪孽，今生这样孤凄。真是李后主说的‘此间日中只以泪洗面’矣!”是啊，问君能有几多愁，为什么饶不过一个冰清玉洁的弱女子，为什么偏要让她独受这孤苦无依的折磨，风刀霜剑的摧残？林黛玉悲愤交加，心中的琴弦不鸣则已，一鸣则肝肠寸断。于是，她便濡墨挥毫，将心事赋成四章，翻入琴谱。之后，“叫雪雁向箱中将自己带来的短琴拿出，调上弦”，操演起来……

风萧萧兮秋气深，美人千里兮独沉吟。
望故乡兮何处，倚栏杆兮涕沾襟。
山迢迢兮水长，照轩窗兮明月光。
耿耿不寐兮银河渺茫，罗衫怯怯兮风露凉。
子之遭兮不自由，予之遇兮多烦忧。
之子与我兮心焉相投，思古人兮俾无尤。
人生斯世兮如轻尘，天上人间兮感夙因。
感夙因兮不可惙，素心如何天上月。

四周静悄悄的，只有林黛玉宛若天籁的琴声，伴着萧瑟的秋风在空中颤响。贾宝玉静静地听着，那悠悠琴声好像是一条无形的心路，他不由自主地踏着琴声走进了一个充满幽怨的音乐世界。那是一个怎样的世界呀，秋风起，黄叶落，月光如水，夜已阑珊。有绝色美人，却是天涯孤女，她倚栏遥望，星空浩渺，月色苍茫。她望穿秋水，不住地喃喃自语：乡关何处？知音何在？她恍惚寻觅到了知音，正想大声呼唤，却又欲言又止；而他也心存疑虑，欲语还休……忽然，寒风萧瑟，乌云翻滚，月色、星空瞬间消失。她感到浑身发冷，不停战栗……

突然，弦乐变为徵音，琴声高亢起来，仿佛危峰突起……最终琴弦终究收摄不住迸发的感情，嘣的一声，金石迸裂，弦断了。

音乐是心情的艺术，它直接针对心情。弦断了，琴声哑了，可是荡气回肠的旋律还在贾宝玉的心中久久回响。

林黛玉现身抚琴，我们真真地感受到了古琴的魅力，从教学论的角度评析主要采用的是“体验法”。林黛玉用自己的身世，自己的爱恨情愁抒写乐曲，激起了贾宝玉（还有“旁听”的我们）的共鸣，让我们看到了一个从未见过的音乐世界。琴仿佛是一面镜子，将人内心世界映照出来，借着琴音塑造了一个寄人篱下，命运多舛，而又孤标傲世，苦苦追求美好生活的形象。

慈心爱骨育儿孙

——贾母对孙辈的教育

《红楼梦》里，曹雪芹饱含深情地塑造了一个古今中外与众不同的老妇人艺术形象——贾母。贾母形象丰满而鲜活，高大而高贵，是凝聚宁、荣两府的重要力量，是贾家的精神领袖。曹雪芹塑造贾母时突出一个“爱”字，她慈眉善目，乐善好施，豁达乐观，幽默风趣，乐于与年轻人打成一片。

贾母深爱这个家，疼爱甚至宠爱、溺爱着每一个子孙。这份感情是家族里其他任何成员都不能比的，然而，作为一个大家族的老祖母，她对子孙的成长与一般家庭的长辈又有着不一样的观念，她有着更长远的教育想法。晚辈的健康成长，晚辈的成才、成人不仅关系着家族的香火延续，还关系着家族的兴旺发达。她深谙孩子的天性，尽力营造和谐、宽松、温馨的成长环境，对孩子和蔼可亲而又严格要求，重知识的教育，更重视文化素养的发展。

一、年迈的祖母，不老的艺术细胞

《红楼梦》中的贾府乃“诗礼簪缨之族，钟鸣鼎食之家”，就连看似老学究的贾政老爷也自诩“自幼于喜欢作些花鸟山水题咏”，只是“如今上了年纪，且案牍劳烦，于这怡情悦性文章上更生疏了”。大观园里那群冰清玉洁的少男少女都是诗人，都有诗人的气质。都说父母是儿女的第一任老师，贾府的艺术氛围与贾母的艺术素养有着千丝万缕的关系。

1. 一语“掰谎”，破陈腐戏文旧套。

《红楼梦》五十四回“史太君破陈腐旧套，王熙凤效戏彩斑衣”写到元宵佳节，两个唱大鼓书的女艺人向贾母推荐新编戏文《凤求鸾》。

《凤求鸾》讲述的是残唐五代一位王公子上京赴考的事：一日忽遇大雨，王公子来到一个庄上避雨，邂逅庄上李姓乡绅。交谈中李员外获知与王家居然是世交，便留下公子住在书房里。无巧不成书，李家膝下无儿，只有一位千金小姐，芳名雏鸾。美丽的小姐知情达理，琴棋书画，无所不通……女艺人还没说完，贾母便抢过话头，连忙说道：“怪道叫作《凤求鸾》，不用说，我猜着了，自然是这王公子要求这雏鸾小姐为妻。”

贾母笑道：“这些书都是一个套子，左不过是些佳人才子，最没趣儿。把人家女儿说的那样坏，还说是“佳人”，编的连影儿也没有了。开口都是书香门第，父亲不是尚书就是宰相，生一个小姐必是爱如珍宝。这小姐必是通文知礼，无所不晓，竟是个绝代佳人。只一见了一个清俊的男人，不管是亲是友，便想起终身大事来，父母也忘了，书礼也忘了，鬼不成鬼，贼不成贼，那一点儿是佳人？便是满腹文章，做出这些事来，也算不得是佳人了。比如男人满腹文章去作贼，难道那王法就说他是才子，就不入贼情一案不成？可知那编书的是自己塞了自己的嘴。再者，既说是世宦书香大家小姐都知礼读书，连夫人都知书识礼，便是告老还家，自然这样大家人口不少，奶母丫鬟伏侍小姐的人也不少，怎么这些书上，凡有这样的事，就只小姐和紧跟的一个丫鬟？你们白想想，那些人都是管什么的，可是前言不答后语？”

多可爱的贾母啊！她一语中的，毫不客气地挑破了当时流行的“才子佳人”剧的公式化面纱，令程式化的伪艺术的弊端，暴露无遗。这种言他人之不敢言，言他人之不能言的见解，令人耳目一新。

多犀利的贾母啊！她有力地批判了这类戏文的作者，揭露了他们的写作目的：

这有个原故：编这样书的，有一等妒人家富贵，或有求不遂心，所以编出来污秽人家。再一等，他自己看了这些书看魔了，他也想一个佳人，所以编了出来取乐。何尝他知道那世官读书家的道理！

却原来这“脸谱化”的故事，反映了编书人的仇富心理，只为了满足他们的“精神快乐”的需要。好精辟的批判，好独到的见解！

多智慧的贾母啊！在贾母批判《凤求鸾》之前，发生了这样一个小插曲，即贾母请宝玉为大家斟酒，要求大家都得干，她自己先干为敬。可是宝玉来到林黛玉的面前，林妹妹居然卖了一回乖，不饮。顺手接过杯来，放在宝玉唇边，宝玉一气饮干。黛玉笑说道：“多谢。”这个举动在当时的文化背景下，是不被允许的，即便是在现代也一样让人觉得“碍眼”。虽说是自己最疼爱的外孙女，但黛玉的这个举动仍然让贾母尴尬难堪。贾母的智慧在于能借题发挥，意味深长地指出这种“才子佳人”文化对后一代人的不良影响。她不露痕迹地告知大家，“私订终身”的事是不良文人编出来的谎言，在咱们贾府是不会发生这样的事的。

2. 月下闻笛，钟爱清微淡远的意境。

贾母聆听音乐时，有一双典型的“中国式耳朵”，她追求天人合一的音乐意境。

我们不妨来欣赏两个片段。

片段一：

《红楼梦》第四十回，写贾母带着刘姥姥游大观园，听到了园子外传来的音乐声。

贾母便笑道：“既是他们演，何不叫他们进来演习。他们也逛一逛，咱们可又乐了。”凤姐听说，忙命人出去叫来，又一面吩咐摆下条桌，铺上红毡子。贾母道：“就铺排在藕香榭的水亭子上，借着水音更好听。回来咱们就在缀锦阁底下吃酒，又宽阔，又听的近。”

……

清风，碧水，悠悠的箫声，好一个清幽淡远的意境！这绝妙的“人”“乐”“自然”高度和谐的境界，恐怕不是一般的音乐爱好者所能营造的气氛。藕香榭，水亭子，几个美人，几杯淡酒，乐声穿林渡水而来，染着林花的芬芳，融着清风的醇香，还配有一湾清清的绿水。在这样的环境氛围里，心里的所有尘埃都被涤荡殆尽，只留下一朵心的莲花，一尘不染。

片段二：

《红楼梦》第七十六回“凸碧堂品笛感凄清，凹晶馆联诗悲寂寞”，描写贾府里？“中秋品乐”的情境。

贾母因见月至中天，比先越发精彩可爱，因说：“如此好月，不可不闻笛。”因命人将十番上女孩子传来。贾母道：“音乐多了，反失雅致，只用吹笛的远远的吹起来就够了。”

……

这里贾母仍带众人赏了一回桂花，又入席换暖酒来。正说着闲话，猛不防只听那壁厢桂花树下，呜呜咽咽，悠悠扬扬，吹出笛声来。趁着这明月清风，天空地静，真令人烦心顿解，万虑齐除，都肃然危坐，默默相赏。听约两盏茶时，方才止住，大家称赞不已。于是遂又斟上暖酒来。贾母笑道：“果然可听么？”众人笑道：“实在可听！我们也想不到这样，须得老太太带领着，我们也得开些心胸。”贾母道：“这还不大好，须得拣那曲谱越慢的吹来越好。”说着，便将自己吃的一个内造瓜仁油松穰月饼，又命斟一大杯热酒，送给谱笛之人，慢慢的吃了再细细的吹一套来。

扬辛主编的《艺术欣赏教程》写道：“音乐艺术既生动、鲜明，又飘渺、抽象；既无需借助诠释、译述而能给人以直接的感受，又往往令人觉得深邃高远、扑朔迷离、难以言状。”曹雪芹笔下的“中秋品乐”场景不就有这样的意境吗？唯美的文字把贾母对音乐高超的艺术鉴赏力写得真切自然，淋漓尽致。我让学生美美地品读这段文字，然后掩卷回味。

老师：你听到笛声了吗？怎样的笛声？

学生：我听到了，那是悠远的笛声，那是缥缈的音符。

学生：我听到了，那是多么轻柔的音乐呀。

学生：我聆听到了，那是若有若无，似断似续的悠悠清笛。

老师：作者胸有境，入境始与亲。曹雪芹形象的文字把读者带到了特定的情景，请问，此时此刻，你在哪里？

学生：月色朦胧下。

学生：桂花香里。

学生：晚风清抚中。

学生：碧水池畔。

……

月之朦胧，花之清幽，风之轻柔，水之明澈，再加上笛声的清远与缥缈，这是一种天人合一的空灵世界。在这样清雅恬淡、意境悠远的世界里，赏乐者不知今夕何夕，不知身处何方，只有心陶醉，悠然。这是一种宇宙意识的觉醒，生命情调的诗化，赏乐者进入了人生忘我的庄生化蝶的空灵境界。于是，每一个人的心中都诞生了一种美丽的艺术情思……

妙哉，贾母带着一大家子人提升了音乐修养，我们不得不佩服贾母高超的艺术才华。

3. 宝琴立雪，独具审美的慧眼

刘姥姥游大观园之时和贾母聊起了画园子的事。贾母心血来潮，一时高兴就把这事交给了大观园中的“画家”惜春，要求不仅要画园子，还要画大观园里的人物，画成一幅大观园行乐图。

《红楼梦》第五十回写一年冬天，大雪纷飞，贾母走在前往惜春住所的路上：

一看四面粉妆银砌。忽见宝琴披着凫靥裘站在山坡上遥等，身后一个丫鬟抱着一瓶红梅……

贾母喜的忙笑道：“你们瞧，这山坡上配上他的这个人品，又是这件衣裳，后头又是这梅花，象个什么？”众人都笑道：“就象老太太屋里挂的仇十洲画的《双艳图》。”贾母摇头笑道：“那画的那里有这件衣裳？人也不能这样好！”

……

次日雪晴。饭后，贾母又亲嘱惜春：“不管冷暖，你只画去，赶到年下，十分不能便罢了。第一要紧把昨日琴儿和丫头梅花，照模照样，一笔别错，快快添上。”

好个知画懂美的贾母！

俄国文学家车尔尼雪夫斯基说过：“美即生活。”美存在于现实之中，生活美即是美术创作的不竭源泉。她十分清楚，画园林景物，如果没有生动的人物做点缀，那园子就是死的。画上人物，才能让画灵动起来，让画充满鲜活的生活气息。画只有表现生活，反映生活才有美感啊。

当然，美不只反映生活还应高于生活，贾母的高明在于在平常的生活中捕捉稍纵即逝美的瞬间，捕捉美的特写镜头。“宝琴立雪”，一个唯美的画面，境象相生，情景交融。你瞧，琉璃世界白雪、红梅，耀眼的色彩，明亮的雪光，再加上拂鼻的梅香，把雪景衬托得分外娇艳明丽。是呀，以绝美的披风衬托宝琴的人品和气度，将人物的修养、雅趣与雪景、红梅完美结合，使画面中的宝琴具有了一种神采飞扬的生动韵致，意境高远，韵味悠然，给人无比美好的遐思：这个才情卓越的女子，恰似冬日独自暄妍的花朵，春天柳暗花明的信使。这样唯美的镜头、唯美的意境，也唯有贾母那双善于感受美的眼睛才能发现。

二、挺身护孙，严词怒责虎爸

大概是爱之愈深、责之愈切的缘故吧，望子成龙的贾政总是以一个“虎爸”的角色出现在宝玉的面前。他的骨子里始终活跃着“严师出高徒”的传统教育观念，信奉严是爱，打也是爱。

《红楼梦》第三十三回，贾政偏听偏信贾宝玉“在外流荡优伶，表赠私物，在家荒疏学业，逼淫母婢”这些简直是十恶不赦的罪过，对儿子的不满情绪如火山般爆发，怒不可遏下他连声吼：“拿宝玉！拿大棍！拿索子捆上！把各门都关上！有人传信往里头去，立刻打死！”这一顿棍棒交加，直打得贾宝玉“面白气弱，底下穿着一条绿纱小衣皆是血渍”，“由臀至胫，或青或紫，或整或破，竟无一点好处……”。

这虎爸简直要置儿子于死地！幸好贾母急匆匆赶到棒下救人。

> 贾母听说，便止住步喘息一回，厉声说道：“你原来是和我说话！我倒有话吩咐，只是可怜我一生没养个好儿子，却教我和谁说去！”贾政听这话不象，忙跪下含泪说道：“为儿的教训儿子，也为的是光宗耀祖。母亲这话，我做儿的如何禁得起？”贾母听说，便啐了一口，说道：“我说了一句话，你就禁不起了？你说教训儿子是光宗耀祖，当初你父亲怎么教训你来！”说着，不觉就滚下泪来。
>
> ……
>
> 贾母含泪说道：“儿子不好，原是要管的，不该打到这个份儿！⑦ 你不出去，还在这里做什么！难道于心不足，还要眼看着他死了才去不成！”

柔心慈肠的贾母啊，她心痛着宝贝孙子身心遭受摧残，悲愤着贾政棍棒教子的残忍。贾母深深地为笼罩于整个家族的专制教育氛

---

⑦原书没有此句，编者根据其他版本添加。

围而忧虑，父亲们都可以借“为了光宗耀祖”这冠冕堂皇的理由教训儿子，唯独不尊重子女的人格与尊严。

“当初你父亲怎么教训你来?”贾母的诘问令人心弦发出一声声颤音!

贾家的儿子们对父亲的畏惧仿佛是老鼠对猫的畏惧，不只宝玉对贾政恐惧，还有贾琏对其父亲贾赦、贾蓉对其父亲贾珍都恐惧。然而，棍棒教育下的儿子“光宗耀祖”了吗?贾母的心里是最清楚不过的了，贾政没有光宗耀祖，虽然自幼酷喜读书，祖父最疼，也想科甲出身的，但终究是“皇上因恤先臣”，开后门赐了他一个主事之衔；贾赦没有光宗耀祖，吃祖父的军功，世袭“一等将军之职”，却贪淫昏聩，无恶不作；宁国府的贾敬没有光宗耀祖，世袭官职却一味好道，放纵家人胡作非为；贾珍没有光宗耀祖，聚赌嫖娼，淫秽不堪，一个十足的败家毁业不肖子孙……

德国教育家雅斯贝尔斯在《什么是教育》一书中强调说：“所有外在强迫都不具有教育作用，相反，对学生精神害处极大。”贾母对贾政不顾孩子们的人格尊严的棍棒教育深恶痛绝，并为之忧心忡忡。

有人说贾母溺爱孙子，其实未必，她也说了，“儿子不好，原是要管的”，只是“不该打到这个份儿”。她反对的是粗暴教育，她提倡的是给孩子宽松的学习环境，赞成鼓励式的教育、个性化的教育。不是吗?大观园里，贾母一出场总是伴随着笑语声声；不是吗?贾母深爱着晚辈，贾门“四春”尽收身边，在她的影响下人人知书达理，个个神采飞扬……

三、欢乐天堂，送给孩子们的生日礼物

贾元春把偌大一个大观园赐给了贾宝玉们居住，于是少男少女们拥有了一个可以让他们放飞青春梦想的诗意天堂。很有意思的是，贾政是被贾母挡在“天堂”之外的，贾母不愿贾政的古板、苛责给

大观园的孩子们带来压抑，不愿让贾政的迂腐如沉沉的乌云笼罩于大观园自由的天空。贾母不仅从不干预少男少女们自由活动，而且经常参与他们的活动，快乐着孩子们的快乐。

《红楼梦》第二十二回，十五岁的薛宝钗要过生日了，贾母喜欢稳重和平，欣然出资让凤姐筹办一个隆重的生日庆典。

宝钗生日那天，贾母在内院搭起了戏台，“定了一班新出小戏，昆弋两腔皆有”。

……点戏时，贾母一定先叫宝钗点。宝钗推让一遍，无法，只得点了一折《西游记》。贾母自是欢喜，然后便命凤姐点。凤姐亦知贾母喜热闹，更喜谑笑科诨，便点了一出《刘二当衣》。贾母果真更又喜欢，然后便命黛玉点。黛玉因让薛姨妈王夫人等。贾母道：“今日原是我特带着你们取笑，咱们只管咱们的，别理他们。我巴巴的唱戏摆酒，为他们不成？他们在这里白听白吃，已经便宜了，还让他们点呢！”说着，大家都笑了。黛玉方点了一出。然后宝玉、史湘云、迎、探、惜、李纨等俱各点了，接出扮演。

至上酒席时，贾母又命宝钗点。宝钗点了一出《鲁智深醉闹五台山》。宝玉道：“只好点这些戏。”宝钗道：“你白听了这几年的戏，那里知道这出戏的好处，排场又好，词藻更妙。”宝玉道：“我从来怕这些热闹。”宝钗笑道：“要说这一出热闹，你还算不知戏呢。你过来，我告诉你，这一出戏热闹不热闹。——是一套北《点绛唇》铿锵顿挫，韵律不用说是好的了，只那词藻中有一支《寄生草》，填的极妙，你何曾知道。”宝玉见说的这般好，便凑近来央告：“好姐姐，念与我听听。”宝钗便念道：

漫揾英雄泪，相离处士家。谢慈悲剃度在莲台下。没缘法转眼分离乍。赤条条来去无牵挂。那里讨烟蓑雨笠卷单行？一任俺芒鞋破钵随缘化！

宝玉听了，喜的拍膝画圈，称赏不已，又赞宝钗无书不知。林黛玉道："安静看戏罢，还没唱《山门》，你倒《妆疯》了。"说的湘云也笑了。于是大家看戏。

这是一个有文化韵味的庆生活动。看戏，曾经是农耕社会最主要，也是最高级的娱乐生活。少男少女们相聚一起看戏剧，听戏曲，又一次接受戏曲文化的熏陶，悦耳悦目，悦心悦神。这是一份多么高雅的生日礼物啊。

这是一个孩子至上的庆生活动。孩子的生日属于孩子，当黛玉请薛姨妈、王夫人点戏时，贾母断然打住："今日原是我特带着你们取笑，咱们只管咱们的，别理他们。我巴巴的唱戏摆酒，为他们不成？他们在这里白听白吃，已经便宜了，还让他们点呢！"多么可爱的老太太！

这是一次快意酣畅的庆生活动。"祝你生日快乐"是活动的主旋律，活动的主角薛宝钗是焦点。贾府女儿国里所有"水做的女儿"，从第一代的老祖母，到第二代的王夫人，到第三代的众姐妹都来为她捧场，为她祝福，她怎能不高兴呢？宝钗是今天众星捧月中的"月"，是花团锦簇中那朵最夺目的"花王"。她今天神采飞扬，评点戏曲，侃侃而谈，出尽了风头，自信着也自豪着。她心血来潮，亲自"秀"了一段唱词，令大家大开眼界。少男少女们快乐着寿星的快乐，他们点戏，点自己喜欢的戏，从戏中找回自己熟悉的旋律，从戏中再现自己似曾相识的形象。他们也分享别人点的戏文，享受到了一次丰盛的戏剧文化大餐，心灵得到了一次文化的、精神的洗礼。贾母同样快乐，她为自己策划的活动给大家带来快乐而快乐。她童心未泯，仿佛又回到了少女时代，她爽朗的笑声释放出多少神圣的、宛如花季少女的天真与浪漫。

四、让爱住我家，老祖母以爱育爱

法国诗人罗曼·罗兰说："爱是生命的火焰，没有它，一切变成黑夜。”还说：“幸福是灵魂的一种香味，是一颗歌唱的心的和声。而灵魂的最美的音乐是慈悲。”

这美丽的诗句似乎是诗人专门为贾府里那位令人敬重的老祖母而写。贾母虽然风烛残年，但仁者爱人的心不老，爱的火焰依然时时温暖着人们，灵魂深处弹奏的慈悲之声经久不息。

贾母爱自己的亲孙子贾宝玉，视他为家族至宝，左一个“小祖宗”，右一个“心肝宝贝”。

贾母爱外孙女林黛玉。黛玉初进荣国府，她把黛玉揽在怀中，好似捧着心肝儿一般，贾府里上上下下都为之动容。她要给孤独无助的黛玉更多的快乐和幸福，弥补失去母亲的孩子在亲情方面的缺失。

贾母爱娘家侄孙女，可怜她襁褓中，父母双亡，把湘云接到贾府自己养育，任其自由幸福地发展。

贾母爱宁国府的贾惜春，即使其父还健在，贾母却硬把她揽到自己身边呵护抚养，朝夕不离地惯着她由着天性发展。

贾母爱迎春，爱探春，爱凤姐……

爱自家的骨肉是人之常情，但令人可敬的是她对亲戚家的儿女同样爱得真诚，爱得贴心。

薛宝钗来到贾府，贾母为她的美丽，为她的“凡事想的妥当”的乖巧而惊喜，赞美之词不绝于口，贾母一见到宝琴，更是爱得无可不可了，又是让她与自己同住一屋，又是送名贵的衣物……无微不至的爱让投亲而来的人，如沐春风，如归自家。

贾母的慈悲的爱，不因亲疏、不因贫富、不因贵贱而有所改变，是一种博大而纯洁的大爱。

《红楼梦》第三十九回“村姥姥是信口开合，情哥哥偏寻根究底”，贾母迎接刘姥姥到来的一番谈话，带着冬阳般的暖意。

贾母道：“老亲家，你今年多大年纪了？”刘姥姥忙立身答道：“我今年七十五了。”贾母向众人道：“这么大年纪了，还这么健朗。

比我大好几岁呢。我要到这么大年纪，还不知怎么动不得呢。”刘姥姥笑道：“我们生来是受苦的人，老太太生来是享福的。若我们也这样，那些庄家活也没人作了。”贾母道：“眼睛牙齿都还好？”刘姥姥道：“都还好，就是今年左边的槽牙活动了。”贾母道：“我老了，都不中用了，眼也花，耳也聋，记性也没了。你们这些老亲戚，我都不记得了。亲戚们来了，我怕人笑我，我都不会，不过嚼的动的吃两口，睡一觉，闷了时和这些孙子孙女儿顽笑一回就完了。”刘姥姥笑道：“这正是老太太的福了。我们想这么着也不能。”贾母道：“什么福，不过是个老废物罢了。”说的大家都笑了。贾母又笑道：“我才听见凤哥儿说，你带了好些瓜菜来，叫他快收拾去了，我正想个地里现撷的瓜儿菜儿吃。外头买的，不像你们田地里的好吃。”刘姥姥笑道：“这是野意儿，不过吃个新鲜。依我们想鱼肉吃，只是吃不起。”贾母又道：“今儿既认着了亲，别空空儿的就去。不嫌我这里，就住一两天再去。我们也有个园子，园子里头也有果子，你明日也尝尝，带些家去，你也算看亲戚一趟。”凤姐儿见贾母喜欢，也忙留道：“我们这里虽不比你们的场院大，空屋子还有两间。你住两天罢，把你们那里的新闻故事儿说些与我们老太太听听。”贾母笑道：“凤丫头别拿他取笑儿。他是乡屯里的人，老实，那里搁的住你打趣他。”说着，又命人去先抓果子与板儿吃。板儿见人多了，又不敢吃。贾母又命拿些钱给他，叫小幺儿们带他外头顽去。

这是一场身份不对等的谈话，一个是皇亲国戚，一个是草根平民，下里巴人；一个是一品诰命夫人，贾府的老祖宗，一个是从乡下穷苦农家来告穷的老农妇。然而，她们聊得其乐融融，仿佛久别重逢的老朋友，有问不完的人情冷暖、道不尽的家常里短。

这是因为贾母有意忘掉自己的贵族身份，始终以一个老人的身份欢迎同龄的朋友。她真诚羡慕刘姥姥健朗的体格，自嘲自己的老态，从而抹平双方境遇的优劣，一下子拉近了主客之间的心理距离。

这是因为贾母始终以一个亲戚的身份欢迎远道而来的亲戚。她由衷地喜欢穷亲戚带来的“土特产”；她真心留客“住一两天再去”，不无期待地想分享到乡下亲戚的“新闻故事”；她要求伶牙俐齿的凤姐“别拿他取笑儿”，从心底里升腾起对乡下亲戚的尊重；她对板儿的关心，折射出贾母爱得细致、周到，入细入微。

素昧平生的两位老人一见如故，笑语飞扬。主人笑得真挚，笑得热忱；客人笑得欢欣，笑得暖心。

爱是可以感染人，可以影响人的。大观园里的少男少女正是在贾母博爱精神的熏陶下，从“四春”到贾宝玉，从薛宝钗、史湘云到园里的大小丫鬟都拥有一颗善良的心。却原来是贾母用爱哺育而成的，用爱的春风雨露化育而来的。

贾母的慈祥、善良、广施爱心深深地影响着贾宝玉，使他形成平等待人、悲悯他人的个性。受到贾母最多、最直接的言谈身教滋养的贾宝玉是一个心地善良的孩子。他对一切峨冠博带、道貌岸然的男子深恶痛绝，看到一个个处于弱势群体的下层女儿受到不应有的轻视，看到她们地位是那么屈辱，命运是那么悲惨，对她们又爱又敬，为她们又悲又愤。在女儿面前他总是自惭形秽，每每以“浊物”“浊玉”自称，似乎要一个人担负起男性世界的全部罪恶，祈求女儿们的宽宥和谅解。

我们不妨来欣赏几个小故事。

《红楼梦》第三十回，写贾宝玉看到不曾相识的女孩龄官哽噎着手拿金簪，在地上画几十个“蔷”字。贾宝玉为之担忧：

这女孩子一定有什么话说不出来的大心事，才这样个形景。外面既是这个形景，心里不知怎么熬煎。看他的模样儿这般单薄，心里那里还搁的住熬煎。可恨我不能替你分些过来。忽一阵凉风过了，唰唰的落下一阵雨来。宝玉看着那女子头上滴下水来，纱衣裳登时湿了。宝玉想道：“这时下雨。他这个身子，如何禁得骤雨一激！”

因此禁不住便说道："不用写了。你看下大雨，身上都湿了。"

然而，贾宝玉不知自己也站在雨中，身上早已淋湿了。

《红楼梦》三十五回，丫头玉钏儿手端着汤伺候贾宝玉用餐。

宝玉又只顾和婆子说话，一面吃饭，一面伸手去要汤。两个人的眼睛都看着人，不想伸猛了手，便将碗碰翻，将汤泼了宝玉手上。玉钏儿倒不曾烫着，唬了一跳，忙笑了，"这是怎么说!"慌的丫头们忙上来接碗。宝玉自己烫了手倒不觉的，却只管问玉钏儿："烫了那里了？疼不疼？"玉钏儿和众人都笑了。玉钏儿道："你自己烫了，只管问我。"宝玉听说，方觉自己烫了。

《红楼梦》第四十四回，贾琏偷情被王熙凤撞见，现场闹翻了天。两人都无端迁怒于平儿。受尽委屈的平儿被贾母接到了大观园。

宝玉忙劝道："好姐姐，别伤心，我替他两个赔个不是罢。"平儿笑道："与你什么相干？"宝玉笑道："我们弟兄姐妹都一样。他们得罪了人，我替他赔个不是也是应该的。"又道："可惜这新衣裳也沾了。这里有你花妹妹的衣裳，何不换下来，拿些个烧酒喷了熨一熨，把头也另梳一梳，洗洗脸。"一面说，一面吩咐了小丫头子们：舀洗脸水，烧熨斗来。

……

宝玉因自来从未在平儿前尽过心，——且平儿又是个极聪明极清俊的上等女孩儿，比不得那起俗蠢拙物——深为恨怨。今日是金钏儿的生日，故一日不乐。不想落后闹出这件事来，竟得在平儿前稍尽片心，亦今生意中不想之乐也。因歪在床上，心内怡然自得。忽又思及贾琏惟知以淫乐悦己，并不知作养脂粉。又思平儿并无父母兄弟姊妹，独自一人，供应贾琏夫妇二人。贾琏之俗，凤姐之威，他竟能周全妥贴，今儿还遭荼毒，想来此人薄命，比黛玉犹甚。想到此间，便又伤感起来，不觉洒然泪下。

在《红楼梦》洋洋洒洒的数百万字里，随处都可以看到贾宝玉爱人、怜人的一幕，随处都可以触摸到他那颗悲天悯人的善良之心。他对遭受欺凌的女儿关怀备至，一有机会便以自己的一腔柔情去抚慰那些受伤的心。他宁愿自己化作烟灰，却一心只担心别人的命运，一心只希望别人得到慰藉。“昵而敬之，恐拂其意，爱博而心劳，而忧患日益甚矣。”鲁迅先生也曾不无敬意地这样评价贾宝玉。这就是贾宝玉，一个对女儿美及天地间一切美好事物怀有一颗博大无私的爱戴、关怀、体贴、呵护之心的“新新人物”。

杜甫的《春夜喜雨》写道：“好雨知时节，当春乃发生。随风潜入夜，润物细无声。”生活在贾母身边的贾宝玉，原本是一块“顽劣异常”的“石”。慈爱的老祖母“怜贫惜老”的品格如春雨甘霖，细细地沐浴着他，轻轻地浇灌着他，天长日久，把他化育成一块“宝玉”，闪烁着无限的博爱之光。

贾母是一位平凡的祖母，慈爱、善良，无微不至地关爱着儿孙。她无意成为教育家，但她以自己戏剧、音乐、美术等文化艺术的独特感悟，主动融入青年人的文化生活。她的开明与宽容为大观园少男少女们的诗意栖居提供了厚重的文化土壤，并以常常光临诗社参与活动，表示对年轻人的支持。有了老祖母的庇护，孩子们营造了高雅的人文环境，尽情地看戏、赏花、吟诗作对，受到诗意熏陶，一个个才华横溢，满腹诗情。老祖母对生活的无限热爱、“怜贫惜老”的博爱情怀，展现了自身的人格魅力，潜移默化地影响着孩子们的身心发展，使他们都拥有一颗颗善良的心。

这是一位多么令人钦佩的老祖母！

雅斯贝尔斯谆谆教导我们：“教育的本质意味着：一棵树摇动另一棵树，一朵云推动另一朵云，一个灵魂唤醒另一个灵魂。”这不只是意境优美的诗，它是理想教育的一种诗意的境界。慈爱善良的贾母以自身的人格魅力为今天的我们诠释了这种富有诗意的教育境界。亲爱的老师，亲爱的家长，每天面对正在成长中的孩子，我们是否怀着对树的崇敬，并努力使自己长成一棵枝繁叶茂的大树，呵护小树们的茁壮成长呢？是否怀着对蓝天白云的向往，并努力使自己变成一片轻盈灵动的云朵，引领少年的心在澄澈高远的碧空飞翔呢？是否执着于对美丽灵魂的追求，并使自己的心灵蓄满爱与美、善与真的正能量，唤醒万千生命，绽放万紫千红的美丽呢？

江苏凤凰教育出版社
《行知工程》系列丛书目录

系列	序号	书　　名	主编	定价
创新教学探索系列	1	《〈红楼梦〉里的语文课》	李日芳	30.00
	2	《品世界名画，学精彩作文 ——特级教师的“名画”作文教学法》	李日芳	30.00
	3	《让学生把母语用精彩——“语用课堂”的探索与实践》	余小红	30.00
	4	《“备”出课堂精彩——备学式教学的课堂实践与思考》	张旭兰	30.00
	5	《神奇的阅读教室——带学生踏上美妙的阅读之旅》	李祖文	30.00
	6	《打造有生命力的课堂——“两步八环节”教学模式探索与实践》	查联智	30.00
	7	《最能培养学生探究能力的课堂 ——小学科学与信息技术单元整体课程实施与评价》	李怀源	30.00
	8	《最能激发学生运动天赋的课堂 ——小学体育单元整体课程实施与评价》	李怀源	30.00
	9	《最能提升学生艺术素养的课堂 ——小学艺术单元整体课程实施与评价》	李怀源	30.00
	10	《“生命语文”探索——焕发语文生命力的思考与实践》	王自成	30.00
	11	《粘连作文教学：让习作成为有个性的自我建构》	黄瑞夷	30.00
	12	《备学式教学——在体验中建构数学思维》	单广红　范雪梅	30.00
	13	《向着自主进发——自主教育的创新实施智慧》	朱亚红	30.00
	14	《写中学——让学习更有效的学科写作教学》	钟传祎	30.00
	15	《小学科学实验总动员——大科学课堂有效提升学生创新力》	江美华	30.00
	16	《小学语文单元整体课程实施与评价》	李怀源	30.00
	17	《小学英语单元整体课程实施与评价》	李怀源	30.00
	18	《小学数学单元整体课程实施与评价》	李怀源	30.00
	19	《让教学更能激发智慧——“思维碰撞”课堂的建构与实施》	程和方	30.00
教育求索系列	20	《“一亩三分地”——一位一线教师的教育微思考》	王庆欣	30.00
	21	《爱的守望——一位一线教师对教育的坚守》	林卫红	30.00
	22	《思政教学的人文力量》	戴晓华	30.00
	23	《师道新说——给教育者的30条箴言》	徐　卫	30.00
校本研修系列	24	《徜徉语文教研》	肖俊宇	35.00
	25	《校本研修资源的开发与利用》	陈朝林	30.00
	26	《校本研修与教师专业成长》	吴积军	30.00
	27	《卓越教师经典研修成长策略》	刘天宝等	30.00

系列	序号	书名	主编	定价
校本研修系列	28	《特色校本课程开发范例解读》	刘永平　李秀伟 张雪梅	30.00
	29	《高效校本研修模型构建艺术》	刘素雁	30.00
	30	《走向实践的教研——中小学教育科研引领与应用》	江　敏	30.00
名校系列	31	《让每个孩子都成志 ——清华附小主题阅读课程的实施探索》	窦桂梅	30.00
	32	《让每个孩子都成志 ——清华附小主题实践课程的实施探索》	窦桂梅	35.00
	33	《向着朝阳走去——清华附小合作办学实践探索》	窦桂梅	30.00
精彩课堂系列	34	《给孩子更好的数学课堂》	易增加	30.00
	35	《小学生阅读素养的提升策略》	邵巧治	35.00
	36	《从语文素养走向生命成长——小学语文读写课堂教学密码》	曾海玲	30.00
	37	《真实的品德课》	朱淑秀	30.00
	38	《英语课堂学习共同体——新型的师生交互学习场》	杨延从	30.00
	39	《指导自主学习——初中数学学与教的研究与实践》	刘其武	30.00
	40	《玩出精彩的课堂——小学低年级教与学方式转变研究》	陶红松	30.00
	41	《让生命之花自主绽放——语文个性化教学建构策略》	商德远	30.00
	42	《让学生亲历知识——主体参与下体验式学习的实施策略》	何世祥	30.00
教育思想者系列	43	《高效教学的道与术——陶继新教育讲演录》	陶继新	30.00
	44	《名校之道——陶继新对话名校长（1）》	陶继新	30.00
	45	《教育，一切从孩子出发》	黄　俭	30.00
教育管理力系列	46	《缔造唯美教育——延奎小学素质教育实施策略》	易增加	30.00
	47	《让普通学校崛起的 20 个细节——“生命为本”教育团队成长密码》	李其玉	30.00
	48	《“走”出教育的精彩：走动式学校管理文化构建》	罗　军	30.00
	49	《校长兵法：学校管理四十六计》	皮大鹏	30.00
教师修炼系列	50	《教育，爱与宽容——教师心灵礼仪修炼》	许力争	30.00
班级文化系列	51	《活力班级的文化建设》	胡　珏	30.00
	52	《做幸福的班主任》	吕　丽	26.00
教育家核心思想系列	53	《叶圣陶谈阅读》	叶圣陶 著 李怀源 选编	30.00
	54	《多元智能理论的本土化应用》	刘治富	30.00
	55	《大教育家最具施教力的教学思想》	白刚勋	30.00
高效能教学系列	56	《高效能教师的 10 个好习惯（中学卷）》	张　瑾	30.00
	57	《让作文落地生根——提高写作实效的教学策略》	黄桂林	30.00
	58	《高效能作文教学 5 项修炼》	陈步华	30.00

系列	序号	书　　名	主编	定价
高效能教学系列	59	《高效能校长的10个好习惯》	张　勤	30.00
	60	《高效能教师的10个好习惯（小学卷）》	谢　英	30.00
	61	《高效能语文教学5项修炼》	王其华	30.00
新课程探索系列	62	《语文新课程的批判与重建》	葛桂斌	30.00
美国名师教学译丛	63	《美国名师游戏教学本土化应用：幼儿园》	（美）玛西娅L.泰特 著 胡珍　瞿菁　编译	30.00
	64	《美国名师游戏教学本土化应用：小学英语》	（美）玛西娅L.泰特 著 杨永华　张心影　编译	30.00
	65	《美国名师游戏教学本土化应用：小学数学》	（美）玛西娅L.泰特 著 谢艳红　编译	30.00
	66	《美国名师游戏教学本土化应用：小学科学》	（美）玛西娅L.泰特 著 刘丽萍　编译	30.00
	67	《美国名师游戏教学本土化应用：小学社会》	（美）玛西娅L.泰特 著 姜梅芳　编译	30.00
	68	《美国名师游戏教学本土化应用：小学音体美》	（美）玛西娅L.泰特 著 尹立志　编译	30.00
鲁派名师名校·教育探索者系列	69	《悦读立人——校园阅读文化体系构建策略》	杨世臣	30.00
	70	《教育智慧何处来——一位特级教师的思考手记》	付立金	30.00
	71	《和雅文化——校本课程的创新构建》	汤善香	30.00
	72	《让个性绽放精彩——学校课程体系整合与创生》	谢建伟　徐淑萍	30.00
	73	《让每个学生都幸福——最能润泽生命的学校文化建设》	谢建伟　张新喜	30.00
生态化校园系列	74	《点燃学习的激情——构建校园生态化学习型组织》	杨树岳	30.00
	75	《课改突围——构建学校生态化教学体系》	杨树岳	30.00
教育新思考系列	76	《语文教育向何处去》	王　丛	26.00
	77	《教育，就是做好普通的事》	孙志毅	27.00
	78	《走出语文的偏见——让学生体悟文本的原义》	丛智芳	30.00
	79	《让语文教学更高效——批注式阅读教学探索》	韩中凌	30.00
	80	《读写互促——探寻学以致用的语文教学》	曹　龙	30.00
	81	《跳出数学教数学——用文化融通数学教学》	马建秀	27.00
名师感悟系列	82	《让心灵伴着歌声成长——22位音乐名师的教育智慧》	陈　璞	30.00
	83	《超越自我的教师——32位名师的成长感悟》	李卫东　李秀伟	35.00
	84	《心灵的守护者——19位名班主任的教育智慧》	王晓松　曲文弘	30.00
	85	《名师感悟班主任有效工作艺术90例》	符礼科	30.00
	86	《名师感悟有效教学90例》	林高明　徐玉烟	30.00

系列	序号	书　　名	主编	定价
信息化教学系列	87	《巧用白板教语文——信息技术与语文教学操作指南》	蒋丽清	30.00
	88	《跨越式实现高效课堂 ——信息技术与课程整合高效教学方案评析》	陈　玲　刘　禹	30.00
教师必读系列	89	《教师必学的16堂修养课》	武宏伟	30.00
	90	《教师不可不知的教学心理效应》	叶勇军	30.00
	91	《班主任不可不知的管理效应》	奚一琴	30.00
	92	《教师不可不知的教育心理效应》	孙　媛	30.00
	93	《校长不可不知的管理效应》	谢申刚　张金豹	30.00
	94	《成为好教师的7项修炼》	王福强　李维华	30.00
	95	《如何让学生会学习》	龙　冰	30.00
	96	《如何让学生爱学习》	周震宇　许小燕	30.00
核心教学主张系列	97	《新生代语文名师核心教学主张》	许友兰	30.00
学生心理解码系列	98	《孩子问题行为一点通 ——只有好老师才知道的学生心理谜底》	严育洪	30.00
行思讲坛系列	99	《灵动而朴素地教语文——潘文彬的微格教育生活》	潘文彬	30.00
	100	《师爱无疆——润泽学生心灵的教育故事》	侯忠彦	30.00
	101	《怎样反思更有效 ——促进教师专业发展的反思策略》	诸贝贝	30.00
	102	《成为高度自觉的教育者——写给后课标时代的数学教师》	许卫兵	30.00
	103	《哲思数学课》	刘全祥	30.00
	104	《智慧数学课——黄爱华教学思维的实践策略》	黄爱华	30.00
行思讲坛系列	105	《童趣数学课》	徐　芳	30.00
	106	《把学生教聪明》	严育洪	30.00
	107	《教师最应该规避的教育误区》	杨坤道	30.00
	108	《用语文的方式教语文——潘文彬教学主张与实践智慧》	潘文彬	30.00
	109	《怎样让阅读教学更有效 ——提升教学能力的十种读诵模式》	汪秀梅	28.00
	110	《让生命在润泽中起舞 ——当代小学生最需要的主题班会》	吴联星　罗　琳 冯卫东	30.00
	111	《让生命欢快拔节 ——当代中学生最需要的主题班会》	冯卫东　吴联星	30.00
	112	《课堂因生成而精彩——高效教学的生成智慧》	张文质	30.00
	113	《回到每一个人的生命化教育 ——张文质二甲中学教育行动录》	张文质	30.00

系列	序号	书名	主编	定价
中国教育变革之路丛书	114	《百年树人师何为——教师队伍建设困顿与出路》	将丽珠　李玉向	30.00
	115	《入园何时不再难——学前教育困惑与抉择》	曾晓东 范　昕　周　慧	30.00
	116	《三尺书桌何处寻——流动人口子女教育困难与破解》	范先佐	30.00
	117	《苦旅何以得纾解——高考改革困境与突破》	郑若玲	30.00
	118	《择校纠结何时了——择校问题困局与治理》	曾晓东　周文海 曾娅琴	30.00
创新教学思想系列	119	《“大问题”教学的形与神》	黄爱华　张文质	30.00
校长领导力系列	120	《高品质学校生长要素》	王益民	30.00
	121	《校长高校教学领导力提升策略》	徐世贵　郭文智	30.00
教育漫笔系列	122	《课堂，诗意地栖居》	吴书华	30.00
新思维系列	123	《教育中的“不一定”——打破教育的19种思维惯式》	严育洪	30.00
教学提升系列	124	《有思想地教阅读——让学生学会品读文字真意》	王学东	30.00
教育艺术提升系列	125	《藏在师生体态语言里的教学智慧》	张　宇　廖生波	30.00
教学全手册系列	126	《小学习作教学全手册》	郭家海	30.00
	127	《中学写作教学全手册》	郭家海	30.00
	128	《情境教学操作全手册》	冯卫东	35.00
	129	《合作教学操作全手册》	李春华	35.00
	130	《探究教学操作全手册》	周新桂	35.00
	131	《自主教学操作全手册》	诸葛彪	35.00
	132	《创新教学操作全手册》	王　玮	35.00
	133	《班主任工作全手册》	刘沛华	35.00
	134	《新教师工作全手册》	周震宇	35.00
	135	《学生心理健康教育全手册》	刘海莉　刘春杰	35.00
	136	《高效教学操作全手册》	马友平	35.00
创新人才培养系列	137	《创新人才培养校园科普精品课程开发与指导 ——人大附中创新人才培养》	罗　滨	30.00
	138	《创新人才培养特色校本课程开发与创新人才培养 ——清华附中“国际安全下的科学技术”课程构建与实施》	王殿军　方　研 赵宏雁	30.00

系列	序号	书　　　名	主编	定价
创新人才培养系列	139	《创新人才培养：学校实验室建设与管理》	刘克文 杨发丽　杨　平	30.00
	140	《创新人才培养：数学探究活动开发与指导》	马云朋　韩继伟	30.00
	141	《创新人才培养：化学研究活动开发与指导》	王　磊	30.00
	142	《创新人才培养：物理探究活动开发与指导》	廖伯琴	30.00
	143	《创新人才培养：地理探究活动开发与指导》	张建珍　陈　澄	30.00
	144	《创新人才培养：生物探究活动开发与指导》	张迎春	30.00
	145	《创新人才培养：理念探索与思维突破》	王晶莹	30.00
新生代通派名师系列	146	《简约数学教学》	许卫兵	30.00
	147	《语文教学的本真——情意课堂展现母语之美》	吴建英	30.00
	148	《语文课堂的理想追求——欢快达成三维目标》	董一红	30.00
	149	《阅读教学的真髓——意象构建读出文学的真美》	祝　禧	30.00
	150	《美术教育的真谛——审美人生教育让生命绚丽成长》	陈铁梅	30.00
	151	《语文教学的理想境界——无痕教学润泽生命》	李　凤	30.00
	152	《儿童作文的本义——嬉乐作文让儿童乐并成长着》	王笑梅	30.00
	153	《名师是怎样炼成的》	王建明　王笑君	35.00
幼师成长系列	154	《幼儿行为背后——教师如何读懂幼儿的心思》	吴亚英	30.00
	155	《最具教育力的22种幼儿教育思想》	杨　达	30.00
	156	《幼儿教师必知的安全应急措施》	杨　达	30.00
	157	《幼儿教师必备的教育技能》	李　玲	30.00
	158	《卓越园长21条幼儿园管理策略》	周　丹　江东秋	30.00